U0962846

A SAND COUNTY ALMANAC

沙郡年记

［美］奥尔多·利奥波德　著
王铁铭　译

广西师范大学出版社
·桂林·

图书在版编目(CIP)数据

沙郡年记/(美)利奥波德 著;王铁铭 译.—桂林:广西师范大学出版社,2014.6

ISBN 978-7-5495-5145-3

Ⅰ.①沙… Ⅱ.①利… ②王… Ⅲ.①散文集-美国-现代 Ⅳ.①I712.65

中国版本图书馆 CIP 数据核字(2014)第 035360 号

出 品 人:刘广汉
责任编辑:黄 越
设计指导:朱赢椿
装帧设计:艺 冉
设计执行:徐 妙

广西师范大学出版社出版发行
(广西桂林市中华路 22 号　　邮政编码:541001
网址:http://www.bbtpress.com)
出版人:何林夏
全国新华书店经销
销售热线:021-31260822-882/883
江阴金马印刷有限公司印刷
(江阴市滨江西路 803 号　邮政编码:214443)
开本:890mm×1 240mm　1/32
印张:8.5　字数:200 千字
2014 年 6 月第 1 版　2014 年 6 月第 1 次印刷
定价:36.00 元

如发现印装质量问题,影响阅读,请与印刷厂联系调换。

写在前面的话

1948 年，在利奥波德去世时，《沙郡年记》这部书的草稿就已完成。他的儿子卢纳整理了书稿，于 1949 年将该书出版。接着卢纳又陆续整理了利奥波德的一些从未出版过的杂文和游记，并命名为《环河》于 1953 年出版。

本书由《沙郡年记》以及《环河》中节选出的八篇随笔组成。为了表现利奥波德的万物皆相关的主要思想，同时也为了避免重复，我对这些随笔的前后顺序进行了些许改动，对其中两篇随笔进行了整合。由于重新编排的原因，本书初版序言中提到的各个部分经过了以下调整：第二部分的标题已重新更名，第三部分改为第四部分，而新的第三部分的篇章大多选材于《环河》。我们也对篇章中某些过时的参考文献做了修改，以便更好地引导读者阅读。

尽管这些文章已经被很多人阅读和引用，但是它们的基本主旨在人们用它们来宣扬“自然之美”的同时几乎被忘得一干二净。路边的园林绿化绝非利奥波德所倡导的人与土地之间的那种和谐。美国在立法中强调要保护自然之美，但同时还在两个极有自然价值的地区建造堤坝。国会已经收到了关于在科罗拉多大峡谷修建水电站的议案。这项工程会毁掉这一片生机的水域，淹没这个地区大部分独特的自然遗产景观。

类似的开发项目还有很多，包括在阿拉斯加开发大型水电站。太平洋沿岸的大片水禽繁殖地带即将由于水电站蓄水而被淹没。在兰伯特大坝建造那会儿，大部分野鸭、大雁和其他鸟类都消失了。可在此之前的那些年里，它们每年都要飞过华盛顿州、俄勒冈州和加利福尼亚州。当年奥尔多·利奥波德写下“大雁的音乐”时，没有人曾想象到会发生这样的情况，而如今这种情况随时都有可能发生。令人遗憾的是，提出、拥护并实施这一计划的美国人，用经济上的缘由来为自己的行为辩护，而经济并不应该成为决定性的因素，何况人们本可以寻找到可替代的、其他可行的发电方法。

奥尔多·利奥波德的孙辈这一代人，有的正在大学校园里事事叛逆，有的正在参加游行或从事社会事务工作，有的正在异国他乡战斗。在这一代人成长时，利奥波德当年曾经深刻探讨并为之进行雄辩的“野生和自由万物”的保护工作也到了关键时刻。

很多事物都在吸引这些年轻人的注意，大自然面临的困境则发出了对他们的最后呼唤。人类对土地的冷淡漠视，正在毁灭野生的、自由的生灵。要遏制对大自然的破坏，除了把传承土地伦理的重任托付给年轻一代以外，还有什么更好的办法吗？

卡罗琳·克拉格斯顿·利奥波德

卢纳·利奥波德

1966 年 6 月于华盛顿

初版序言

对有些人来说，生活中有没有野生生物都是一样，但对另一些人来说情况则会不同。本书就将向读者展现后者的喜悦与他们所处的尴尬境地。

在文明进程开始摒弃野生的自然生态以前，野生生物在人们眼中就像晨风和落日一样，都是极其平常而自然的。现在我们却面临这样一个问题：人类追求的高品质生活，是否要以牺牲自然、野生、自由的万物为代价？我们认为，看大雁要比看电视更重要，寻找一朵白头翁花的权利与拥有言论自由的权利一样，都是不可剥夺的。然而我们是少数派。

我承认，在人们还没有从机械化生产中得到丰盛的早餐之前，在科学还没有揭示出野生动植物来自何处、如何生存之前，野生世界里的一切都几乎没有什么人文价值。因此，全部矛盾就归结为一个极具难度的问题。我们这些少数派看到了进化过程中的递减法则，而持反对意见的人却没有看到。

人们需要依据事物本身的状况来确定新的对策。本书中的文章展现了我的对策。它们分为三部分。

第一部分叙述的是，我和家人在周末来到远离现代生活的野外小茅屋时，所观察到的景象和收获的感受。日益庞大与完美的社会耗尽了威斯康星州这个沙地农场上的资源，随后就将之抛弃。我们则试图用铲子和斧头在这里重建我们在其他地方失去的东西。正是在这里，我们不断寻找，直至找到上帝赐予的美味食物。

我把这些木屋随笔按照月份先后的顺序排列，命名为“沙郡年记”。

第二部分是“随笔：四处漫游”，详细讲述了我生活中的一些插曲，这一切让我懂得，那种渐渐的时时加深的痛苦使得我和同伴的步调并不一致。这些“插曲”是我四十年来在美国大陆各地亲身经历的。对于可被归结为“自然资源保护”的问题，我的经历是很有代表性的例子。

第三部分是“结论”，我在这部分提出了一些逻辑性更强的观点，向持有反对意见的人们科学地解释了我们观点。只有那些认同我们观点的读者，才会投入精力去思考、辨析文章里提出的具有哲学意义的问题。我认为，这些随笔至少可以告诉我的同行者们，我们应该怎样做才能回到应有的步调。

自然资源保护没有取得应有的进展，这是因为它与亚伯拉罕式的土地观念完全相反。人们滥用土地，认为土地是商品，完全属于自己所有。因此，只有认为我们只是共同生活在土地上，我们才有可能带着爱与尊重来使用它。只有通过这种途径，土地才能在机械化时代的冲击中幸存下来；在科学的世界，我们才有可能从土地上收获到人类文化的美学价值。

作为生态学的基本观念，土地是一个群落，但是如果对伦理规范加以扩展，土地还应该得到人们的爱与尊重。人们对土地的价值有了共识：土地会带来文化上的收获。但是人们又常常将之遗忘。

本书试图阐释的就是这三种观念的融合。

有关土地与人的看法当然会受到个人经历的限制产生偏见，受到认识上的混淆和曲解。然而不论情况如何，有一点都如同水晶般清晰。那就是，我们日趋庞大与完美的社会，现在就像患上了疑难杂症，由于时刻担心自己的经济状况是否健康，竟至失去了保持健康的能力。整个世界都无比贪婪地要求更多的浴缸，结果却失去了制造这些浴缸所需要的稳定性，甚至再没有能力把水龙头及时关掉。在这一阶段，最有益处的健康做法就是稍加轻视一下已经如此泛滥的物质享受。

要在观念上达到这种转变，我们或许应该以自然的、野生的、自由的万物为参照，重新评估那些非自然的、被驯养的、不自由的事物。

奥尔多·利奥波德

1948 年 3 月 4 日

于威斯康星州麦迪逊市

目录

第一部分　沙郡年记

一月：融雪

每年，仲冬的暴风雪过后，融雪就会在某个夜晚悄然而至，你能听到“嗒嗒”的滴水声在大地上悠然回荡。这声音给树林中所有的生灵带来了神奇的躁动，不论它们是刚刚入睡还是一直冬眠。原本蜷缩在深邃洞穴里安睡的臭鼬此时伸直了身子，拖着肚皮大着胆子开始探寻这湿漉漉的世界。而它的足迹标识了我们所说的循环反复的一年中最早开始的事件之一。

这些足迹似乎表现出对世间杂事的漠然，这在其他季节里很是少见。这足迹径直地穿过乡间，仿佛听任造物者去追逐远方的目标一般。我跟随其后，想对臭鼬的心理和胃口了解一番，倘若它有目的地的话，我也想弄个究竟。

从一月到六月的这几个月里，大自然给予人们的快乐是以几何级数递增的。在一月，你可以追踪臭鼬的足迹，搜寻山雀的脚环，或是看看鹿儿啃过哪些幼松的枝叶，水貂毁了哪些麝鼠的家，你的兴趣只是偶尔才会转移到其他的活动之中。一月里的观察平静如同白雪，持久如同寒冷。你可以观察那些动物都做了些什么，而且还有时间去思考它们为什么会这样做。

一只田鼠由于我的靠近而受到了惊吓，浑身湿淋淋地穿过臭鼬的行迹。咦？它怎么会在白天跑出洞呢？莫非是因为雪化了感觉不舒服，出来发泄怨气？眼下，因为雪的消融，它在草丛里辛苦挖出来的秘密通道不但暴露在光天化日之下，而且还会惹人讥嘲。的确，那融雪化冰的太阳也已经开始嘲笑这小家伙经不住风吹日晒的经济适用型建筑了。

在自然界中田鼠算是一个理性的公民，它知道，当草长高了，就可以把草储藏在地下，并堆砌成一个个草堆；当风雪来临时，就可以打通暗道，把这些草堆连起来——这样，供给、需求和运输就能完美地组合在一起。对于田鼠来说，下雪就意味着不缺吃少穿，不担惊受怕。

一只毛脚鵟在草地的上空飞翔。忽然它停了下来，恰似鱼鹰般盘旋着，然后又如同长了翅膀的炮弹向湿地俯冲下去。它没再飞起来，我确定它是抓到了它的美味猎物——一位为生计担忧的“田鼠工程师”。这田鼠本应该晚上才出来巡视它这个原本井井有条的蜗居之所所受到的损害，但是它等不及了。

毛脚鵟不知道小草为什么生长，但它却很清楚，雪融化后它就能更容易地抓到田鼠。于是它带着对冰雪消融的期待从北极赶来，对它来说，冰雪消融意味着不再忍饥挨饿，不再为生存恐惧。

我跟随臭鼬的足迹来到一片森林，并穿过林中的一片空地。这里的雪早就让兔子踩结实了，上面还残留着兔子粉红色的尿渍。新生的橡树枝丫上的斑斑齿痕告诉我们，它们已为这融雪付出了代价。一簇簇的兔毛告诉我们，这里已经发生了首场年度雄性争霸赛。继续前行，我发现了一处血迹，周围是猫头鹰的翅膀留下的弧形痕迹。冰雪消融既让兔子找到了食物，又让它放松了警惕。不过，猫头鹰给了它们警示：在想着春天时更要谨防危险。

臭鼬的足迹继续向前延伸，看上去它对周围的食物不感兴趣，也对邻里的嬉闹和不幸漠然视之。我有些好奇，它究竟在想什么呢？究竟是什么原因让它离开了卧房？胖墩墩的它拖着大肚皮涉泥踏雪，难道是为了一个浪漫的相约吗？最终，足迹到了一堆浮木之中就消失得无影无踪了。我听到旁边的原木间传出“嗒嗒”的滴水声，我想臭鼬也能听到。我转身往回走，心里还在琢磨这小家伙到底去了哪里。

二月：上等橡木

如果你没有属于自己的农场，就会有两种错误的想法：一是认为早餐都来自杂货店，二是认为房间的温暖来自壁炉。

为了避免第一种误解，你应该亲自开辟一个菜园，那里最好没有商贩，免得发生纠纷。

为了避免第二种误解，你应该劈开一根上等橡木，把它放在壁炉架上，最好是放在没有火炉的地方。待到来年，早春二月的劲风摇撼你窗前的树木时，再让这根橡木温暖你的筋骨。如果你自己把橡树砍倒、劈好，拖回家堆成属于自己的橡木垛，明智的头脑就会让你记得冬季里的温暖来自何处。而这一切对于城里那些坐在暖气旁度周末的人来说是无法体会到的。

此时此刻，一根橡木正在我身边的壁炉里烧得赤红。它原本生长在顺沙丘蜿蜒而上的一条移民走过的古道边上。看到那棵橡树后，我做了一下测量，它的直径足有三十英寸，年轮居然有八十圈。它的生命肯定始于 1865 年，它的第一圈年轮证明了这一点，那也是美国内战结束的时候。但是我从橡树的生长过程中了解到，橡树要长到兔子够不到的高度，必须经过十年或更多的时间。每年冬季，橡树的树皮都会被兔子啃掉一圈又一圈，直到来年夏天发芽再生。的确，清楚的一点是，每一棵幸存下来的橡树要么是躲开了兔子的视线，要么是碰巧赶上兔子数量不足。或许有一天，将会有一个耐心的植物学家绘制出橡树生长的速度曲线，这条曲线会显示，橡树每十年就有一个生长的波峰，它们和兔子数量的最低谷恰好对应。（正是由于物种内部以及物种之间的永恒争斗，动物和植物这两类种群才能双赢。）

很有可能，在 19 世纪 60 年代中期，我的这棵橡树开始生长的时候，兔子的数量刚好锐减，而长出这棵橡树的橡子在萌发前的十年间就落到了土里；也有可能那时还有大篷车从这条路驶过，奔向大西北；或许由于移民之路的红尘泛起，使得这粒橡子破土而出，在阳光下绽放它的第一片嫩叶。实际上，上千粒橡树种子中可能只有这一粒抵抗住了兔子的侵扰，其余的刚刚萌发就消失在茫茫的大草原了。

令人欣慰的是，这棵橡树逃脱厄运顽强地活了下来，并吸收储藏了八十年的六月之光。如今，这八十载的能量在我的斧锯介入后释放出来，给我的小屋和我的心灵带来了温暖。每一缕从我的烟囱升起的轻烟，都是对阳光的伟绩的告白。

我的狗并不在乎温暖从何而来，但它却在意温暖是否存在，存在多久。实际上，它一直认为我拥有制造温暖的魔力。每当我在寒冷漆黑的拂晓起床，哆嗦着跪在炉边生火时，它总是挤到我和放在炉灰上的柴火之间，而我只能从它的两腿间把火柴伸到炉子里点燃炉火。我想，它的这种忠贞信念完全能使群山动容。

这棵独特的橡树没有成材是因为一道闪电。那是七月的一个晚上，我们被一声响雷震醒。我们意识到附近一定有地方被雷劈了，不过当然没有击中我们。我们继续睡觉。人们总是以自己的经验作为检测一切的标准，遇到雷电尤其如此。

第二天清晨，我们在沙丘上漫步，与金光菊和四叶草一起分享昨晚那场雨后的清新时，无意间注意到路边的一棵橡树掉了一大块皮，树皮显然刚掉不久。树干上有个一英尺宽的螺旋状的伤痕，白白的，还没有被太阳晒黄。但到了第二天，树的叶子枯掉了。我们意识到，那天晚上的雷电给我们留下了三大捆的柴薪。

我们缅怀这棵逝去的老橡树，但也知道它还有无数的子孙正屹立在沙丘之上，担负着成材的重任。

我们让这老橡树继续享受了一年的阳光，不过这时的阳光对它来说除了使它风干没有其他意义。在一个爽朗的冬日，我们拿出一把刚锉好的锯子，从它那坚如堡垒的根部开始锯起，这时承载着它生命历史的细小木屑带着芳香从锯子的切口飞溅出来，落在伐木者面前，很快就在雪地上堆积起两堆木屑。我们感到，这两堆锯木屑远非普通意义上的木屑，而是一个世纪的积累。就这样，锯子穿过老橡树的年轮，一锯接一锯，一个十年又一个十年，最后终于看懂了老橡树一生的风霜。

锯子只拉了十二下，就切到了我们在农场的那段日子，那个时候我们学会了如何热爱和珍惜这个农场。瞬间锯子又把我们带到前任农场主的那几年，这个农场主是酿私酒的，他痛恨这个农场，他搜刮了农场的所有财富，一把火烧了农场的房子，最后把废墟般的农场（连同拖欠的赋税）丢给郡县管理，然后在大萧条时期消失在那些无家可归的人群之中。然而橡树还是为他奉献了优质木材，木屑一样芳香，一样结实，一样粉红。橡树对所有的人都不偏不倚。

受到在 1936 年、1934 年、1933 年和 1930 年这几年发生的沙暴干旱影响，那位私酒酿造者结束了对农场的统治。那些年，从他的蒸馏房里冒出的橡树烟、燃烧沼泽升起的烟尘，必定是遮天蔽日，烟雾弥漫。当时一系列的环境保护措施已经在这片土地上实施，但对于这些，木屑并没有明显的体现。

“休息一下吧！”这时工头喊了一声，于是我们便停下来歇口气。

现在我们的锯子切入了 20 世纪 20 年代，史称“巴比特年代”。当时一切事物都在轻狂自大中发展得更大、更强，直到 1929 年股市崩盘。就算是橡树听到了这崩盘之声，恐怕对它的木质也不会有丝毫影响。它更不会关注立法机关多次颁布的爱护树木的措施。比如在 1927 年颁布的国家森林法及伐木法，1924 年在密西西比河上游的洼地建立一个大型保护区的决定，以及 1921 年的新森林政策。同样它既不关心 1925 年这个地区失去了最后一只貂，也没注意到 1923 年这里飞来了第一只椋鸟。

1922 年，三月，“大冰雹”事件发生，一场大雨雪压折了附近的每棵榆树，而我们的这棵橡树却毫发无损，对这样上等的橡树来说，一吨左右的冰雪根本不算什么。

“休息一下！”工头又喊了起来，于是我们又停下来休息。

现在，锯子又切进 1910 年至 1920 年间，这是人们大做排水造田之梦的十年。那时候，人们用蒸汽挖土机抽干了威斯康星州中部的沼泽地，试图在那里开辟一大片农场，结果得到的却是一堆灰烬。而我们的沼泽能逃过一劫并不是因为工程师的谨慎自制，而是因为在1913年到1916年的每年四月，这里的河水都会把沼泽淹没，并且来势凶猛。这也许是大自然所采取的防御性报复。而橡树还是以同样的姿态挺立着，即使是1915年，最高法院宣布废除各州的森林管辖权时，州长菲利浦武断地表示："州立林业没有什么商业前景可言。"（这位州长或许并不懂得什么是商业，利益的概念又有几种。他也不会意识到当在法规中写下"利益"的概念时，大火就会在土地上写下另一种概念。或许对一个州长来说，在这样的问题上是不应该有疑虑的。）

在林业发展衰退的十年间，动物保护却取得了长足发展。1916年，野鸡成功地在瓦克夏郡安了家；1915年出台的联邦法令禁止春季狩猎；1913年州立猎场开始建立；1912年的"雄鹿法令"对雌鹿进行了保护；1911年全州各地纷纷建起保护区来保护动物。"保护区"成了一个神圣的词汇，而这一切对橡树来说没有丝毫影响。

"休息一下！"工头又喊道，我们便又停下来休息。

现在我们锯到了1910年。在这年，一位杰出的大学校长出版了一本有关环保的书。书中讲述了曾经严重的叶蜂病虫害损毁了数亿万株的美加落叶松；一场旱灾使得大片松林干枯死亡；一台大型挖泥机抽干了霍里肯沼泽的水。

我们又锯到了1909年。这一年，胡瓜鱼在五大湖区首次被放养。由于这年夏季雨量超出常年标准，导致州议会削减了森林防火经费。

我们锯到了1908年。这是一个干旱无雨的年份，森林大火肆虐，导致最后一只美洲狮在威斯康星州消失。

我们又锯到了1907年。这一年，一只猞猁在寻找乐土时迷失了方向，在丹恩郡的农场上丧了命。

我们锯到了 1906 年。这一年，第一位主管林业的州政府官员上任；大火烧毁了沙郡地区的一万七千英亩的林地。

我们锯到了 1905 年，这一年，从北方飞来的一大群苍鹰把当地的松鸡吃了个精光。（毫无疑问，它们也曾驻足于这棵橡树，吃掉了这里的一些松鸡。）

我们锯到了 1903 年至 1902 年，这两年的冬天寒冷至极。接着是 1901 年，这一年发生了有记录以来最严重的旱灾（降水量仅十七英寸）；1900 年，这是一个满载希望和祈祷的纪年，橡树则一如既往地增加了一个年轮。

“休息！”工头又喊了起来，我们又停下来喘口气。

这时，我们的锯子进入了 19 世纪 90 年代。这时候的人们开始把目光从农村转向城市，在历史上人们称之为“快乐年代”。1899 年的这一年，一只鸽子在旅途中被子弹击落，地点就在北方两个郡之外的，巴布科地区附近。锯子进入 1898 年，这年秋季干旱，接着冬天又很少下雪，冻土深达七英尺，苹果树都冻死了；1897 年，又是一个大旱之年，又有一个林业委员会成立；1896 年，仅斯普纳村就有二万五千只草原松鸡被装船运往市场；1895 年，又是一个森林大火之年；1894 年，干旱无雨；1893 年，发生了“蓝知更鸟暴风雪”，这年三月的一场暴风雪使正在迁徙的蓝知更鸟大量死亡，所剩无几（起初蓝知更鸟经常会栖息在这棵橡树上，但到 19 世纪 90 年代中期以后，这样的情景就再也看不到了）。锯到了 1892 年，这年又发生了森林大火；1891 年，周期性出现了松鸡数量的剧减。锯到了 1890 年，“巴布科克牛奶试验器”问世，正因为有了它，在半个世纪后，州长海尔才可以毫不谦虚地说，威斯康星州是全美的乳品场。现如今，该州的汽车牌照都在显示这个值得炫耀的特色，即便是巴布科克教授本人也始料不及。

同样是在 1890 年，为了给拥有大草原的各州奶牛建造一个红色牛栏王国，我的橡树亲眼目睹了史上最为庞大的松木木排沿着威斯康星河顺流而下。这些优质松木为奶牛遮风挡雪，正如这橡木帮我取暖御寒一样。

“休息！”工头又吆喝起来。我们便又停下来休息。

现在，我们的锯子锯到了 19 世纪 80 年。进入 1889 年，在这个干旱之年，植树节首次被确定下来；锯子进入 1887 年，这一年，威斯康星州任命了首批狩猎执法员；进入 1886 年，农学院首次为农场主举办短期课程班；进入 1885 年，这年的冬季前所未有地漫长而寒冷；进入 1883 年，学院院长 W·H·亨利在报告中指出，麦迪逊市本年度的春季花开时间比其他年度的平均时间晚了十三天；进入 1882 年，在 1881 年至 1882 年的那场“大雪”和酷寒之后，门多塔湖的解冻时间比以往晚了一个月。

同样是在 1881 年，威斯康星农业协会针对一个问题展开了辩论。这个问题是：“为什么在过去的三十年间，全国各地出现了大面积的黑橡树次生林？”我的橡树就是其中的一棵。有的人认为这只是一种自然现象，有的人认为这是由南迁的鸽子吐落橡子造成的。

“休息！”我们又停下来休息。

现在，我们的锯子进入了 19 世纪 70 年代，这是威斯康星州疯狂种植小麦的时代。在 1879 年的某个星期一的早晨，麦中的长蝽、蛴螬、锈病，及土壤肥力耗尽，最终让威斯康星州的农场主意识到他们在这场以牺牲土地为代价的种植小麦的竞赛中根本无力战胜西部原始大草原。我猜测，我们的农场也在那场竞争扮演了角色。而从这棵橡树的正北面吹来的风沙正是当年过度种植小麦的后果。

也是在1879年，威斯康星州第一次开始养殖鲤鱼。偃麦草也第一次从欧洲被偷运进来。1879年10月27日，六只远道而来的草原榛鸡落到麦迪逊市的德国卫理公会教堂屋顶上，静静地注视着这座成长中的城市。11月8日，有报道称，麦迪逊的市场里堆满了鸭子，每只售价10美分。

1878年，一个来自索克流域的猎鹿人预言说，狩猎人的数量以后会比鹿还多。

1877年9月10日，在马斯基戈湖畔，有一对兄弟仅在一天里就猎杀了二百一十只蓝翅鸭。

1876年，是有记录以来最潮湿的一年，降雨量达到五十英寸。由于雨量过多，造成这一年草原榛鸡的数量大大减少。

1875年，四个猎人在此地以东一个郡外的约克草原上猎杀了一百五十三只草原榛鸡；同年，美国渔业委员会在这棵橡树以南十英里之外的魔鬼湖中放养了大西洋鲑鱼。

1874年，首批由工厂制造的带刺铁丝网被钉入了橡树。但愿我们正在锯的这棵树中没有埋下此类人工制品。

1873年，一家芝加哥公司收购了两万五千只草原榛鸡，并在市场上销售。这年，在芝加哥一个地方就销售了六十万只草原榛鸡，价格是每打3.25美元。

1872年，在西南方两个郡之外，威斯康星州的最后一只野生火鸡遭到猎杀。

我们可以这样认为，19 世纪 70 年代这十年间，随着拓荒者种植小麦的热情的消退，拓荒者嗜血猎捕的行为也结束了。

1871 年，在向我这棵橡树的西北方延伸五十英里的三角地带内，有 1.36 亿只鸽子筑巢。有的鸽子可能就把巢筑在了我的这棵橡树上。因为那时它可能只是二十英尺高的茂盛小树。不幸的是，大量的鸽巢引来了大批的猎鸽人，他们拿着网、猎枪和盐砖来捕杀鸽子。一列列火车载满即将成为肉饼的鸽子，不断驶向从南到东的每个城市。这次大规模的筑巢是鸽子在威斯康星州的最后一次，此后在其他州几乎也没有再出现过类似的规模。

这一年还有其他一些事件被记录下来。帕斯蒂戈的大火烧光了几个郡的森林和草原，土壤变成焦土。而芝加哥的大火据说是一头奶牛发脾气时造成的，一蹄泛起冲天火。

1870 年，草原田鼠演绎了它们的帝国大战役。在这个年轻州郡刚刚开辟的果园里，它们吃光了所有的果树，然后死去。可是它们并没有吃我这棵橡树，那时候它的树皮对这些田鼠来说已经太过于厚，也太过于硬了。

也是在 1870 年，一名市场猎人[①]在《美国运动家》杂志上炫耀说，在芝加哥附近，仅一个季度他就猎杀了近六千只鸭子。

“休息！”我们又停下来休息。

现在，我们的锯子锯到了 19 世纪 60 年代。那时，成千上万的人为

① 这是当时那个特殊年代衍生出的特殊职业。市场猎人可受雇于他人去狩猎，也可以狩猎谋生。——译者注

了解决以下问题而前赴后继：人与人组成的群体是不是可以轻易走向瓦解[1]？他们解决了这个问题，但无论是那时的人们，还是如今的我们都没有意识到同样的解答也可以应用于人与土地之间的和谐共处之中。

这十年间，人们对更广泛的问题有了深入的研究。1867 年，英克里斯·A·拉帕姆[2]说服州园艺协会提供奖金来奖励植树造林；1866 年，威斯康星州的最后一头麋鹿死在猎枪之下。锯子锯到了 1865 年，这是我们的这棵橡树长出髓心的一年。这一年，约翰·缪尔[3]要向他兄弟买一块地，用来保护野花，因为野花在缪尔青年时期对他后来的研究兴趣养成起了十分重要的作用。缪尔的兄弟在我这棵橡树以东三十英里外有一座家庭农场，他虽然没有出让这块土地，却无法阻止缪尔的这个想法——1865 年产生了威斯康星州历史上最早的人们对自然、自由的敬畏之心和对野生生灵的悲悯情怀。

我们已经锯到了树干中心，此时，锯子在橡树的历史年轮上回转方向，在重温了那些年代之后，锯子又向外切近树的边缘。最后，巨大的树干颤抖了一下，锯缝突然变宽，锯子被快速拉出，锯木人立刻向后跳到安全的地方。所有的人齐声高喊“顺山倒咯！”我的橡树开始倾斜，嘎吱作响，最后随着一声轰响倒下，它身下的土地正是赋予它生命的那条移民古道。

现在我们开始制作木材了，一段段的木料被一根根地竖起来，大锤在叮叮当当地打着钢楔。一会儿，带着浓郁芳香的上等橡木使被整齐地

① 指美国内战。——译者注

② 英克里斯·拉帕姆（Increase A. Lapham），美国地质学家。——译者注

③ 约翰·缪尔（John Muir），美国著名博物学者和探险家，代表作有《加利福尼亚的群山》（1894）、《我们的国家公园》（1901）等。——译者注

堆放在路边。

对历史学家来说，锯子、楔子和斧头的不同功能蕴含着深刻的寓意。

锯子须按顺序一年一年横切过每个年代。锯齿会从每个年代间抽出细小的碎末，碎末一堆堆积起来，伐木者称它为“锯木屑”，历史学家则称它为“史料”。伐木者和历史学家都要依据外在的、依稀可见的样本来判断其内在的特质。直至锯子完全横切过树的全部年轮，当树倒下后，我们才能目睹整个世纪的全貌。树木倒下后，它所承载的缤纷史实也逐一得到了证实。

与锯子不同的是，当楔子打入木头时会出现一个放射状口子。口子可能会让你在一刻间纵览历史，也可能会让你一无所获，这取决于选择楔入点的技术。（如果没有十足把握，最好让树风干一年，直到它自己出现裂缝。许多匆忙敲进树干的楔子都会选错楔入点，最后只能陷进木头里生锈。）

而斧子呢，只能以某个角度向各个年代斜砍，而且砍到的基本是树干外围的近期年轮。它的特殊功能是砍掉树杈，在这方面锯子和楔子就派不上用场了。

对优质橡木和缤纷历史来说，这三样东西是不可或缺的。

在我被这些思绪萦绕时，身边的水壶唱起歌来，上等橡木在白色的灰烬上烧成火红的木炭。当春天到来时，我会把这些灰烬归还给沙丘脚下的果园，它们将再次回到我的身边，也许到了那个时候它们会变成红苹果，或是变成十月松鼠的进取精神。那个肥硕的松鼠正在努力地种植着橡果，尽管它自己并不清楚这样做到底为什么。

三月：大雁归来

俗话说，“孤燕不是夏，独柳不成春”。但当一群大雁冲破三月融雪的天际时，春天就实实在在地来了。

一只对着融雪欢唱春歌的北美红雀若是发现自己搞错了，就能回归冬日的寂静来弥补错误。一只花鼠走出洞穴，想要沐浴一下久违的阳光，可偏偏遇上了暴风雪，便能再回到洞里继续冬眠。但对一只满怀希望迁徙的大雁来说，在黑暗中历经长达两百多英里的路程寻找一个融开冰洞的湖面，是以生命为赌注的出行，因此是不能轻易言退的，而与之相伴的就是它们破釜沉舟的坚定信念。

如果你不晓得抬头仰望天空，不晓得倾听大雁的鸣叫，你会觉得三月的早晨是如此地单调乏味。我曾认识一位佩戴 Phi Beta Kappa[①] 标志的、很有教养的女士。她跟我说，她从来没注意到过大雁会从头上飞过，也从未听到过雁鸣。可是那些大雁却会一年两次向她那个隔音很好

① 美国大学优等生荣誉学会。——译者注

的屋顶宣告季节的变换更迭。难道教育是人们用认知能力与身边毫无价值的琐碎事物交换的过程吗？如果大雁也这样做的话，那么它很快就会变成一堆羽毛了。

向我们农场宣告季节更迭的大雁知道很多事情，甚至包括威斯康星州的法规。十一月南飞的大雁从我们头上高傲地迅速飞过，远远地望着它们喜爱的沙洲和沼泽，不发出一声鸣叫。大雁的飞行目标是农场以南二十英里外的一个大湖。人们向来用“飞得向乌鸦一样”来形容鸟儿笔直飞行的方式，但对大雁的直线飞行方式，如果用这句谚语来形容犹觉不够。抵达目标之后，大雁白天会在湖面上徜徉，晚上才会到刚刚收割的玉米地里偷吃残株上的玉米粒。十一月的大雁知道，从黎明到傍晚，每个沼泽和池塘附近都有令人恐怖的、守候着它们的猎枪。

与之相比，三月的大雁则不同了。尽管被大号铅弹打坏的羽翼能证明它们整个冬天都处在被猎杀的状态，但它们清楚春天休战期从现在开始了。它们沿着蜿蜒的河道低空飞行，掠过没有了猎枪的小岛，像久违的老友一样和沙丘低语。它们低空穿梭在沼泽和草地上方，与每个刚融化的水洼和池塘亲切地打着招呼。最后，在我们的沼泽上试探性地打了几个盘旋之后，张开翅膀，放低黑色的双脚，静静地滑翔到池塘上。在远山的映衬下，大雁尾部的羽毛显得格外洁白。这些大驾光临的贵客一落到水面，就一边大声鸣叫着，一边拍打着水花，抖落掉脆弱香蒲上的最后一点冬意。我们的大雁又回家了！

每年的这个时候，我都希望自己是一只麝鼠，可以在沼泽深处津津有味地观赏这一切。

首批到达这里的大雁会欢天喜地地鸣叫着，对每一群迁徙而来的大雁发出邀请。几天后，沼泽地里就到处都是大雁的身影了。在我们的农场上，我们根据两种标准来衡量春天是否富足：一是看我们种了多少棵松树；二是看迁居于此的大雁有多少。后者的最高纪录发生在 1946 年 4 月 11 日，当时此地的大雁总数为六百四十二只。

和秋天一样，春天的大雁也会去玉米地觅食，但不是夜晚偷偷摸摸地出行，而是大白天闹闹腾腾、叽叽喳喳地啄食玉米粒，然后再兴高采烈地飞回来。它们每次出发前都要进行一番有关食物味道的大辩论；而每次返回时，辩论的声音就更大了。归来的大雁一旦感觉到彻底放松，就不再试探性地在我们的沼泽上空盘旋了，它们会像飘摇的枫叶般，忽而左，忽而右地滑翔于空中。有时会叉开双脚冲向地面那些欢呼跳跃的伙伴们。我猜想，接下来的絮絮叨叨一定和晚餐的质量有关。它们现在吃到的，是那些在冬天被大雪覆盖了的，因此没有被觅食的乌鸦、棉尾兔、田鼠和雉鸡发现的残留的玉米粒。

一个清楚的事实是，大雁觅食所选择的玉米地从前通常都是大草原。没有人知道，这种对大草原玉米的偏好是因为它的营养价值高还是源于雁群自大草原时代起一代接一代传承下来的古老传统。又或许这只是由于一个简单的事实——草原玉米地通常比较广阔。如果我懂得它们每天在前往玉米地前后那震耳欲聋的争论，就会很快知道它们为什么偏爱大草原上的玉米了。但是我听不懂，因此一切都还是迷。不过这样也不错，假使我能洞悉大雁的一切，这世界将会变得多么无趣啊！

在观察春雁的日常活动时，我们发现了很多飞来飞去不断鸣叫的孤雁。它们的叫声很容易让人联想到忧伤与哀愁。因此我们推断它们或是在为失去伴侣而忧伤，或是在寻找失散的孩子。然而，有经验的鸟类学家认为，对鸟类行为的主观臆断并不靠谱，因此，长期以来我对此类问题始终保持开放的心态。

大约有六年的时间，我和我的学生一直研究构成雁群的雁只的数量。之后我们意外地发现了造成孤雁的原因。根据数学分析的结果表明，构成雁群的雁只数目通常是6或6的倍数，这绝不是单纯的巧合。换句话说，雁群是由一个家庭或数个家庭构成的，而春天出现的孤雁可能正如我们之前的设想，是冬季猎杀时失去亲人的幸存者，正在徒劳地寻找逝去的亲人。现在我可以敞开悲悯之心和那些哀鸣的孤雁一同哀伤了。

乏味的数学能够证实爱鸟者的感伤情怀，这种情况并不多见。

四月的夜晚，天气变得温暖和煦，我们喜欢坐在户外聆听雁群在沼泽上的集会。集会开始前有很长一段时间是静静的，只能听到沙锥鸟拍打翅膀的声音，远处的一只猫头鹰在一声一声地咕咕叫着，间或还能听到某只秧鸡在用鼻音发出多情的咯咯声。忽然，一声雁鸣划破寂静的夜空，沼泽里立刻发出嘈杂与喧嚣的回声——有用翅膀拍水的，有用脚蹼作桨划水的，有的大雁用头在水中破浪前行，还有那些看热闹的大雁为各自的团队呐喊助威。最终，随着一声低沉的、号令般的雁鸣，嘈杂与喧闹瞬间平息下来，只有雁儿间那永远停不下来的窃窃私语。每当这时我又会希望自己是一只麝鼠。

当银莲花盛开的时候，我们的雁群集会就开始减少了。在五月来临前，我们的沼泽就又成了一片仅有绿草的湿地，能带给它生机的只剩下红翅黑鹂和秧鸡了。

具有讽刺意味的是，在人类历史上，直到 1943 年一些大国才在“开罗会议”上发现“联合国家”的意义。然而，世间的大雁早就有了这种观念。每年三月它们都以生命为赌注来实践这一基本真理。

自然界之初，和谐统一的整体主要表现在冰原这个整体。然后随之而来的是三月雪融的一致性，然后是全球大雁一起向北迁移。自更新世①以来，每年三月，雁群就会吹起联合的号角从中国海到西伯利亚大草原，从幼发拉底河到伏尔加河，从尼恩到摩尔曼斯克，从林肯郡到斯匹次卑尔根群岛。自更新世以来，每年三月，雁群都如此集结，从柯里塔克到拉布拉多，从玛塔慕斯基特到昂加瓦湾，从霍斯舒湖到哈得孙湾，从艾佛利岛到巴芬岛，从潘汉德尔到马更些，从萨克拉门托河到育空河。

雁群的这种跨国往来，使伊利诺斯州的玉米残粒穿越云层到了北极苔原，与那里取之不尽用之不竭的六月阳光②结合，哺育了大地上的乳雁。在那里，大雁年复一年，日复一日地享受阳光带来的食物，在冬日的温暖里感怀夏日的寂寞。而在这个过程中，大地也收获了“无本之利”——一首从晦暗天际间飘落在三月沼泽上的荒野诗篇。

① 更新世亦称洪积世，也称冰川世，公元前 180 万年至公元前 1 万年。更新世是冰川作用活跃的时期，是地球上气候发生剧烈变化的时代。在这一时期出现过大规模的冰川活动。冰川的前进和退缩，形成了寒冷的冰期和温暖的间冰期的多次交替，并导致海平面的大幅度升降、气候带的转移和动、植物的迁徙或绝灭。这些事件对早期人类文化的发展产生过巨大的影响。——译者注

② 指北极的极昼之光。——译者注

四月：潮水袭来

自然界的逻辑有时是类似的，正如大河多流经繁华都市，春天的洪水也会把偏远廉价的农场围困起来。我们的农场就属于后者。我们四月到这儿来，有时就被困住了。

即使不是刻意为之，人们也能根据天气预报推测北方的雪什么时候融化，还有多少天洪水会肆虐上游的城市。这样，到了星期日的傍晚，有些本该回城里上班的人就回不去了。然而泛滥的河水为其破坏周一早上的“约会”而倾诉着的同情，听起来是那么温柔！大雁在目睹一片又一片玉米地变成一个个的湖泊时，发出低沉而高傲的叫声。每隔一百码就有一只新来的大雁用力舞动着翅膀，奋力率领它们的梯队在早晨巡视这新的水世界。

大雁对潮水的热情很微妙，这很容易被那些不懂雁语的人所忽视。但鲤鱼对潮水的热情是显而易见的。涌来的潮水刚刚淹没草根，鲤鱼就都赶来了。它们窜来窜去，东翻西找，就像被放逐到草原上的猪一样。

它们晃动着红色的尾巴和黄色的肚皮，漫游在马车车辙里和牛径上，穿梭在芦苇和灌木丛中，急于了解这个对它们来说正在扩大的世界。

与大雁和鲤鱼不同，栖息在陆地上的鸟类和哺乳动物却以哲人般的超然态度迎接潮水。一只红雀站在河边的桦树上大声叫着，宣布这是自己的领地，但那里除了周边的树，其他什么都已不见了。一只雄松鸡在洪水淹没的树林里发出击鼓的声音，它一定是站在空心原木顶上才能发出这样击鼓的声响[①]。田鼠们恰似袖珍的麝鼠一般镇定自若地游向突出于水面的高地。一只鹿从果园里跳出来，被迫离开平日里在柳树林中的蜗居。最多的是兔子，到处都是。它们平静地接受了我们提供的一小块山丘作为临时住所——诺亚不在时，这山丘便是它们的方舟。

春天的洪水带给我们的不仅是刺激的冒险，而且也带来了从上游农场漂下来的、令人意想不到的东西。一块旧木板在我们的草地上搁浅了，对我们而言，它现在的价值是刚被伐好放在贮木场那会儿的两倍。每块旧木板都有自己独特的故事，而这故事通常不为人所知，但我们可以从木材的种类、尺寸、钉子、螺钉、油漆，以及木板是否上过最后一道漆，是否磨损或腐朽等方面猜测。人们甚至可以从它边缘和末端在沙洲上磨损的状况，猜出它在过去年月里曾几度受到过大水的冲蚀。

我们的木柴垛全都是从河里搜集而来的，这样，它便不仅是某个个人劳作的记录，还是上游农场和木场里的人们努力奋斗的史诗。尽管老木板的自传还没有在大学校园里作为文学被讲授，但是河岸边的任何一座农场都是一家“图书馆”，使用锤子和锯子的人可以在这里惬意地阅读。每次河流涨潮，都会让“馆藏”增加一些。

① 雄松鸡在求偶的时候总是站在空心的圆木上拍动翅膀，发出击鼓般的声音。——译者注

孤独有不同的程度和种类。湖中的一座孤岛是一种孤独，但湖上有船，就会有人来此造访；一座高耸入云的山峰是另一种孤独，但大多数山峰都有小径，有小径就有游客。我不知道有哪一种孤独可以和春天洪水带来的孤守相比。大雁也不知道，即使它见过更多种类的孤独。

我们坐在小山上一朵刚盛开的银莲花旁，望着雁儿飞过，看着我们走过的路慢慢地被水淹没，我断定（内心喜悦不露声色地断定）：至少在这天，只有鲤鱼有资格谈论来来往往的交通问题。

葶苈

从现在开始的几个星期之内，葶苈（draba）[①]——具有最小花蕾的开花植物，会以小小的花朵来点缀这片沙漠。

对春天有所期待且趾高气扬的人，是不会看到像葶苈这般渺小的东西的。对春天不报希望、垂头丧气的人，往往脚踩葶苈却浑然不知。只有趴在泥土里寻找春天的人，才会发现到处都有葶苈的踪迹。

葶苈并无太多的所求，哪怕是一点点的温暖与舒适。它生存的环境无人问津。在植物学的书籍里对它的描述很少，即使有也只是三两行匆匆带过，更不会为它附上插图或照片。贫瘠的沙土，微弱的阳光无法让葶苈长得更大、更好。毕竟，葶苈还算不上春之花，仅仅是对希望的补给。

葶苈不会令人心动。要说有香气，也会被阵阵微风吹散。它的颜色是很朴素的白色，叶子上有一层明显的绒毛。它太小了，不足以成为食

① 葶苈属，双子叶植物纲，植株矮小，花小。主要分布在北半球北部高山地区。我国约有五十四种，主要分布在我国西南、西北高山地区。——译者注

物，也不是诗人歌咏的对象。曾经有植物学家给它起过一个拉丁文的名字，但后来就把它忘记了。总之，它无足轻重，只是一种又快又好地完成了自己使命的微小植物而已。

大果栎

在学校，孩子们投票选州鸟、州花或州树时，并不是在做什么决定，而是对历史进行认可。当大草原的草先行占据了南威斯康星地区时，历史就让大果栎成了这里的特色树种。它是唯一能在草原大火中存活下来的树种。

你可曾有过疑问，为什么整棵大果栎上都覆盖着又厚又结实的、很有韧性的树皮，连最小的枝条也是如此呢？这层皮其实是一副盔甲。大果栎是森林在扩张入侵时派遣去攻击草原的装甲部队，它们必须和大火对阵。每年四月，在新生的绿草覆盖草原使其无法燃烧之前，野火在这片土地上肆虐，能幸存下来的只有树皮长得足够厚、不会被烧焦的老树。这些树大多数是大果栎。拓荒者所说的“栎树空地”指的就是那些稀疏的老栎树林。

工程师们并未找到绝缘材料，他们从这些草原征战的“老兵”身上学到了如何制作这种材料。而植物学家足可以对那场打了两万年的战争研究很长时间，战争的痕迹则记录在埋藏于泥土中的花粉颗粒里，停留在当时被扣留在“后方”并被遗忘在那儿的残留植物里。根据记载，森林的阵线曾经退到苏必利尔湖，也曾向南大范围推进。森林一度南进甚远，结果在威斯康星州南部边界甚至更南的地方，出现了云杉和其他一些充当“卫士”的树种。在这一区域的所有泥炭沼的某一层中，都出现了云杉花粉。但森林和草原之间的战线大致就处于现在的位置，而战争的最终结果是胜负难分的平局。

草原和森林之间的战争会出现这种结果，原因之一就是它们的一些同盟者先支持了一方，而后又反过来支持了另一方。比如，兔子和田鼠在夏天蚕食整个草原绿油油的青草，到了冬天又啃食大火中幸存的橡树幼苗的树皮；松鼠在秋天播撒橡子，但在别的季节里又会吃掉这些果实；金龟子在幼虫期会破坏草原的草皮，到了成虫期则会毁掉橡树的树叶。这些盟友们左右摇摆的结果就是，在我们今天的地图上，出现了这样一幅斑斓艳丽且极具装饰性的草原与森林的分布图。

乔纳森·卡弗[①]曾给我们留下过一段关于前殖民时期大草原边界的生动写照。1763 年 10 月 10 日，他游历了蓝丘，即丹恩郡西南角上的一群高山（现在是茂密的深林）。他写道：

> 我登上最高的一座山峰，眺望广袤的乡野。在绵延数英里的范围内，除了更低些的群山之外什么也看不到。远远望去，这些山即使有茂密的树木，也像一个个圆锥形草堆，覆盖山谷的只有一些山核桃林和矮小的橡树。

19 世纪 40 年代，一种新来的动物介入了草原之战，那就是拓荒者，尽管他们并非刻意参战。他们耕耘了足够多的田地，因而使草原失去了古老的盟友——火。于是，橡树幼苗轻而易举地大批越过草原，曾经是大草原的地区变成了种植林木的农场。如果你对这个故事有所怀疑，可

① 乔纳森·卡弗（Jonathan Carver，1732—1780），美国旅行家。——译者注

以在南威斯康星的任何一个山脊林场数一数树桩上的年轮。除了最老的树以外，其他树木的年代都可上溯到 19 世纪五六十年代，正是从那个时期开始，草原大火不再燃烧。

在这一时期，新生树林战胜了古老的草原，一丛丛树苗填满了栎树林中的空地。约翰·缪尔正是这期间在马凯特郡长大的，他在《少年与青春》一书中回忆道：

> 在伊利诺斯和威斯康星大草原肥沃的土地上，生长着又高又茂密的草，这为草原野火提供了条件，导致树木难以在草原上生存。如果没有火，作为此地一大特色的茂盛草原就会被浓密的树林所取代。一旦栎树空地形成，农场主就会想法预防草原大火的发生，而残留地下的树根会长大，并形成无法通行的茂密树林，那些沐浴着阳光的栎树空地也就消失了。

因此，拥有一棵大果栎的人所拥有的远远不止是一棵大树，而是一座史料图书馆，或是那不断上演进化戏剧的剧场里的保留座位。在有洞察力的人看来，他的农场贴满了草原战争的徽章和标记。

空中之舞

在拥有这座农场两年后我才发现，四月和五月的每个傍晚，在我的树林上空都会上演空中舞蹈。自从有了这一发现，我和家人就一直不愿错过任何一场演出。

在四月第一个温暖的傍晚，六点五十分，表演准时开场。此后的每天，大幕拉开的时间都要比前一天晚一分钟，一直到六月一日，那天的表演将在傍晚七点五十分开始。这种形式的变化出于一种炫耀的需求，因为舞者要求与 0.05 英尺烛光[①] 亮度丝毫不差的光线以保持浪漫的效果。观众不能迟到，只要静静地坐在那儿，否则舞者就会气冲冲地飞走。

和开场时间一样，舞者对舞台的形式、规格同样有着严格的要求。舞台必须是林中或灌木丛中开阔的圆形“剧场”，中心必须有一处长着苔藓的地方、一片不毛的沙地、一块露出地面的光秃秃的岩石，或者一条空旷的林间小路。雄丘鹬为什么一定要坚持在旷野中进行“舞蹈秀”呢，最初这令我感到迷惑，但现在我想原因在于它的腿。丘鹬的腿很短，它要想昂首阔步潇洒于这浓密的草丛间，还真非易事，更难得到它心仪女士的回眸。我的农场上的丘鹬比大多数农场里的多，其原因是我这里有更多长着苔藓的沙地，这些沙地太贫瘠了，根本长不出草来。

了解了时间和地点后，你就可以坐到舞台东面的灌木丛下等候，在夕阳映衬下守候着丘鹬出场的那一刻。当它从邻近的某个树丛低低飞过来，落在光秃的苔藓上时，演出的序曲就奏响了。曲调是每隔两秒钟发出的“嘭嚓”声，听起来古怪沙哑，很像夏天里夜鹰的啼叫。

“嘭嚓”的声音戛然而止，鸟儿遂拍打着翅膀，绕着大圈盘旋着飞向高空，并发出有乐感的“嘁喳”声。它越飞越高，盘旋的幅度越来越陡，身形越来越小，而“嘁喳”声则越来越响亮，直到它飘动的身姿在空中变成一个小点。然后它又像一架急坠的飞机一样，在毫无预示的情况下直降下来，并在空中发出温柔、清凉的颤音。这声音如此轻柔凄

① 英尺烛光，光照度单位，现罕用。——译者注

美，就连三月蓝鸲也会羡慕不已。在离地几英尺的地方它又开始平飞，慢慢落回到它表演“嘭嚓”序曲的地方，而且通常不偏不斜地落在它开始表演的那一地点，并重新发出“嘭嚓”的声音。

天色很快就暗下来，很难再看清地面上的丘鹬，但是你可以借着暮色连续一小时观看它在空中的飞翔。演出的持续时间通常也是一小时，然而在明月高照的夜晚，演出可以继续，也可能会间歇一段后再继续，就这样月光会陪着我们一起欣赏下去。

随着天光破晓，前一夜的演出过程会重新演绎。在四月初，演出的落幕时间是清晨五点十五分，此后每天都要提前两分钟落幕。直到六月，全年演出的结束时间是在凌晨三点十五分。为何会出现这种出演与落幕时间的差异呢？唉，我想即便是浪漫也会有疲惫的时候，因为在黎明，空中舞蹈结束时所要求的光线强度，只有在傍晚舞蹈开始时所要求的光线的五分之一。

或许是一种幸运，不论人们怎样全心研究树林与草地中上演的数百种小戏剧，都无法完全知晓任何一出戏的所有重要事实。关于空中之舞，我仍不清楚的是，母丘鹬到底在哪儿？如果她也参与演出，那她的角色又是什么？我经常看见两只丘鹬一起出现在丘鹬奏响“嘭嚓”舞曲的地方，它们有时还会一起飞翔，但从未见过两只丘鹬一起“嘭嚓”。那第二只鸟究竟是只雌鸟，还是与之竞争的情敌呢？

另一件让人困惑的事情是，丘鹬那动听的“喊喳”声究竟是它声带发出的，还是纯机械性质的声音？我的朋友比尔·菲尼（Bill Feeney）曾经用网捕捉了一只正在发出“嘭嚓”声的丘鹬，并除去了它翅膀边缘的羽毛。之后这只鸟仍然能发出“嘭嚓”声和柔美的颤音声，但是不再发出“嘁喳”声了。不过一次这样的实验还不足以得出什么结论。

还有一件尚不清楚的事：雄丘鹬的空中舞蹈要持续到筑巢的哪个阶段？我的女儿曾经有一次看到一只丘鹬在离鸟巢二十码的地方发出“嘭嚓”声，鸟巢中有已经孵化了的蛋壳。但这是它情侣的家吗？或者这是只风流的家伙，在我们没有注意时犯了“重婚罪”？这些问题以及其他很多问题都在暮色渐暗的黄昏中成了难以破解的谜团。

空中之舞每晚都在数百个农场里上演，农场上的主户们却慨叹农场缺乏娱乐。他们错误地认为，只有在大剧院里才有供人们娱乐的节目。他们生活在这块土地上，却不懂如何享受这片土地给他们带来的快乐。

丘鹬的存在有力地回击了这种观点：鸟儿只能充当狩猎的靶子，或者只能被优雅地放在一片烤面包上。没有人比我更想在十月猎捕丘鹬，但是自从发现了空中之舞后，我自觉捕一两只丘鹬已经足够。我必须要确保的是，在四月来临时，黄昏的天际间不会缺少舞者的倩影。

五月：从阿根廷归来

当蒲公英给威斯康星州的牧场打上五月的烙印时，也就到了倾听为春日作出最后证明的声音的时刻。只要坐在草丛中向天空竖起耳朵，不去理会草地鹨和红翅黑鹂的喧闹，很快你就会听到刚从阿根廷归来的高原鹬的飞翔之歌。

如果你的视力够好，那么当你抬头搜寻天空时，就能看到高原鹬扇动着翅膀，在羊毛般的云朵间盘旋。如果你视力不够好，那也不必强求，只要看着篱笆桩就行了。很快，一道银光就会告诉你高原鹬在哪根桩子上落下来，收起了它长长的翅膀。你会由衷地感慨："优雅"这词一定是见过高原鹬收拢翅膀的人发明的。

它优雅地蹲坐在那里。它的存在本身发出信息：你的下一个动作应该是立刻退出它的领地。官方文件也许可以证明你拥有这片牧场，而高原鹬可以轻易废除这些世俗的条款。这领地是它从印第安人那里获得的，它刚刚飞越四千英里，就是为了重申这一点。在幼鹬展翅翱翔之前，这座牧场都归它所有，任何“入侵”都将招致它的抗议。

在附近某处，雌鹬正在孵着四只尖头大鸟蛋。不久，四只早熟的小鸟就会破壳而出。它们从绒毛变干的那一刻起，就会像踩着高跷的田鼠一样跳跃着穿过草地，完全可以躲过笨手笨脚想要抓住它们的人。出壳三十天后它们就能长成大鸟，这种发育速度是其他任何禽类都无法相比的。到了八月，它们就已经从飞行学校毕业。你能在八月的某个凉爽夜晚听到它们欢快地吹起飞往南美大草原的集结号，再次证明美洲大陆悠久的整体性。南北半球的这种鸟类迁移的整体性对于政客是新鲜的概念，而对于长着羽毛的空中舰队来说却并不稀奇。

高原鹬很容易适应这个乡村。它们跟随着草场上正在吃草的黑白花色的水牛，发现这些牛远比棕色野牛靠谱。它们在干草堆上和草场里筑巢，但是和笨拙的野鸡不同，它们不会被困在割草机里。在干草即将收割之前，幼鹬就已经飞离此地。在乡村，高原鹬只有两个真正的敌人：人工沟渠和排水沟。或许有一天，我们会发现这些沟渠同样也是我们的敌人。

在20世纪初期，威斯康星的农场几乎失去了自古既有的计时器。五月，农场在静寂中变为绿色；八月，夜晚没有鸟鸣声提醒人们秋日将至。遍布世界的枪支，连同吐司烤鹬肉对于后维多利亚时代宴会的诱惑，曾对鸟类造成巨大的伤亡。尽管联邦候鸟保护法案姗姗来迟，总还算是亡羊补牢。

六月：钓鱼田园诗

我们发现了一条不是很深的溪流，在去年鳟鱼泛起涟漪的地方，丘鹬正一摇一摆地噼啪走过。水很暖和，潜入最深的地方也不会冷得打战。即使在凉快的游泳之后，把脚伸进防水靴子里，它仍然像是阳光下的热焦油纸一样让人感觉灼热难耐。

那天傍晚的垂钓如同预兆的一样令人扫兴。我们想在溪流里钓鳟鱼，上钩的却是一条白鲑。夜里，我们坐在驱蚊的熏烟灰堆旁，讨论着第二天的出行计划。我们在尘土飞扬的路上忍着炎热，走了两百英里路，满怀希望以为溪流中会有鳟鱼，但在猛拉钓鱼线的一瞬间，梦幻再一次破灭——没有鳟鱼。

不过我们现在想起来，这条溪流分支很多。在上游的源头附近，我们曾见到过一个又窄又深的河汊，茂密的赤杨丛林地里潺潺流出一股股清冷的泉水，从这个河汊口注入河中。在这种天气里，一条自尊自重的鳟鱼会做什么呢？正如我们一样：到河的上游去。

第二天清晨，当数百只白喉林莺忘记天气不再凉爽舒适时，我从路边爬下满是露水的河岸，进入“赤杨汊口”。只见一条鳟鱼正逆流而上。我放出一段钓鱼线，希望它能一直保持这种柔软干燥的状态。我把钓鱼线试探着抛出一两次，测了距离之后，准确地在距鳟鱼最后一次激起水涡一尺之外的上方，抛下一个奄奄一息的蝇鱼饵。此刻，曾经炎热的路程、讨厌的蚊子、不争气的白鲑鱼，全都被抛到九霄云外。鳟鱼大口吞下了鱼饵，没过一会儿我就听到它在鱼篓底部铺着的湿润的桤木树叶上不停地扑腾了。

又一条鱼在前边的水涡里出现了，这条鱼更大一些。这里可称作鳟鱼的“起航点”，在河岸边是一片非常稠密的赤杨丛。一枝棕色灌木的枝茎矗立在河水中央，水流在它周围匆匆流过。它带着永恒的无声微笑摇曳着身姿，似乎是在取笑神灵或人们抛在它侧枝旁一英寸之外的可怜蝇鱼饵。

我在溪水中央的石头上坐了大约一支烟的功夫，看着我的鳟鱼慢慢地从庇护它的灌木丛下露出头来。这时，我的钓竿和钓线已挂在阳光满满的河岸上的赤杨上晒干了。为了谨慎起见，我多等了一会儿。水面平静极了，如果有一阵微风吹起，很快就会泛起涟漪，而它会让我完美抛下的鱼钩更有杀伤力。

风即将吹来，其力量足以把一只棕色的粉翅蛾从微笑的赤杨树枝上吹落到水面。

一切准备就绪！我卷起晒干的钓线，站到溪水中央，鱼竿随时准备抛出。风吹来了！小丘上的山杨预兆性地微微颤动起来，我放出一半长的钓线，借着风力前后轻轻挥舞着钓竿。要注意，抛出的钓线不能超过一半。现在太阳已升得老高，水面上任何晃动的影子都会向大鱼预警迫近的厄运。来了！最后的三码钓线抛了出去，我把蝇鱼饵优雅而准确地抛在笑得前仰后合的赤杨脚下，鳟鱼咬住了鱼钩！我费了很大力气才把它拖出树丛。它急忙游向下游，企图逃此一劫。但是，几分钟后，它也在鱼篓底部扑腾了。

在等待鱼线再次晒干的时候，我坐回到那块石头上，不由得陷入沉思。我思索起鳟鱼和人的行为方式。我们与这些鱼何其相像！在现实生活中我们时刻准备着，不，是热切渴望着，渴望着抓住周遭任何新的具有诱惑力的东西。当我们发现那看似诱人的东西原来内藏玄机时，又何尝不会为自己的仓促与草率而悔恨呢！尽管如此，我仍认为渴望本身还是有其积极一面的，不论渴望的目标是真实还是虚幻。若世上所有的人或鱼都谨小慎微、瞻前顾后，那将多么索然无趣啊。之前我是不是说过“为了谨慎起见”而等待？那可不索然无趣。只有在为或许更加渺茫的下一次机会进行准备时，钓鱼者才会表现出谨慎。

现在，出击的时候到了，因为鳟鱼很快就不再浮出水面。我趟过齐胸深的水，来到鳟鱼的起航点，这里是茂密的赤杨丛，我只好把头硬伸进摇摆的树丛中向内张望，这里的的确确是个丛林！丛林中露出一个漆黑的洞，被绿树遮挡得严严实实，在这样的地方就连挥动一片蕨叶都不可能，更别说钓竿了。就在这里，一条大鳟鱼正懒洋洋地挪动着身子，吞下一只路过的小甲虫，它的肚皮快要贴到黑色的河岸了。

即便是使用最不会引起怀疑的虫子作诱饵，也不可能有机会接近它。但我看见向上游二十码的水面波光粼粼，那里是另一个出口。用干饵料顺着河流向下钓鱼怎样？希望渺茫，但一定要试一试才知道。

我回身爬上河岸，丛生的凤仙花和荨麻又高又密，到了我脖子的高度。穿过赤杨林，我又迂回着走到了上游的出口，像只猫一样蹑手蹑脚，唯恐搅浑了这位“陛下”的浴池。我在那里静静站了五分钟，等待一切平息下来后，拉出带在身上的三十英尺钓鱼线，给线上油，晾干，卷在左手上。三十英尺，这正是我和“丛林”入口之间的距离。

现在等待的时机到了！我对着蝇鱼饵吹了最后一口气让它鼓胀起来，把它挂在鱼钩上，放在我脚边的溪流中，再一圈圈地迅速放出钓鱼线。之后，鱼线顺流而下，就在钓线被拉直，鱼饵被吸入丛林中时，我迅速向下游走去，边走边用眼睛死死盯着河面上那个黑漆漆的洞，想预知鱼饵的命运如何。借着“丛林”中透过的一段斑驳阳光，我看到了鱼钩，它仍漂在水面上。它转了个弯，眨眼间就被冲到了黑漆漆的水面，而我的移动并未暴露我的计谋。我还没看到那条大鱼，就听见了它扑腾的声音。我立刻用力拉住钓竿，战斗打响了。

一般来说，一个谨慎之人不会冒着失去价值一美元的蝇鱼饵和鱼钩的危险，趟过急流穿过密林，把一条鳟鱼拉到上游。不过，正如我之前所说的，没有哪个谨慎的人会喜欢钓鱼。我小心地收着线，一点点把鱼拖到开阔的水面，最后终于把它放进了我的大鱼篓。

现在我要坦诚相告，那三条鳟鱼都不大，没有哪条大到必须斩首或折弯才能装进它们的棺材。真正可观的不是鳟鱼，而是机会。满载而归的不是我的鱼篓，而是我的回忆。正如那些白喉林莺一样健忘，我也忘记了一切，除了清晨中那个无名的岔路口。

七月：庞大的领地

根据郡书记官的产权记录，一百二十英亩是我所有的全部疆域。但我了解到，那个郡书记官是个大懒虫，他从不会在上午九点以前打开他的登记簿查阅记录。所以他对拂晓时分在我的农场里会发生什么毫不知情，而这也正是我在这里要探讨的问题。

不管州郡有没有记录，我和我的狗都明白这样一个事实，那就是在拂晓时分，我们所拥有的是我们走过的、所有领地上的财富。此时，漫步天地间，无论是地域的限制还是思想的束缚都被统统抛在脑后。法律契约和地图所不能涵盖的内容，早已为这里的每个黎明所知晓。而被认为已从此地消失的孤寂，在这里无限制地蔓延开来，一直延伸到露珠所能存在的每个地方。

和其他农场主一样，我也有自己的“佃户”，它们总是忘记交地租，但对于土地租用权却一丝不苟。实际上，从四月到七月的每个拂晓，这些“佃户”都要彼此声明自己的疆域边界，而且，至少可以推断，它们是在以此向我表明自己的活动领地。

也许和你猜测的不一样，这里的日常仪式是极具礼仪性的，这也正是一天的开始。我一直想弄清楚这种礼仪规矩究竟是哪位贤士立下的。在凌晨三点三十分，我双手拿着象征主权的物件——咖啡壶和记事簿，带着我所能聚集的七月早晨的全部尊严，走出木屋。我面对启明星的白色微光，在木凳上坐下，把咖啡壶放到身边。我从衬衣前胸的口袋掏出一个杯子——但愿没人注意到这种难登大雅之堂的举动。我掏出表看了一下时间，倒出咖啡，把记事簿放在膝上。这意味着到了宣布仪式开始的时候。

凌晨三点三十五分时，离我最近的一只原野雀用清晰的男高音宣称，它拥有北至河岸南至旧马车道的北美短叶松树林。在能听得见的范围之内，所有的原野雀都一只接一只地吟唱着，纷纷宣称各自的领土主权。他们之间没有任何争议，至少在此时此刻没有。于是我便惬意地听着，内心希望它们的雌性伴侣也能够接受这平静和谐的状况。

原野雀的宣告声还在林中回荡，栖息在大榆树上的知更鸟便已经开始用响亮的颤音声明，自己拥有脚下树杈——被冰暴劈掉了一个大树枝后留下的树杈的所有权，除此以外还有周围其他的相关附属物（从它的角度看是下面不太大的草地上的所有蚯蚓）。

知更鸟不停的叫声唤醒了一只梦中的黄鹂，它也开始发布领地。它让世界知道榆树那根下垂的树枝为它所有，连同附近所有富含纤维的马利筋的茎、花园中所有散落的茎叶，还有如火焰般在这些东西之间穿梭的特权。

我的表指向了凌晨三点五十分，山丘上的靛青鸟开始宣告，在 1936 年干旱时期枯死的橡树的枯枝残叶和附近的各种甲虫与灌木丛都是它的私有财产。不过我心里很清楚，它也在暗示，自己有权比所有的靛青鸟，或所有迎接黎明的紫露草都蓝得更加出色。

接下来，一只鹪鹩从木屋屋檐上的小孔钻出来，兴奋地唱起来。而它的十几个同伴也与它同声合唱，场面随之变得喧哗热烈。蜡嘴雀、嘲鸫、黄色林莺、蓝知更鸟、绿鹃、唧鹀、主红雀……全都加入其中。而我按照它们演唱的时间顺序排列着演员名单。没过多久，我的笔就不听使唤，写不下去了。因为我再也分辨不出到底是哪只鸟儿先放歌哪只鸟后。况且，咖啡壶也空了，太阳快要升起，我必须在我的权力失效前视察我的领地。

我和我的狗又意气风发地出征了。我们随意前行，我的狗儿并不在意这些声乐演唱，因为对它来说，居住者存在的标识不是歌声，而是气味。在它看来，任何一堆没教养的羽毛，都能够在树上制造出噪音。而现在，它要为我翻译一些关于气味的诗歌了。天晓得是哪种沉默的生灵在夏日夜晚写下了这些诗篇，但如果我们能找到它们，那么在每首诗的末尾都端坐着诗的作者。我们真正发现的作者往往出人意料：一只急于出逃的兔子，一只拍打翅膀放弃领地的丘鹬，一只因在草地上弄湿了翅膀而恼火的雄雉。

偶尔我们会发现一只因为夜间猎食征战而迟归的浣熊或水貂。有时我们会赶跑一只正在捕鱼的鹭鸟，或者惊扰一只林鸳鸯，它正带着一群子女逆流而上，前往梭鱼草栖息地。有时我们会见到一头鹿，它刚刚饱餐了紫苜蓿、婆婆纳和野莴苣，正悠闲地返回树林。然而在大多数情况下，我们找到的只是懒洋洋的动物蹄子在丝绸般的露珠里杂乱踩出的黑色印迹。

现在我能感受到日出的阳光了，鸟儿的合唱也渐渐停息。随着远处传来牛铃的叮当声，一群牛正缓缓向牧场走来；一声拖拉机的轰鸣提醒我，我的邻居已经睡醒起床。世界又回到郡书记官所记录的那个范畴。于是，我们反身走上回家的路，准备享用早餐。

大草原的生日

从四月到九月，草原上平均每个星期都会有十种野生植物开出一年中的第一朵花。六月间，会有近十二种植物的花蕾在同一天绽放。没有谁会注意到所有这些植物周而复始的开花日子，但也没有谁能把这些日子全部忽略掉。踩在五月的蒲公英上却浑然不知的人，可能会因八月豚草的花粉而驻足。没有留意到四月里榆树那红雾般花蕾的人，他的车可能会在六月梓树飘落的花瓣上停留。你只要告诉我他会注意到哪种植物的豆蔻时节，我就能说出这个人的职业、喜好，是否患有花粉热及其生态学知识的总体水平。

每年七月，当我开车往返农场经过一个乡间墓地时，我都有一种深入观察的欲望。这也是大草原庆祝生日的时候，在这墓地的一个角落，你都会发现一些幸存者，它们为曾经在草原上发生过的大事件举行庆贺。

这是一处极为普通的墓地，在它的周围种植着普通的云杉，粉色花岗岩或白色大理石的墓碑装点着墓地。在星期天，这些墓碑前都会照例放上一束束红色或粉红色的天竺葵。如果说这里有什么特别的地方，那就是墓地是三角形的而不是方形的。另外，在墓地围栏的拐角处，还依稀可见往日留下的一小块草原残迹，它是在 19 世纪 40 年代修建墓地时幸存下来的。这块草原遗迹还没有经受过镰刀或割草机的破坏，由此也给威斯康星州保留了一点原始痕迹。每年七月，这里都会生长一种一人高的罗盘型植物，我们索性称它为“罗盘葵”。它们摇曳着浅碟大小的、类似向日葵的黄色花朵。在这条公路旁，更准确地说，在整个郡的西半部，除了这个地方以外都见不到这种花朵。你能想像吗？一千英亩的罗盘葵轻抚着野牛的肚皮会是怎样的景象呢？这个问题恐怕再没有人能回答，或许也再没有人会问起。

今年，我发现罗盘葵第一次开花是在 7 月 24 日，比往年晚了一个星期。在过去六年里，它首次开花的平均日期是 7 月 15日。

8 月 3 日，当我再次经过墓地时，那里的篱笆已经被一帮修路工人拆除，大片的罗盘葵也已被砍掉了。未来不难预料，几年之内，我的罗盘葵将会徒劳地翻越到割草机上，然后挣扎着死掉，这也就意味着大草原时代的永远终结。

据公路局的人说，每年夏天的这三个月里是罗盘葵盛开的时节，大约有十万辆车子从这条路经过。坐在这些车里的人，至少有十万曾接受过所谓历史教育，其中或至少有两万五千人曾受过植物学的熏陶。但我怀疑，在这些人中曾注意过罗盘葵的是否超过十几个。而在这十几个人中又有谁会注意到罗盘葵正无望地死去？可能一个也不会有。如果我对附近教堂里的牧师说，修路人正在他的公墓里以锄草的名义焚烧历史资料，他一定会感到惊讶与迷惑。他会想，杂草怎么会是历史书呢？

事实上这是本地植物群葬礼的一个缩影，同时也是世界植物群葬礼的一个缩影。生活在机械化时代的人们不会注意到这些植物群落，他们只会为改造赖以生存的土地而取得的进展感到骄傲。不论是否愿意，人们都将在这土地上过完一生。对于我们，现在的聪明做法是立刻停止一切关于植物学与历史学的知识教育，以免我们的后代在发现他们的美好生活是以牺牲植物为代价换来时，感到痛苦与自责。

一般情况下，当地的农场越是富足，周围的植物群就越是匮乏。我之所以选择了这个农场，就是因为它不够富庶。这里没有公路。实际上这里的整个地区都处在“进步长河”的逆流上。在我的农场里，我每天仍然走在过去拓荒者的马车道上，路面从未平整过，也不曾铺上碎石，没人清扫，也没被推土机推过。我的邻居们常到郡事务官那里抱怨。他们的树篱已经连续好几年没有修剪了，他们的沼泽没有筑堤坝，也没排过水。但在垂钓与发达之间，他们还是倾向于选择垂钓。于是，在周末，我就可以来到偏远的林地，尽情享受独自欣赏植物的快乐生活。而在工作日时，我则尽可能到大学农场、大学校园和邻近郊区与植物共度时光。十年来，出于消遣，我对大学、郊区以及偏远农场里植物的首次开花时间做了详细的记录。

第一次开花的时间	郊区与校园的物种	边远农场的物种
四月	14	26
五月	29	59
六月	43	70
七月	25	56
八月	9	14
九月	0	1
合计	120	226

以上统计显示，边远农场里农夫们的视觉享受差不多是生活在大

学、城市里的人们的两倍。当然了，两者都还没有关注到自己区域内的植物群落，因此我们面临的是前面已经提及的两种选择：要么继续盲目开发，要么重新思考植物与开发共存共荣的可能性。

造成植物群落萎缩的原因，是清除农场杂草、林地放牧和修建公路。进行每项开发都需要大量削减野生植物所占用的土地，但是我们没必要将整个农场、整个城镇或州郡作为开发的代价，使得植被消失。它们的消失不会给我们带来任何益处。每个农场上都有闲置的土地，每条公路两旁都有和它相同长度的空地。只要不在这些空闲的土地上放牧、耕种、割草，那么本地的所有植物群，连同数十种外来植物，就能和生活在当地的人们相依相守了。

具有讽刺意味的是，大草原植物的杰出保护者对沿铁路线修筑防护栏一事了解甚微，甚至对这些琐事毫不关心。这些铁路的很多护栏在草原被开垦之前就竖在那里了。在这些细长的保护区内，草原植物承受着煤渣、煤灰和每年一次清理空地的大火的洗礼，用生命的力量完成了一部色彩炫目的年历，从五月粉红色的折瓣花，到十月蓝色的紫菀。我心中萦绕着一个长久的愿望，就是希望能有机会与一位铁面无情的铁路局长谋面，用事实依据证明他尚怀仁慈之心。但遗憾的是我一直没有遇见这样的一个人，因此也没机会这样做。

铁路部门当然也会使用喷火器和化学喷雾器来清除铁路边的杂草，这种做法的成本太高，无法扩展到距铁轨太远的地方，但他们早晚会用上更先进的方法。

如果我们对某个人种所知甚少，那么它的消失并不会给我们带来太多痛苦；如果我们对某个国家的认识，仅限于偶尔品尝的一道菜肴，那么这个国家中某人的逝去对于我们也就没有多大意义。我们只为熟悉的人哀伤。倘若我们对罗盘葵的认知仅仅是植物学书籍上的一个名字，那么我们也不会因为这种植物在丹恩郡西部消失感到悲伤。

当我试图挖起一株罗盘葵，想把它移栽到我的农场时，我第一次发现了它的个性。那就像是在挖一棵橡树幼苗。我辛苦劳动了半小时，又脏又累，但是它的根仍然在延伸，就像直立生长的巨大甘薯。据我所知，那株罗盘葵的根向下穿透了基岩。我最终没能挖出罗盘葵，但我明白，它之所以如此苦心经营地下战略，是为了对付大草原的干旱。

之后，我种下了罗盘葵的种子，这种种子粒大肉厚，味道与葵花籽相似。不久，它们就发芽了。但是经过五年的等待，幼苗仍是幼苗，不知何日才能长出花茎。也许罗盘葵需要生长十年才能达到开花的年龄；那么，墓地里我所珍爱的罗盘葵多大？它可能比那里最古老的墓碑还要年长吧，而那块墓碑上的日期是 1850 年。如果是这样的话，或许它曾见过逃亡的黑鹰[①] 从麦迪逊湖撤退到威斯康星河，因为它就生长在那次著名战役的行军路线上。它当然也曾见过拓荒者接连不断的葬礼，看见他们一个又一个地长眠在蓝色须芒草下。

我曾看到，一把电铲在路边挖排水沟时，切断了一株罗盘葵的“甘薯根”。很快它的根就生出新叶，后来又长出了花茎。这可以解释，为何我们在刚被平整过的公路旁边会发现这种从不侵入新环境的植物。很明显，一旦它在一个地方扎下了根，除了持续性的放牧、刈割或犁耕，完全能抵抗任何伤害。

① 黑鹰（Black Hawk，1767—1838），大草原印第安部落的酋长，曾在白人向西部扩张时领导部落进行抵抗。——译者注

那么罗盘葵为什么会从放牧地区消失呢？我曾见过一位农民把他的牛儿赶到未被拓垦的大草原上，那里只是偶尔有人去刈割野生的干草。牛在吃光其他的植物之前会首先吃掉罗盘葵的茎叶。我们可以想像当年野牛对罗盘葵也是情有独钟的，但是整个夏天它们不会在同一个地方进食。简而言之，野牛不会持续在一个地方吃草，所以罗盘葵还能够招架得了。

或许是上帝的意愿，让数千种动植物彼此相生相克以产生现今的世界。如今，上帝的意愿又要收回这美好的一切。当最后一头野牛告别威斯康星时，几乎没有人感到悲伤。同样，当最后一株罗盘葵随之而逝，前往那虚无梦幻中绿意飘渺的大草原时，又有谁会为之动容呢？

八月：青色牧场

有些画之所以出名，是因为每个时代都不缺少欣赏者，而且每个时代都可能出现一些赏识它们的伯乐。

我知道的这样一幅画，它却极易消失，除了漫游在山坡上的鹿以外，几乎没有人看到过它。为这幅画挥毫泼墨的是一条清澈的河流，然而在我带朋友去观赏其作品之前，这条河流已经将他的作品永远地抹去了。从此，这幅画只留存在我的心中。

和艺术家常常变幻不定的性情一样，这条河流也喜怒无常。你全然无法预料它何时会有心情泼墨，将会持续多久。但在仲夏，在每一个明媚和煦的日子里，当白色舰队般的大片云朵巡游天际时，你漫步于沙洲之上，哪怕只是为了去看看它是否正在创作，这本身就是生命中值得珍惜的事情。

在创作开始时，它会在河滨画上一条“缎带”，将之薄薄地涂在向后倾斜退去的河岸的沙子上。“缎带”在阳光下慢慢变干，这时金翅雀便来到它的水洼中沐浴，而鹿、鹭鸟、双领鸻、浣熊和乌龟会用足迹在“缎带”上刻上花边。这会儿，很难断定接下来会发生什么。

不过，当我看到这条“缎带”因长出的荸荠草而变成绿色时，我便开始注意观察，因为这是河流有心情作画的信号。几乎在一夜之间，荸荠草就长得茂密而葱翠，让附近高地上的田鼠都无法抗拒它的诱惑，它们结伴出行来到这绿色的牧场。显然，田鼠们一连几个夜晚都在天鹅绒般的草地上疏松筋骨。它们踩出的田鼠迷宫足以说明它们乐不思蜀的兴致。鹿在绿色牧场上徜徉，显然是为了享受踩在柔软草地上的愉快感觉。就连不爱出门的鼹鼠，也在干燥的沙地下挖出一个通道，一直通向长满荸荠草的“缎带”。在那儿，它可以尽情用翠绿的草皮堆砌它的城堡。

在这段时间里，那些数不清却又小得难以辨认的植物幼苗，纷纷从绿色“缎带”下潮湿温暖的沙中破土而出。

如果你想进一步观赏这幅画，你就要再给河流三周的时间，而且在这期间要确保无人打扰它。然后，在一个晴朗的早晨，在太阳刚刚驱散破晓的晨雾时前来拜访沙洲。这位艺术家此时已经调配好了色彩并与露水一起泼洒出去。荸荠草甸现在比以往任何时候都要翠绿，上面闪耀着蓝色的沟酸浆、粉红色的青兰，以及乳白色的慈姑花。时而可见山梗菜伸展着叶片，如同抛向天上的红矛。在沙地尽头，紫色的斑鸠菊和淡粉色的泽兰靠着成排的柳树高高地伫立着。即使你怀着敬畏之心悄然地来到这里，仿佛来到一个只能美丽一次的地方，你仍可能会惊扰一只站在那齐膝高的花丛中悠然自得的狐红色小鹿。

不要期待还能再回去欣赏绿色牧场，因为那时它已不复存在了。或者是河水的消退让它干枯，或者是上涨的河水漫过了沙洲，让它又变回原来简朴、干净的沙地。然而在心中，你可以永远珍藏起那幅画卷，并期待着在某个夏日，河流又会找回绘画的兴趣。

九月：欢唱的树林

到了九月，黎明十分，几乎听不见鸟儿的歌唱。或许一只歌雀还会漫不经心地唱首歌；或许一只丘鹬还会在飞往栖息的树丛途中鸣啭；一只大林鸮也可能以最后一声啼叫结束夜晚的争论。但是，其他的鸟似乎没有要说什么或要唱什么的兴致。

只有在一些雾气萦绕的秋日黎明，或许还能听见鹌鹑的合唱。寂静突然被十几个女低音打破，它们无法抑制对即将到来的黎明的歌颂。在短短的一两分钟之后，音乐会戛然而止，如同音乐会突然开始一样。

善于隐秘的鸟儿的歌声具有独特的优点。站在树梢上高歌的鸟儿易被瞩目，但也容易被遗忘，它们"显而易见"，在人们眼里也就极为平常了。让人们难以释怀的，是偶露峥嵘的隐士夜鸫，从幽深阴暗的地方倾泻出银铃一般的和声；高高飞翔的鹤，在一朵云后吹响号角；雾霭中的草原榛鸡，在浓雾中发出低沉的声音；北美鹑，在黎明的寂静中高唱《圣母颂》。没有哪个自然学家观赏过鹌鹑合唱团的演唱，因为那一小群鸟正躲在草丛中，隐蔽在人们视线以外的栖息地，一旦有人接近，它们就会自动安静下来。

在六月，当光线强度达到 0.01 烛光亮度时，就完全可以预料到旅鸫会放声高唱，而其他歌手则会按自然的顺序加入合唱。然而在秋天，旅鸫却完全保持沉默，北美鹑是否会合唱，我们也无法预测。在这些无声的清晨，我会感到格外沮丧，这或许表明，人们期盼得到的东西总比能够得到的更有价值。对北美鹑合唱的期待，使我甘愿数次摸黑起床。

秋天时，我的农场里总会有一群或几群北美鹑，不过破晓时的合唱总是在比较遥远的地方进行的。我想，这是因为它们喜欢离狗远一些的缘故吧。狗对鹌鹑的兴趣似乎比我还要强烈。然而一个十月的黎明，我正坐在屋外的火堆旁喝着咖啡，北美鹑悦耳的合唱声就从几乎只有投石之遥的地方传来。它们在乔松林下栖息，估计是想在露水多的季节里找一个舒适干爽的地方。

能在靠近门口的台阶上听到黎明赞美诗，这让我倍感荣幸。此时，那些微蓝的乔松树的针叶似乎在这个秋日变得更蓝了，而洒落在松树下的悬钩子所铺成的红地毯这时也分外夺目。

十月：暗金色

狩猎有两种：普通的狩猎和流苏松鸡狩猎。

可以狩猎到流苏松鸡的地点有两个：普通的地点和亚当斯郡。

在亚当斯郡狩猎有两个时段：普通的时段和美国落叶松变成暗金色的时候。这些是写给那些不幸的人的。他们手忙脚乱，忙个不停。当他们拿着打光子弹的空枪，目瞪口呆地望着那些流苏松鸡如同长着羽毛的火箭一般，毫发无损地飞入短叶松林里时，却从来都没有注意过被它撞落的金色松针正纷纷而下。

等到初降的霜冻迫使丘鹬、狐色带鹀和灯芯草雀离开北方，落叶松便由绿转黄。成群结队的欧鸲夺走了山茱萸丛中的最后一颗白浆果，留下的空茎叶使山坡平增了粉红的阴霾。溪边掉光了叶子的桤木使遍布各个角落的冬青树尽收眼底。亮眼的黑刺莓指引着我们迈向松鸡的栖息地。

对于松鸡的位置，狗比我们更加敏感。所以，要想尽快找到松鸡，我们必须牢牢地跟着它，通过它那竖起的耳朵来解读微风述说的故事。而当它驻足不前，用侧头一视告诉我们要“准备好”时，我们所迷茫的是：准备好干什么？是准备好面对一只啁啾的山鹬，一只提高嗓门的松鸡，还是只是一只兔子？在这种种不确定因素充斥的时刻，蕴含了更多狩猎松鸡的乐趣。必须要知道准备好做什么的人，应该去狩猎雉鸡。

狩猎者的兴趣各不相同，其中的原因是非常微妙的。最惬意的狩猎者都是偷偷摸摸的。为了偷偷地进行狩猎，他们只能去没有人去过的荒原，或者是去在众人的眼皮子底下没有被发现的地方。

只有很少的狩猎者知道在亚当斯县有松鸡，人们开车经过这里的时候，只会看到荒凉的短叶松和低矮的橡树。这是因为这个地区的高速公路贯穿多条交叉相错的小溪，这些向西流的小溪发源于同一个沼泽，经过干燥贫瘠的沙地最终注入河流。这条北向的高速公路正好穿过这些没有沼泽的贫瘠之地。但就在高速公路的另一侧，在干燥矮小的树丛后面，每条小溪都扩展成了宽阔的沼泽带，成了松鸡的天堂。

到了十月，我静坐在荒凉的落叶松丛中，听到狩猎者的汽车从高速公路上开过，奔向拥挤的北方。我试着想象在他们车上跳动的里程计，他们紧张的脸庞，他们聚焦在北方的焦灼的眼神，不禁暗自发笑。他们经过时带来的噪音，使雄松鸡发出挑战的信号。当我注意到它的位置时，我的狗露齿而笑。我们一致认为那个家伙需要一些锻炼，所以我们应该现在就去找它。

美国落叶松不仅能在沼泽中生存，也可以生长在与之接壤、泉水喷涌的高地脚下。在那里，道道泉水从地下涌出，遇到苔藓的阻碍，形成了类似沼泽的梯田。我称之为“空中花园”，因为在它们湿透了的淤泥的外面，燧裂龙胆已经举起了宝蓝色的花朵。即使狗正在向你示意前面有松鸡，十月里映着金黄色松针的龙胆，也值得我们驻足观看。

在每个空中花园和小溪之间都有一条布满苔藓的鹿径，给猎人的狩猎提供了方便，而暴露了的松鸡也可以在刹那间从此飞过。问题是，鸟和枪支对短暂时间的理解是否一致。如果不同，那么下一头经过的鹿，在此遇见的就只能是令其嗤之以鼻的空弹壳，而不是羽毛了。

在小溪的上游，我意外地发现了一个废弃的农场。我试图根据田野间的小短叶松的年龄来判断，在多久以前这位倒霉的农场主发现沙质土壤种出的只是孤独，而不是庄稼。短叶松常常会给粗心的人以假象，它的年轮一年可以增加好几轮，而不是一轮。我发现一棵小榆树苗是更好的计时器，它现在已经堵住了牲口棚的大门，其年轮可以追溯到 1930 年的干旱时期。从那年开始，牛奶再也没被运出过这里。

我很好奇，当年农场主由于抵押已经超出农场的收成，而不得不离开农场的时候，所思的是什么。他们的想法就像是松鸡，飞过没有痕迹，但是有些线索也许会被保留长达数十年之久。对于在令人难忘的四月种下紫丁香的他来说，所想的肯定是紫丁香在每年四月争奇斗艳的情景。对于那个在许多个星期一使用洗衣板搓洗，以至将其磨平的她来说，所憧憬的一定是所有的星期一都能消失，而且是马上消失。

我沉浸在对这些问题的思考中，不知过了多长时间，才突然意识到我的狗一直耐心地站在泉水旁指引着方向。我走上前去，开始为我的心不在焉而表示歉意。一只丘鹬在上方啁啾了起来，就像蝙蝠，它橙红色的胸脯沐浴着十月的阳光。狩猎由此开始。

在这样的日子里，要想把注意力集中在一点上是非常不易的，因为可以让人分心的东西实在太多。我带着好奇心懒散地跨过了雄鹿在沙地上踏出的一条小径。小径从一株美洲茶树通向另一株，被夹住的树梢向我们解释了原因。

这让我想到该吃午饭了，不过，在我从猎物口袋拿出午饭之前，我看到高空有一只盘旋的雄鹰，它的身份还有待确认。我等待着它侧身转弯，露出它那红色的尾巴。

当我伸手去拿午饭时，眼睛却注意到一棵被剥了皮的杨树。在这里，一只雄鹿已经磨掉了它发痒的绒毛状嫩皮。那是多久以前发生的呢？暴露出来的木质已经呈现出棕色，我想在上面磨蹭的鹿角现在肯定已经是光洁滑润的了。

我再一次伸手拿我的午饭，但是狗激动的叫声以及沼泽中撞击树木的声音打断了我。突然跳出了一只雄鹿，鹿尾高高地翘着，鹿角光亮，皮毛光滑呈蓝色。是的，杨树说出了实情。

当我最终拿出午饭并坐下开始吃的时候，一只山雀直愣愣地看着我，却不透露自己的午餐是什么。也许它吃的只是冰凉肿胀的蚂蚁卵，或者是在它们的世界被视为是烤松鸡的其他食物。

午餐结束后，我双眼注视着那些排成密集队形的年轻落叶松，看着他们那金黄色的柳叶刀插向天际。在每棵树下，昨日洒落的针叶已经织成了金黄色的地毯，泰然自若地等待着下一个春天的到来。

早起者

起得太早是角枭、星星、大雁和货运火车的坏习惯。一些狩猎者起得太早是因为大雁，而一些咖啡壶起得太早则是受到了猎人的影响。奇怪的是，对于大多数必须在早晨某个特定时间起床的生物来说，只有它们当中的一小部分发现了这种最愉快又最消闲的早起时间。

猎户星座是早起一族的先行者以及良师益友，因为是它发出了早起的信号。当猎户星座已经越过最高峰向西前进，就到该赶着水鸭下水的时候了。

早起者与晚起者不同，他们与人相处融洽，这也许是因为他们可以低调地陈述他们的成功史。猎户星座的行程最远，但他们什么也不说。咖啡壶则从最初柔和的汩汩声开始就在向我们述说里面东西的特质。猫头鹰在它三音节的评论中，哀怨着夜晚的厮杀。沙洲上早起的大雁在某些无声笨拙的辩论中声明了议事的程序，而丝毫没有表现出它的发言代表了所有远山和海洋的权威。

货运火车，我不得不承认，它毫不掩饰自己的重要性，但是即使这样它也有谦逊的一面：它只专注于自己喧嚣的工作，永远不会到别人的地盘嘶吼。货运火车的专心致志，让我很有安全感。

早早地到达湿地对于我们的听觉来说是一次奇遇。不受肢体和眼睛的限制及阻碍，耳朵可以毫无顾忌地漫游在夜间的嘈杂声当中。当你听到野鸭充满激情的吸汤之声时，你可以想象二十只野鸭在浮萍中狂饮的景象。当一只赤颈鸟长声尖叫时，你可以想象有一队赤颈鸟，而且并不会与视觉产生冲突。当一群蓝嘴雀侧身飞向池塘，俯冲划破黑暗天空的时候，你屏息静听着，但能看到的却只有星星。同样的表演，在白天会引起注视，会引来射击，并且会很快招来一个打不中的借口。此时，你可以肆意想象那扇动的翅膀如何整齐地将天空一分为二，而白天的光线并不会为你的想象增添任何色彩。

当飞禽拍打着他们柔和的翅膀飞向更广阔、更安全的水域，身影在渐渐泛白的天空中逐渐模糊的时候，听觉的盛宴也就结束了。

和其他许多限制性的协定一样，黎明前的协定只有在夜色让傲慢者变得谦虚的时候才会生效。太阳看来似乎有从世界上撤销沉寂的职责。无论如何，在笼罩低洼地的晨雾还是白色的时候，所有狂妄自大的人就已开始自吹自擂，每堆玉米秆都装作是以前的两倍高。在太阳升起的时候，松鼠开始夸大空想的、侮辱其尊严的行为，每张嘴都在以虚伪的情感宣称自己此时此刻臆想出来的社会危机。远处的乌鸦正在痛斥假想中的猫头鹰，只是为了告诉世人，它们的警惕性有多高。一只雄雉鸡沉浸在对以前风流韵事的回忆中，装腔作势地拍打着它的翅膀，以沙哑的声音警告着世界，它拥有这个沼泽以及其中所有的雌雉鸡。

所有这些“宏伟”的想象并不仅限于鸟兽。在早餐时间，这个睡梦中苏醒的农场中会传出喇叭声、吆喝声和哨声，直到傍晚传出一台无人管理的收音机最后的嗡嗡声。随后，所有的人都上床睡觉，开始重温夜晚的功课。

红灯笼

一种狩猎松鸡的方法是，依据逻辑和概率，制定一个狩猎的地形图。这会把你带往应该有松鸡的地方。

另一种方法是毫无目的地闲逛，从一个红灯笼到另一个红灯笼。这可能会把你带到真正有松鸡的地方。这里的“灯笼”指的是在十月的阳光下呈现红色的、黑刺莓的叶子。

红灯笼在很多区域都给我愉快的狩猎指引了正确的方向，但是我认为，黑刺莓最初学会如何发光发亮，肯定是在威斯康星州中部的沙郡县。在荒地上多沼泽的小溪旁，从第一次霜降到这个季节的最后一天，黑刺莓会在每个阳光灿烂的日子发出艳丽的红光，而那些自己很少闪烁的人却把这些友好的荒地称为贫瘠。在这些荆棘下面，几乎所有的丘鹬和松鸡都有自己的日光浴室。很多的狩猎者都对此毫不知情，他们在无刺的矮树下穿梭，结果毫无收获地回家，留下我们回归平静。

这里的“我们”指的是鸟、溪流、狗和我自己。小溪非常懒散，蜿蜒流经赤杨，却好像更愿意待在这里，而不是汇入河流。如果我是小溪，我也会这样做。溪流每一次的踌躇都意味着有更好的溪岸，在那里善变的荆棘连接着淤泥中长出的一丛丛潮湿结冰的羊齿植物和凤仙花。松鸡无法长期离开这样的地方，而我也是如此。松鸡狩猎，是一种沿着小溪从一片荆棘丛到另一片荆棘丛的逆风漫步。

当狗接近荆棘丛的时候，它会环顾四周以确保我在射击范围之内。确认后，它会继续谨慎地前进，它的湿鼻子会在上百种气味中寻找一种。正是这种可能存在的气味让整个大地充满了活力和意义。狗是空气的探勘者，不断地搜寻着空气里的气味，如同寻找地层里的黄金。松鸡的气味是联系它和我的世界的黄金标准。

我的狗认为我需要学习的关于松鸡的知识还有很多，而作为一个专业的自然学者，我很同意这种看法。它坚持用带着逻辑学教授的那种沉静的耐心，用通过专业鼻子推理的艺术形式指导我。我很高兴看到它从一些显而易见但是对于我的肉眼来说需要猜测的数据形成观点，得出结论。或许，它希望他迟钝的学生有一天可以学会使用嗅觉。

像很多迟钝的学生一样，我知道老师什么时候是正确的，但对于其中的原因却并不了解。我检查了我的枪支，走了过去。狗就像其他的好老师一样，并没有因为我经常打不中而嘲笑我。它只会看我一眼，然后继续沿着溪流而上，寻找下一只松鸡的踪迹。

沿着一个河岸，我们可以看到两种不同的景致，一种是山上狩猎的地方，另一种是山脚下狗搜寻的地方。踩着柔软干燥的石松子地毯，把鸟从沼泽中惊起，这样别有滋味。而考验一只狗是否适合狩猎松鸡，首先要看的是，当你走在干燥的河岸上时，它是否愿意执行湿乎乎的任务。

在赤杨林带变宽的地方会出现一个特殊的问题——狗从视线中消失了。这时你就要立刻跑向小山或者位置较高的地方，保持静止状态并环顾四周，竖起耳朵努力搜寻狗的踪迹。突然散乱飞起的白喉莺可以提示它的位置。而且，你还可以听到它折断树枝的声音，或者溅起水花的声音，亦或扑通坠落进小溪的声音。但是，当四周陷入沉寂的时候，你就要开始准备了，因为它很可能就在猎物所在的地方。仔细听受了惊吓的松鸡在惊飞之前发出的有预兆的“咯咯”声。接着就是疾驰的鸟，或许有两只，或许据我所知，最多有六只，它们“咯咯”地叫唤着，一只接着一只地飞了出来，每一只都朝着它们的高山目的地高高地飞去。会不会有一只进入你的射程范围完全靠运气，如果你有时间也可以计算出其中的概率：360 除以 30 或是枪所能覆盖的任意弧度。结果再除以 3 或 4，即你打不中的概率，算出来的结果就是你可能猎到松鸡的概率了。

对猎狗的第二个考验是看它能不能在经历这个小插曲之后向你报告并接受新的任务。在它气喘吁吁的时候，坐下来与它仔细讨论一下这个问题。接着开始搜寻下一个红灯笼，并继续我们的狩猎之旅。

十月的微风带给狗的是除松鸡以外的很多种气味，其中的每一种都会引发它独特的表现。当狗以富有幽默感的方式用耳朵给我指路的时候，我就知道它找到了一只正在睡觉的兔子。曾经有一次，它用了一个极度严肃的表情来引导我，那里却没有鸟。但是它还是站在那儿一动不动，原来在它鼻子下面的一簇莎草中酣睡着一只正在沐浴十月阳光的肥胖的浣熊。每次狩猎的时候它都至少有一次对着臭鼬狂吠，而它们往往都躲在那些异常繁茂的黑刺莓当中。有一次，它在溪流中间指引我。向上游而去的翅膀的呼呼声，伴随着三声富有乐感的啼叫，让我知道它打扰了一只林鸳鸯用餐。它经常能在过度放牧的赤杨丛里发现姬鹬。最后，它可能会打扰到正在靠近赤杨沼泽的岸边睡觉的鹿。到底是这只鹿对流水的音乐毫无抵抗力，还是它特别喜欢只有弄出声响才能靠近的床？根据它那愤愤不平的、摇摆着的尾巴看来，原因可能是其中的任何一种，又可能两者兼具。

几乎任何事情都可能在一个红灯笼和另一个红灯笼之间发生。

在松鸡狩猎季最后一个夜幕降临的时候，所有的黑刺莓都关掉了它们的亮光。我并不理解为什么一株灌木可以如此准确地把握威斯康星州的法令，而我也并没有在第二天去求证。在接下来的十一个月里，这些灯笼只会在我们的回忆当中发光。有些时候，我甚至觉得其余月份只是十月和下个十月之间的适当的插曲，我猜想，狗，也许还有松鸡，我们应该是英雄所见略同的。

十一月：我若为风

在十一月的玉米田里，奏响音乐的风总是脚步匆匆。玉米秆轻吟着，松散的玉米皮颇为高兴地打着旋儿飞向天空，而风仍旧匆匆忙忙。

在沼泽地里，长长的风浪吹过遍地的野草，拍打着远处的杨柳。一棵树试图辩驳，它挥舞着裸露的枝桠，但却没能留住风的脚步。

沙洲上只有风，河流则奔向大海。每一缕草都在沙滩上画圈圈。我漫步过沙洲，并在一根漂来的浮木上坐下，听着风遍野的低吼和海浪的拍岸声。河流毫无生气；水鸭、鹭鸟、白尾鹞和沙鸥已经找到了自己的避风港，沙洲上再也看不到它们的身影。

我听到有声响从远处的云彩边传来，好像微弱的犬吠。真是奇妙，整个世界都好像竖起了耳朵，好奇地倾听着这个声音。声音很快就变得响亮，原来是大雁。虽然还在视线之外，但是越来越近了。

雁群出现在低垂的云幕中，时而下降时而上升，时而分散时而聚合，但是前进不止，就好像随风飘扬的旗帜，参差不齐。风和每一对扇动的翅膀进行愉快的角力。当雁群渐渐消失在遥远的天际时，我听到了最后一声雁鸣，像是夏季的休止符。

此时，浮木的后面暖了起来，那是因为风也随着雁群远去了。我若为风，我也愿意跟随雁群。

斧头在手

上帝既赋予又剥夺，但并不只有他可以这么做。当我们某位久远年代的祖先发明了铲子，用来种树，他就是赋予者；如果他发明了斧子来砍树，那就成了剥夺者。任何一个拥有土地的人，无论他自知与否，都已经拥有了创造和毁灭作物的神圣职能。

其他不那么久远年代的祖先发明了别的工具，但是经过仔细观察，这些工具几乎都是之前那两样的衍生品。我们把自己分为多种职业，每种职业都使用、出售、修理或保养这些工具，或者为如何做上述事情提供指导。通过这样的分工，我们可以避免误用任何行业以外的工具。但是哲学这种职业明白，所有人都是按照他们的所思所想和期望来使用各种工具的。它了解，人就是这样按其思考和期望的方式，来判定是否值得使用某种工具的。

十一月之所以是斧头之月，原因有很多。天气足够暖和，磨斧头的时候就不会觉得寒冷；天气足够凉爽，所以人在砍树的时候也会觉得舒适。硬木的树叶掉落了，人们可以看到树枝交错的样子，也能看到上一个夏天树木的生长状况。如果人们没有清晰的视野能看到树顶，就不能确定为了保养土地该去砍哪棵树了。

我读到过很多关于自然资源保护论者的定义，自己也写过不少，但我相信，最好的定义不是用笔写出来的，而是用斧子。这涉及人们在砍树或在决定砍什么树时，心里的所思所想。自然资源保护论者在每次挥舞斧子时都应该谦逊地明白，自己正在大地的面孔上留下签名。签名当然各不相同，无论是斧子还是笔头留下的，这些差异都是自然存在的。

我发现，回溯往事，分析我斧头在手时做出决定的原因，是很令人不安的。首先，我发现并不是所有的树都生而自由、生而平等。当一棵北美乔松和一棵白桦互相推挤时，我总是因为偏见而砍掉白桦。这是为什么呢？

首先，松树是我手植的。而桦树是自己从篱笆下爬进来的野生树木。因此我的偏见带有某些类似父爱的情感，但这不是故事的全部。如果这棵松树和桦树一样，也是自然生长出来的，我甚至会更珍惜它。因此我必须深入挖掘在偏袒背后可能存在的逻辑。

在我们镇上，桦树很常见，并且数量在变得越来越多，而松树则相反。也许我是在偏袒弱势。但是如果我的农场在桦树稀少松树繁多的北边，我又会怎么做呢？我不知道。毕竟我的农场在这儿。

松树可以存活一个世纪，而桦树只有前者的一半。我需要担心我的签名消失吗？我的邻居种了很多桦树，没人种松树。我是出于虚荣心想让自己的林地与众不同吗？松树四季常青，而桦树在秋天十月就掉光了叶子。我喜欢松树，是因为它能像我一样勇敢地屹立在寒风中吗？松树为松鸡提供庇护所，而桦树为松鸡提供食物。我是认为床比食物来得更重要吗？松木每千立方英尺能值十美元，而桦木只值两美元。我是这么“见钱眼开”的人吗？所有这些理由似乎都有些分量，但是都站不住脚。

因此，我继续尝试寻找其他原因，希望能找到新的解释。在这棵松树下最终会长出一株五月花、一株水晶兰、一株鹿蹄草，或一株北极花，而桦树脚下最多只能长出一株龙胆。总归会有一只北美黑啄木鸟在松树上筑巢的，而桦树上能有只鸟就不错了。四月，风吹过松树，它会为我吟唱，而桦树只有光秃秃的枝桠嘎吱作响。这些理由似乎更有分量，但是为什么呢？难道松树比桦树更能激发我的想象与希望？如果真是这样，那么造成这些不同的到底是树还是我？

我唯一能得出的结论就是：我喜欢所有的树，但是我爱松树。

正如我所说，十一月是斧头之月。而且，正如其他爱情故事里说的那样，表达偏爱是有技巧的。如果桦树生长在松树南面，又长得比它高，那么在春天，它就会挡住松树的顶部。这样，松树象鼻虫就不会在树顶产卵。象鼻虫的后代会毁掉松树的顶部，跟这比起来，桦树的竞争简直微不足道。有趣的是，象鼻虫喜欢蹲在阳光下，这不仅决定了它自己的传宗接代，也决定了这棵松树日后的形状，决定了日后我能否成为一个成功的赋予者和剥夺者。

而且，如果在我砍掉桦树之后紧接而来的是一个干旱的夏季，那么更高的温度会蒸发更多的水分，松树并不会因为我的偏袒而受益多少。

最后一点，如果桦树的树枝在起风的时候擦伤了松树顶端的嫩芽，那么松树肯定会变形，我会毫不犹豫地砍掉桦树，或者在每年冬天的时候修剪桦树较低的枝干以防它在来年夏天妨碍松树生长。

这些得失利弊是挥斧者必须加以预测、比较和决定的，他必须沉着地确信他的决定不会只是良好的意愿。

在挥斧者农场中有多少种树，就会有多少种偏袒。岁月变迁，他根据自己对树的外观和用途的反应，根据那些有利于或不利于某种树的劳作给树木带来的影响，为每一种树归纳出一系列的特征。令我惊讶的是，不同的人会为同一种树赋予这么多不同的特性。

我对杨树的印象不错，因为它可以为十月增辉，并且在冬天的时候给松鸡提供食物。但是在我的某些邻居看来，它只是一种杂木，这可能是因为在他们祖父清理空地时，杨树总是迅速地抽枝发芽。（我不能嘲笑这事，因为我发现自己也不喜欢那些威胁到松树生长的榆树。）

我喜欢美加落叶松仅次于北美乔松，可能是因为它在我们镇几乎绝迹了（出于对弱者的偏袒）；又或者是因为它给十月的松鸡涂上了金色（出于狩猎者的偏袒）；又或者是因为它让土壤酸化，使上面能生长出惹人喜爱的兰花——艳丽的凤仙花。另一方面，林务官已经把美加落叶松逐出本地，因为它生长得太缓慢而无法带来收益。为了赢得这场争论，他们还提到美加落叶松会周期性地感染叶蜂病，但是这对于我的落叶松而言那是半个世纪以后的事了，还是让我的孙子去担心这事吧。此刻，我的落叶松正生长得繁茂，我的灵魂都要随它们飞向天际了。

对我来说，古老的棉白杨是最伟大的树，因为它年轻的时候曾为野牛遮荫，也曾被野鸽子环绕仿佛佩戴了一个光环。但是农场主的妻子（以及农场主）鄙视所有的棉白杨，因为在六月，纱窗会被柳絮塞住。现代社会的信条，就是不惜代价，追求舒适享乐。

我发现我的偏见比邻居来得更多，因为我对许多种类的植物都怀有个人的情感。这些不受人待见的植物可被归纳为“灌木”。我喜欢卫矛，有一部分是因为鹿、兔子、田鼠都喜欢吃它那直角状的嫩枝和绿色的树皮，另一部分原因是它樱桃色的浆果在十一月的白雪之中让人感觉温暖。我喜欢欧洲红瑞木，因为它为十月的旅鸫提供食物。我喜欢花椒，因为丘鹬每天都在它的隐蔽处晒太阳。我喜欢榛树，因为它十月的紫色让我很享受，也因为它在十一月用柔荑花为我的鹿和松鸡提供食物。我喜欢南蛇藤，因为我父亲喜欢，也因为鹿在每年的七月一日都会突然开始吃它的新叶，而我已经学会把这件事作为预言告诉我的客人。我无法不喜欢这种植物。正是由于它，我这样区区一个教授才有可能在每年都成为成功的预言家和先知。

很明显，我们对植物的偏爱有一部分来自传统。如果你的祖父喜欢山核桃，那你也会听你父亲的话，喜欢山核桃树。另一方面，假如你的祖父曾经点燃一根带毒的树藤并无所顾忌地站在烟里，那么你肯定会讨厌它，无论每年秋天它以何等艳红的光彩温暖你的眼睛。

同样明显的是，我们对植物的偏好不仅能反映我们的职业，也能反映我们的业余爱好。二者哪个优先考虑，就好像我们对勤奋和懒散的选择一样微妙。宁愿猎松鸡而不挤牛奶的人不会不喜欢山楂树，哪怕它会侵入到牧场里。猎浣熊的人不会不喜欢椴树。我也知道有些猎鹌鹑的人年年会得花粉热，却不会对豚草有丝毫的抱怨。我们的偏好确实是敏感的标志，可以揭示我们的情感、品位、忠诚、慷慨，以及消磨周末时光的方式。

无论如何，在十一月，我都满足于手握斧子闲散地度过周末。

坚实的堡垒

每片农场的林地，在提供木材、燃料、柱桩等之外，还应该为它的主人提供通才教育。这种智慧产物从不歉收，但总有人前来收割。我在此记下在我自己林场里学到的一些课程。

十年前我买下这片树林，但是不久后我就意识到，我买到的树木疾病几乎和买到的树一样多。树木的疾病让我的林地千疮百孔，也让我开始希望诺亚在装载方舟时没有带上树疾。不过我很快就又明白了，正是这些疾病使我的林地在镇上显得与众不同。

我的树林是一个浣熊家庭的总部，我的邻居就没有这样的待遇。十一月的一个星期天，一场新雪之后，我明白了其中的原因。一个浣熊猎人和他的猎犬刚留下的脚印把我引到一棵被拔出半截的枫树下，我的一只浣熊就是在这棵树下避难的。这里冻结的泥土和纠结的树根硬得挖不动，韧得砍不断，某种真菌病害蛀蚀了树根，因此根下面的洞多到无法用烟把浣熊熏出来。因为这棵病树的阻碍，猎人最后放弃了捕捉浣熊。这棵在风暴中被吹歪了的树，为浣熊王国提供了一个坚不可摧的要塞。如果没有这个“防弹”庇护所，我的浣熊储备势必会被猎人洗劫一空。

我的树林里还住着一群流苏松鸡。当积雪很深的时候，松鸡们就会迁到我邻居的树林里，那里可以为它们提供更好的住所。而我能留住多少只松鸡则完全取决于夏天的暴风雨能击倒多少棵橡树。这些夏天倒下的树仍旧保留着已经枯干的树叶，下雪时，每棵这样倒在地上的树里都会藏匿一只松鸡。排泄物显示，暴风雪期间，每只松鸡都在此栖息、进食、游荡。橡树为它们提供了狭窄的、覆盖着树叶的隐蔽所，因此它们不必担心风、猫头鹰、狐狸和猎人。风干的树叶不仅为松鸡提供了遮蔽，也因为某种奇妙的理由成了松鸡特别喜欢的食物。

这些倒下的橡树当然是病树。但是如果不生病，很少会有橡树折断，也就很难有倒地的树梢枝叶为松鸡提供藏身之所了。

病橡树也为松鸡提供了另一种显然十分可口的食物：橡树虫瘿。虫瘿是新发的枝条在鲜嫩多汁的时候遭到瘿蜂叮蛰后的病态生长。在十月份，我的松鸡可以饱餐橡树虫瘿。

每年，野蜂都会选一株中空的橡树在上面筑巢，而采蜜者总会在我之前收走蜂蜜。一方面是他们在辨别有蜜蜂的树方面比我更有技巧；另一方面是他们使用了网罩，因而能在秋天蜜蜂蛰伏之前采集蜂蜜。如果树心没有腐烂，我就不会有中空的橡树为野蜂提供蜂巢。

在繁殖周期的高峰期，我的树林里兔满为患。它们会吃掉几乎每一种我努力培养的树或灌木的树皮和嫩枝，却不会碰所有我想减少的树和灌木。（猎兔者开辟自己的松林或果园后，兔子在某种程度上就不再是一种猎物，而成为一种害兽了。）

兔子有一副什么都吃的好胃口，但在某些方面也是个美食家。它总是比较钟爱我亲手种植的松树、枫树、苹果树或卫矛，而不是野生的树。它还坚持，某些“色拉”在吃前必须要经过预先的处理。因此，欧洲红瑞木在受到牡蛎介壳虫攻击之前不会得到兔子的垂青，只有在染上介壳虫害变得美味之后，才会被居住在附近的兔子争相抢食。

有十多只山雀全年在我的树林里度日。在冬季，当我们砍掉病树或枯木当柴火时，斧子的声音就是山雀群开饭的铃声。它们徘徊在附近，一面等着树倒下来，一面无礼地评论着，嫌我们动作迟缓。当树终于被砍倒，铁楔劈开了它的内部，山雀就围上白色的餐巾在树桩上落了座。对它们来说，每一片死树皮都是装满了虫卵、幼虫和虫茧的宝库；在它们眼里，每一条树心的蚁道，都装满了“牛奶和蜜糖”。我们经常把刚劈开的一段木头靠在附近的树上，只是为了看这些贪食的小鸟把蚂蚁卵扫个精光。刚砍倒的橡树芳香四溢可以帮助这些小鸟，给它们带来安慰，想到这儿，我们的劳动也变得轻松愉悦起来。

如果没有病虫害，这些树中就不会有鸟的食物，也就不会有山雀在冬天为我的树林带来欢乐。

其他许多种野生动物也依赖树木的疾病。我的黑啄木鸟凿开还活着的松树，从病树的树心啄出肥胖的蛴螬。我的大林鸮找到一个老椴树的中空树心来躲避乌鸦和其他鸦鸟的骚扰。假如没有这棵病树，它们的日落小夜曲大约是唱不成了。我的林鸳鸯在中空的树里筑巢，每年六月都会给我林地的泥沼带来一群毛茸茸的小鸳鸯。所有的松鼠为了保住永久的洞穴，需要在烂树洞和不断愈合的疤痕组织之间保持一种微妙的平衡。当疤痕组织侵占松鼠的前门时，它就会啃掉它们，以此来充当两者之间的裁判。

蓝翅黄森莺是我这片满是疾病的树林中的真正宝藏。它在啄木鸟啄出来的洞穴里，或悬在水面上的枯木中筑巢。它金色和蓝色的翅膀发出的光芒闪动在六月潮湿的腐叶中，是死树转化为活物的最好证明。反过这种转换也能成立。如果你怀疑这种安排的智慧，去看看蓝翅黄森莺就可以了。

十二月：家园

生活在我农场里的生物们勉强但明确地告诉我，我居住的小镇有多少区域是在它们昼夜活动的范围内。对此我充满好奇，因为这可以让我知道它们的世界和我的世界的大小比例，并自然地引出另一个极其重要的问题：谁更加充分地熟悉自己生活的世界？

像人类一样，我的动物常常用行动来泄露它们不愿用语言泄露的机密。而这些机密何时曝光，如何曝光是很难预测的。

狗没有持斧之手，但是可以在我们伐树时随意捕猎。突然传来的犬吠引起我们的注意，一只兔子被赶出了草间的睡床，匆匆忙忙地向某处逃窜。它径直地奔向四分之一英里外的柴堆，俯身躲藏在两捆木柴之间，那是超出追捕者射程范围的安全地方。狗在硬橡树上象征性地留下了一些牙印，便放弃追捕，重新寻找一些稍微愚钝些的白尾灰兔，而我们则继续砍树。

这个小插曲让我明白，对于草地上的床和柴堆下的防空洞间的全部土地，这只兔子是非常熟悉的，不然它怎么会走笔直的路线呢？这只兔子的家园范围，就面积而言至少有方圆四分之一英里。

光临我们喂饲点的山雀每个冬天都被逮住，绑上脚环。我的一些邻居也饲喂山雀，但没有人给它们绑脚环。因此，从绑脚环的山雀离我们的喂饲点最远在哪儿能被观测到，我们可以了解，鸟群的家园范围在冬季是半英里，但这只是在无风的地区。

夏季，鸟群纷散筑巢，绑脚环的鸟分布于更远的地区，常常与没脚环的鸟们交配结伴。山雀在这季节从不怕风，经常飞到寒风凛冽的空旷地带。

三只鹿留下的新鲜足迹清晰地印在昨日下的白雪上，穿过我们的树林。我循着足迹往回走，在沙堤的大柳树丛里发现了三张床铺，在白雪的衬托下非常显眼。

我随着这些足迹向前走，痕迹通向邻居的玉米田。那里，鹿从雪地下刨出残留的玉米粒，还把一个禾束堆弄得乱七八糟。接着这些痕迹又回到了沙堤，通过另一条路线。沿途上，鹿刨了一些草堆，用鼻子蹭了蹭里面绿色的嫩芽，然后在溪边喝了些水。我已拼凑好了它们的夜间路线图。从住所到用餐点的全部距离是一英里。

我们的森林常常为松鸡提供住所，但去年的某一天，下了一场松软厚重的雪后，再也找不到一只松鸡或它的踪迹。我大致有了结论：我的鸟儿们许是已经离开了。这时，我的狗跑到了去年夏天被风吹倒的、枝叶繁多的橡树冠里。三只松鸡惊慌地飞出，一只接着一只。

在倒地的树梢下面或其附近都没有任何痕迹。很明显，这些鸟是飞进去的，但它们来自哪里？松鸡必须进食，特别是在零度以下的恶劣天气，所以我检查了它们的粪便，希望找到线索。在这些难以辨识的废弃物里，我发现了鳞苞，以及结冻了的龙葵浆果那粗糙黄色的果皮。

夏季，在一簇幼小的枫树丛中，我发现了大量的龙葵。我到那儿搜寻后，在一根原木上发现了松鸡的痕迹。这些鸟没有在松软的积雪里蹚步；它们走在原木上，啄起附近随处可见的浆果，也就是在倒地的橡树以东四分之一英里的范围内。

当晚，落日时分，在杨树丛西边的四分之一英里处我看见一只松鸡露了露头。但那没有它的任何足迹。这就使故事完整了：这些鸟儿们，在积雪松软期间，是飞过整个家园的，而不是徒步，其范围是半英里。

科学家并不了解这种家园的范围：不同季节里它的大小是多少，必要的食物和躲藏处在哪，何时抵御外来入侵，如何抵御，以及家园的所有权是个人的、家庭的还是集体的。这些都是动物经济学或生态学的基础。每个农场都是一本动物生态学的教科书，而林中生活的方式就是这本书的诠释。

雪地上的松树

创造，通常是属于上帝和诗人的专利，但倘若知道方法，身份卑微的凡夫俗子也可以绕开这一限制。举例来说，要种一棵松树，既无需得道成神，也不必吟诗作对，你只需拥有一把铲子。有了这个奇妙的规则漏洞，任何乡间粗汉都可以说："要有一棵树。"于是就有了一棵树。

如果他的身板足够强健，铲子足够锋利，那么最终，他或许能有一万棵树。到了第七年，他便能拄着铲子，仰望他的树，发现它们长势喜人。

早在创世第七天，上帝就将他的手艺传给了人类，不过我发现，自此之后，他对自己的创作就不再明确表态。我猜想，要么是他说早了，要么就是，比起无花果叶和苍穹，那棵树更加高大。

为何铲子被视作辛苦工作的象征？或许是因为铲子大多都不锋利。当然，所有的苦力都有一把钝铲子，但我难以确定，这两者何为因，何为果。我只知道，精神抖擞地挥动一把好锉刀，可以让我的铲子在铲入沃土时唱起歌来。有人说，锋利的刨刀、凿子和解剖刀都会创作音乐，但在我听来，最动听的还是我铲子创作的音乐；当我种下一棵松树，它便在我的手腕中哼唱。我怀疑，那些努力想在时间的竖琴上拨出清脆音符的人，是不是选了一件太难掌控的乐器。

植树只在春天进行，这很不错，因为适可而止对世间万物，甚至铲子都是最好的。在其他月份里，你可以观察松树的成长过程。

松树的新年始于五月，这时，顶芽变成了“蜡烛”。为它起这名字的人，无论是谁，想必都拥有敏感细腻的灵魂。“蜡烛”乍听之下稀松平常，却道出了显而易见的事实：新芽似蜡，笔直而易碎。然而，与松树一同生活的人知道，“蜡烛”有着更深的含义，因为松树的顶芽燃烧着永不熄灭的火焰，照亮未来的路。每年五月，我的松树随着“蜡烛”向天空伸展，每棵树都直指天顶，只要在最终的号角吹响前还有些许时间，天顶就是它们的目标。唯有很老的松树，才会忘记它众多的“蜡烛”中哪枝是最重要的，以致向着天空的树冠变得扁平。你可能会忘掉这些，但在你有生之年，你亲手栽植的松树没有一棵会忘掉它们的目标。

如果你是个节俭的人，那么你会发现，松树是你志趣相投的伙伴。因为，与那些“无隔宿之粮”的硬木类不同，它们只靠前一年的积蓄为生，绝不会花掉现在的收入。事实上，每棵松树都有自己的账户，每年六月三十日，记录储蓄余额。如果当天松树“蜡烛”上冒出十个或是一打新芽，那就意味着他已储存了足够的阳光雨露，足以让他在来年蹿高两三英尺。若是“蜡烛”只冒出四到六个芽，树就不会蹿那么高，不过，它依然会保持着与其偿付能力相配的独特姿态。

当然，松树和人一样，也会碰上艰难岁月。这种情况表现为“长不高”，也就是说，连续的树枝枝节间距较短。这些间距，是育树人可随意阅读的树木自传。为了确定艰苦年份，你必须把生长缓慢的当年减去一年。因此，如果在 1937 年所有的松树都成长减缓，就表示 1936 年必有大面积的干旱。同理，若在 1941 年所有松树都加速成长，或许是它们看到了将来之事的前兆，并极力向世界宣示，它们知道自己将去往何方，纵使人类浑然不觉。

如果一棵松树在某一年生长缓慢，而它的邻居却非如此，那你便可断定，这纯属局部地区或个体的不幸，比如大火带来的创伤、田鼠啮咬、风吹性干燥病，抑或被称为土壤的那个黑暗实验室中出现的局域性瓶颈。

松树喜欢谈天说地，或与邻居闲聊。留心倾听，我便能知道自己在城里的这一周，这儿发生了什么。因此，在二月鹿儿频繁光顾芥松的细枝嫩叶时，我从它们啃食的枝叶高度便可知其饥饿程度。吃饱了玉米的鹿儿懒得去咬四英尺高的树枝，而一头饥肠辘辘的鹿则会立起后肢，啃食八英尺高的枝叶。所以，虽不见鹿，我却知道它们的菜单如何，虽不曾拜访邻家的玉米田，我却知道玉米秆是否已被收好。

五月，新“蜡烛”如同新生的芦笋尖一般柔嫩脆弱时，一只鸟落在上面都会将它折断。每年春天，我总会看到几棵惨遭断头的树，树下的草地上躺着凋残的“蜡烛”。要推断这些不难，但在我十年来的观察中从未亲眼目睹哪只鸟弄断过“蜡烛”。这是一个典型实例：人毋需质疑没见过的事物。

每年六月，一些乔松上会突然出现枯萎的“蜡烛”，它们很快变成棕色，然后死去。松树象鼻虫会钻进顶芽从里产卵，幼虫孵出后，便沿着木髓蛀蚀，导致嫩枝死亡。松树失去“蜡烛”，生长注定受挫，因为残留的树枝都想成为迈向天空的领导者，它们各自生长争衡不下，结果只能长成一株“灌木”。

说来奇怪，唯有得到充足日照的松树才会招致象鼻虫的侵袭，被遮蔽的反倒被忽略了，祸福相依的道理就在于此。

十月，我的松树用它们被蹭掉的树皮告诉我，雄鹿何时又开始精力旺盛了。一棵高约八英尺、遗世独立的北美短叶松，似乎特别容易激发雄鹿斗志，让它感到世界需要点刺激。于是，这样一棵树不得不忍受磨难，打不还手、遍体鳞伤。在这种战斗中唯一的公平之处是，树愈受折磨，雄鹿不甚光亮的叉角带走的树脂便愈多。

有时，松树间的闲谈很难诠释。某年仲冬，我在一根松鸡栖木下的粪便中发现了一些难以辨认的、未完全消化的东西，它们长约半英寸，像是缩小了的玉米棒。我检查了每一种我能想到的当地松鸡的食物样品，却找不出任何关于“玉米棒”由来的线索。最后，我切开一棵北美短叶松的顶芽，在核心里找到了答案。松鸡吃下了顶芽，消化了树脂，在它的砂囊中抹掉鳞苞，留下了那实际上是松树未来“蜡烛”的“玉米棒”。你可以说，松鸡是投资了短叶松“期货”。

威斯康星州土生的松树有三种：北美乔松、美加红松和北美短叶松。它们对于适婚年龄有着不同的意见。早熟的北美短叶松有时在离开苗圃一两年后，便开花结果。我那些十三岁的北美短叶松中，已有几棵在夸耀自己的子孙了，但十三岁的红松才第一次开花，而或称白松的北美乔松仍未结蕾，它们谨遵盎格鲁-撒克逊的信条：自由、白种、二十一岁方算成人。

若非这些松树的社会观有如此大的差异，红松鼠的菜单的品种就会急剧缩减。每年仲夏，它们开始剥开短叶松的松果取食松子，没有哪个劳动节的野餐像它们这样，在地上撒下这么多果壳和果皮，让每棵树下都堆满它们一年一度的残羹剩饭。不过，总有几粒松子逃过一劫，它们在名叫“一枝黄花”的菊科植物间冒出来的后代，可以证明这点。

知道松树开花的人不多，而且往往缺乏想象力，以为这场繁花盛会不过是一种例行的生物机能。所有不抱幻想的人，都该在松林里度过五月的第二个星期，而戴眼镜的人则该多带一条手帕。即使戴菊鸟的歌声无法打动他们，只要见过松树如何挥霍花粉，人们就会信服这个季节是多么鲁莽地迸发着旺盛的生命力。

一般说来，年幼的乔松不在父母身边时长得更高。我知道在一些林地里，年轻的一代即使得到充分日照，也会比周围长辈矮小瘦弱。当然也有一些林地没有这样的制约。但愿我能知道，这种差异是来自幼树、老树，抑或是土壤的耐心。

和人一样，松树对于自己的伙伴非常挑剔，不会压抑自己的喜好或憎恶。因此，乔松和悬钩子、红松和花大戟、短叶松和香蕨木之间，常有亲密的关系。当我将一棵乔松种在悬钩子生长的土地上时，我可以十拿九稳地预测：一年之内乔松就会长出一丛强壮的芽，新生针叶则会以花期茂盛的青蓝色显示自己健康的英姿，并显示自己拥有一个志趣相投的伙伴。与同一天种入同种土壤、得到同等照顾，但与草相伴的乔松相比，这棵有悬钩子陪伴的乔松长得更快，也更加花繁叶茂。

十月里，我喜欢在蓝羽毛般的松针间漫步，它们坚挺地矗立在红毯般的悬钩子叶上。我在想它们是否觉察到自己是健康的，我只知道我察觉了。

松树借由与政府给人以永久传承的表象相同的策略，获得了“长青”的名声，而这策略即是任期的交叠。松树每年都长新叶，而老叶则要过很久时间才会脱落。如此一来，不经意间看到松树的人就会以为松针是常绿的。

每种松树都有自己的宪法，以此规定适应针叶生存的任期。乔松针叶任期一年半，而多脂松和短叶松则为两年半。新任针叶六月上任，即将卸任的针叶则在十月准备离职宣言。所有卸任的针叶都以相同的黄褐色墨水写下同样的内容。到了十一月，黄褐色墨水转而变成了棕色。然后，针叶落下，被纳入树林的落叶层中，以充实树林的智慧。正是这逐年累积的智慧，让所有松林漫步者肃然静默。

隆冬时节，我从松树那儿拾取到的东西，有时会比林地政治、有关风和天气的消息更为重要。尤其在幽暗的傍晚，当雪掩埋了所有无关紧要的细节，当自然的静默忧伤沉沉地压在众生之上，这种情形更可能发生。不过，我那些背负着积雪的松树，仍笔挺地成排耸立着。而在薄暮的彼端，我能感觉到成千上百棵松树的存在。在这样的时刻里，一股奇妙的勇气便会涌上心头。

编号 65290

给一只鸟绑脚环，就如同手持一张待抽奖的彩票。我们大多数人持有一张以自己生存为赌注的彩票，但这是我们从保险公司购买的，这些公司知道太多内情以至于不可能出售给我们一个公平的中奖机会。手持一张以落入捕鸟器的戴脚环麻雀为赌注的彩票，一张以它某天会再次落入捕鸟器从而证明它仍然活着为赌注的彩票，中奖与否则有赖于一种客观性的机遇了。

新手在给新来的鸟绑脚环中获得刺激；他在玩一种与自己比赛的游戏，为了打破自己先前绑脚环总数的记录而努力。但对老手而言，给新来的鸟绑脚环只是一项令人愉快的日常工作；真正地刺激在于重新捕获一些很久以前就被套上脚环的鸟，与鸟自身相比，你可能更了解它们的年龄、经历以及以前的饮食情况。

因此，五年以来，65290 号山雀能否幸存到下一个冬天，在我们家一直是一个极为重要的、胜负难料的问题。

从十年前开始，每个冬天我们都会设陷阱捕捉农场里的山雀，并给它们绑上脚环。初冬时节，陷阱捕捉到的大多是没有脚环的鸟；也许其中大多数都是这年出生的幼鸟，一旦给它们戴上脚环，就能标上日期了。冬天慢慢流逝，陷阱里不再出现没戴脚环的鸟，于是我们知道当地的鸟群主要已是由带标记的鸟组成的了。从脚环上的数字，我们可以得知鸟目前的数量，以及它们中有多少是在前一年戴上脚环后存活下来的。

65290 号山雀是组成“1937 级”的七个成员之一。第一次踏入我们的陷阱时，它没有显露出明显的天赋。如同它的同班同学，它对追寻一小块板油的英勇远远超过它的谨慎。就像它的同班同学那样，当我把它从陷阱里拿出来时，它咬了我的手指。戴上脚环被放飞后，它扇动翅膀飞到一根大树枝上，愠怒地啄着自己全新的铝制脚镯，抖了抖乱蓬蓬的羽毛，轻声咒骂，接着便连忙飞去追赶它的伙伴。令人疑惑的是，它是否从自己的经历中得出了什么理性的结论（比如“并不是所有的蚂蚁卵都发光”），因为同一个冬天它被逮住了三次。

到了第二年冬天，我们重新捕获的鸟群表明，那个班级里的七只鸟已减少为三只，第三年冬天减少为二只。在第五个冬天，65290 号成了它这一代里唯一的幸存者。它仍然没有展示出多少天赋，但它非同寻常的生存能力已经得到了历史证明。

在第六个冬天，65290 号没有出现，在随后四年的捕获中，它的缺席已证实了其在“战斗中消失”的裁定。

十年间，九十七只被戴上脚环的鸟中，65290 号是唯一一只活过了五个冬天的鸟。另外，三只活了四年，七只活了三年，十九只活了二年，而六十七只在第一个冬天后便消失了。因此，如果我给鸟出售保险，我可以计算出最低的保险金。但这可能会引发一个问题：我该用哪种货币来支付寡妇的保险金呢？我想应该是蚂蚁卵吧。

我对鸟了解甚少，因此我只能靠推测来想象 65290 号能够比其同伴活得更长久的原因。是它在躲避天敌时更机灵？它在躲避什么天敌呢？一只山雀太小了，几乎没有什么天敌。那个被称为“进化”的古怪家伙，曾把恐龙变得巨大，直到让它被自己的脚绊倒才罢休，也曾尝试将山雀缩小，让它既不会小到被捕蝇草当作昆虫吞食，又不会大到被鹰和猫头鹰追捕。观赏着自己的作品，“进化”会开怀大笑。看到山雀，每个人都会嘲笑这些渺小而富有热情活力的小东西。

食雀鹰、角鸮、伯劳，特别是体型较小的棕榈鬼鸮，可能觉得捕杀山雀是挺值得的，但只有一次我发现了一些真凶的证据：一只角鸮的消化物里含有我的一个脚环。也许这些小体型的强盗对极小的山雀还有一丝认同。

对山雀的捕杀，天气似乎是唯一一个缺乏幽默和分寸的凶手。我猜想，山雀的主日学校里会教授两条不可违反的戒律：冬季，不要冒险到多风之地；暴风雪来临前不可弄湿自己。

一个下着毛毛雨的冬季黄昏，注视着鸟群在林中筑巢时，我获知了第二条戒律。毛毛雨从南方开始下，但我能断定明早前雨会转向西北方，天气会变得寒冷刺骨。鸟群栖息于一棵枯萎的橡树上，橡树的树皮已经剥落，弯曲成环形、杯形，以及不同大小、不同形状、不同方向的窟窿。为躲避南边的细雨，小鸟选了一个干燥的巢穴，但这巢穴对北边的雨却毫无遮蔽，鸟儿到早晨一定会冻僵。若选择一个可遮蔽来自四面八方细雨的巢穴，小鸟就可安然无恙地醒来。我认为这便是在山雀世界里得以生存的智慧，对 65290 号和它的同伴也至关重要。

山雀对有风地区的恐惧感是很容易从它们的行为中推断出的。冬天，只有在风和日丽的日子，它们才会冒险离开树林，且风越微弱，它们飞行的距离就越远。我知道，在几个风大的林地，山雀冬天几乎是不去的；但其他季节，那里却完全可以自由通行。这些林地多风，是因为乳牛吃光了下层的灌丛。对靠暖气取暖的银行家而言，他有农场主的抵押，农场主却需要更多的乳牛，乳牛需要更多的牧草，因此风只是一个小麻烦，或许摩天大楼角落吹过的强风除外。但对山雀，冬天的风是可居住世界的边界线。如果山雀有一个办公室，那么它办公桌上的座右铭将会是：保持平静。

它在捕鸟器里的举止揭示了原因。捕鸟时要把捕鸟器转一下，使鸟进入时尾巴感受到一丝微风，不然哪怕全部的御马出阵，也无法将它拉到诱饵那里。把捕鸟器往另一个方向转，你的收获也许不小。来自后面的风吹进羽毛下，又冷又湿，而羽毛是鸟的便携屋顶和空调。鸸、灯草鹀、树麻雀和啄木鸟同样害怕来自后面的风，但它们的保暖设施比较好，因此抗风能力也比较强。有关大自然的书籍很少提到风，它们都是在火炉后面写出来的。

我猜想，山雀世界里还有第三条准则：要调查所有的噪音。我们刚一开始在森林里砍树，山雀就会立刻出现并一直在一边等候，直到倒地的大树或裂开的原木给它们提供新鲜的虫卵或蛹来好好款待它们。枪声同样也会招来山雀，但没有给它们带来令人满意的红利。

在斧子、大锤和猎枪出现前，是什么充当了它们的晚餐钟声呢？也许是大树倒地的撞击声。1940 年 12 月，一场冰暴压坏了森林里大量的枯死树干和大树杈。整整一个月，我们的鸟儿对捕鸟器嗤之以鼻，风暴带来的红利已经让它们很满足了。

65290 号飞向天堂已经有一段时间了。我希望，在那个全新的森林中，整天都会有布满蚂蚁卵的高大橡树倒地，而没有任何风扰乱它的宁静或影响它的食欲，并且我希望，它仍然戴着我的脚环。

第二部分　随笔——地景特质

威斯康星州

沼泽挽歌

黎明时分，微风轻轻拂过这片大沼泽，层层雾气随之缓缓飘起，速度之慢令人几乎察觉不出它在移动。这薄雾如同白色的冰川幻影般慢慢前行，越过排列紧密的落叶松方阵，滑过布满露珠的沼泽草地。四下一片寂静。

从遥远的天空深处传来一阵清脆的铃铛声，整个大地侧耳倾听，听到它轻柔地落下，然后又陷入一片寂静之中。现在响起了一只猎犬的吠叫，嗓音很是动听，紧接着便传来一大群猎犬喧嚣的回应。之后是一阵嘹亮的狩猎号角声自远处响起，久久回荡在天空和雾气之间。

接着又响起号角声，高扬的、低沉的，然后大地又重归平静。终于又响起了一阵由喇叭声、“咯咯”的响声、“呱呱”的叫声和各种各样的嚷叫合成的嘈杂声。这些声音越来越近，震撼着沼泽，但是你又说不清它们究竟是从哪儿来。最后，一道阳光照亮了从远处飞来的一大群鸟，它们排成梯队出现在逐渐消散的雾气之中，翅膀一动不动地掠过广袤的苍穹，在空中划下最后一道弧线之后便喧嚷着回旋降落到沼泽地上开始觅食。对于迎来鹤群的沼泽地来说，新的一天已经开始了。

这样一个地方本身就带着一种厚重的时间感。冰河时期之后的每个春天，这片沼泽都是在鹤鸣声中醒来的。构成沼泽的泥炭层位于一个古老湖泊的底部，可以说群鹤就是站在它们自己历史中那被浸湿了的几页之上。这些泥炭由压缩了的残骸构成，而这些残骸就源自当初堵住池塘的苔藓、遍布苔藓的落叶松以及那些自冰原退去后就在落叶松上吹响号角的鹤群。一代又一代的旅行队伍用自己的尸骸建立起这座通向未来的桥梁，使得新的队伍又可以在这片栖息地上繁衍生息。

这座桥通往何处？沼泽地上，一只鹤吞下一只倒霉的青蛙，然后笨拙地跃入空中，用它那强壮的翅膀不断拍击着旭日。它自信的鸣叫响彻落叶松林——看来它已经知道答案了。

如同欣赏艺术一样，我们察觉自然特质的能力是通过对美的认知开始的。这种能力从审美阶段不断扩展，一直延伸到尚无法用言语来捕捉的价值。我想，鹤的特性就处在这种更高的“音阶”上，是难以用言语来表达的。

我们对鹤的欣赏程度可以说是随着地球历史的缓慢揭开而与日俱增的。现在我们知道，鹤的种群来自于遥远的始新世，而与它源自同一动物群的其他动物早就被埋入群山之中了。所以当我们听到鹤鸣时，我们听到的不仅仅是鸟叫声，它还是我们无法驾驭的过去的象征，是那不可思议的岁月长河的象征，正是这些漫长的岁月形成了鸟类和人类日常生活的基础和条件。

因此，这些鹤活着、存在着，并不仅限于此时此刻，而是隶属于更广阔的进化时间范畴。它们每年的回归，都是地质时钟在嘀嗒运转。是它们赋予了所回归之地一份特殊的荣耀。在无尽的平庸事物中，栖鹤的沼泽可谓是古生物学意义上的贵族，这种身份是在无限漫长的演化岁月中得来的，只有猎枪才能将它废止。有时我们会在一些沼泽地上感到悲伤的气息，或许正是由于它们失去了曾经栖息的鹤群。现在它们不再高贵，只能在历史的长河中随波逐流。

对于鹤的这种特质，每个时代的猎人或者鸟类学者似乎都有所感悟。为了得到这样的猎物，神圣罗马帝国的腓特烈大帝放出他的鹰隼；为了得到这样的猎物，忽必烈的鹰从高处猛扑而下。马可波罗这样描述道："大汗带着鹰隼和鹰狩猎，从中获得最大的乐趣。在查干湖，他建了一座雄伟的宫殿，宫殿四周是一片大好的平原，平原上栖息着许多鹤。为了不让这些鸟儿挨饿，他还专门派人种植了黍和其他谷类。"

鸟类学家本特·伯格童年时在瑞典的欧石南荒野看到鹤，此后便将研究鹤作为自己终生的事业。他追随鹤群到达非洲，发现了它们在白尼罗河的越冬之所。他这样描述自己第一次见到鹤时的情形："这个壮丽的奇观足以使《一千零一夜》里飞行的巨鸟相形见绌。"

冰川自北方一路南下，"嘎吱嘎吱"地轧过山丘，穿过峡谷时，一些爱冒险的冰墙爬上巴拉布山，之后落回威斯康星河的河口峡谷中。涨起的水退回后形成了像半个威斯康星州那么长的湖泊。湖的东面紧邻冰崖，山上的融雪汇成急流注入湖中。这座古老湖泊的湖岸线现在依然清晰可见，湖底就是这个大沼泽的底部。

几个世纪以来，湖面不断上升，最终在巴拉布山脉以东溢出，切出了一条新的水道，湖中的水顺着这条水道不断溢出，慢慢地，湖里只残留下一个小浅滩。鹤群来到这残存的湖中，它们鸣叫着宣告冬天的撤退，同时召唤那些行动迟缓的生物一起加入到沼泽的建设工程之中。漂浮的水藻泥炭堵住了水位不断下降的湖泊，并充斥在湖水之中直到把湖填满。苔草、矮桂树、落叶松和云杉相继进驻沼泽，它们在这片土地上扎下根来，不断吸收水分，制造泥炭。最终湖消失了，但鹤却没有消失。每年春天，它们都会回到这片土地上，如今这儿已不再是古老的水道，取而代之的是一大片沼泽草地，鹤群就在这片沼泽上跳舞、鸣叫、养育它们那些瘦长的栗色雏鸟。其实说它们是雏鸟倒不如称之为幼驹更为恰当。这事解释起来很难，但你要是有幸在六月某个露重的早晨见到它们跟在母马般大小的大鸟旁边，在祖传的草地上雀跃的场景，我相信你一定会明白的。

一些长满苔藓的小溪在沼泽地上蜿蜒流淌。不久前的某一年，一个穿着鹿皮，靠陷阱捕兽的法国人推着独木舟向小溪的上游前进，企图入侵鹤群的沼泽要塞，却引来鹤群肆意的高声嘲笑。一两个世纪之后，英国人驾着马车到了这儿，他们在沼泽边的冰碛层上开出空地，种植玉米和荞麦。他们这么做自然不是想模仿忽必烈喂养这些鹤，但是鹤群并不会理会冰川、帝王或者拓荒者的意图，它们吃掉了谷物。当恼怒的农夫驱赶它们时，它们便鸣叫着发出警告，然后飞到沼泽另一边的农田上。

那时候这儿还没有苜蓿，山地农场的牧草长得不好，一到干旱的时候情况就变得更加糟糕。有一年，天气十分干旱，有人在落叶松林里放了把火，火势凶猛，一直烧到了拂子茅草地上。之后人们清理掉死树，这儿竟变得牧草肥沃。之后每年八月，人们都会来收割饲草。冬天，鹤群飞往南方，人们便驾着马车穿过冰冻的沼泽，将牧草载往山丘上的农场。每年他们都用火烧和斧劈的方法开辟沼泽，短短二十年间，整个沼泽便星星点点到处是牧草了。

每年八月，当割草者在沼泽地里搭帐篷、唱歌喝酒、挥鞭吆喝时，鹤群便会嘶叫着，把雏鸟带到更远的安全地带。割草的人把这些鹤称作“红鹭”，因为在那个季节，它们如战舰般的灰色羽毛常常会染上红褐色。当人们堆好饲草，沼泽又重归原主时，鹤群才会回来。它们呼叫着，将那些从加拿大迁徙而来的鸟群呼唤下来，一起盘旋在刚收割后留下的残株上，对玉米田发起突袭，直到寒霜向它们发出冬日迁徙的信号。

对于沼泽地的居民来说，那时的岁月简直就像是世外桃源。人、动物、植物和大地和谐共处，相互包容、互惠互利。沼泽原本是可以这样继续不断地培育牧草、榛鸡、鹿、麝鼠、鹤鸣和红梅果子的。

新的农场主并不了解这一点，他们并没有将土壤、植物或鸟纳入他们互利共存的观念中，这种平衡的经济体系在他们看来没有多少好处。他们不仅打算在周边开发土地，还计划着在沼泽里制造农田。于是大伙儿一窝蜂地去挖掘沟渠、开发土地，沼泽上的排水沟渠纵横交错，新的农田和农庄星罗棋布。

但是，农作物的收成并不好，还遭到了霜冻的打击。此外，开挖成本昂贵的沟渠还带来了严重的债务，农场主们纷纷搬走了。泥炭床不断地干涸、萎缩，并且开始着火。而后，来自更新世的太阳能使整个乡间笼罩在辛辣的浓雾之中，人们只是捏起鼻子抱怨这难闻的气味却没有一个人抗议这种严重的浪费行为。经过一个干燥的夏季后，即使是冬季的雪也无法将沼泽的火熄灭。这场火的波及范围很广，田野和草地被烧得满目疮痍，即使是数万年来被泥炭层覆盖的古老湖泊也难逃厄运。湖边的沙地上到处是火烧后留下的痕迹。不久，灰烬中杂草丛生，一两年后山杨树丛也开始长起来。鹤群的日子越来越艰难，随着残存的草地面积的缩小，它们的数量也急剧下降。对鹤群来说，挖掘机迫近的声音就是它们的挽歌。那些倡导进步的人对鹤群一无所知，更不会关心它们的命运。在工程师眼里，一个种群的增减有什么关系呢？一个没排干水的沼泽又会有什么好处？

在之后一二十年的时间里，农作物的收成越来越差，火越烧越旺，林中空地面积越来越大，鹤愈来愈少；似乎只有重新将水注入沼泽，才能阻止泥炭燃烧。一些种红莓果子的人想方设法堵住排水沟，让水重新流入几块地，效果不错。远方的政客大声疾呼要解决边陲土地、生产过剩、失业救济和自然资源保护等问题；经济学家和土地计划者前来此勘查沼泽；测量师、技术人员和民间资源保护队[①]蜂拥而至。这次人们又一窝蜂地主张重新将水注入沼泽。于是政府买下土地，重新安顿农场主，大规模地堵住排水沟。渐渐地，沼泽又湿润了起来；被大火烧过的地方变成了池塘。草上的火仍在燃烧，但再也烧不到湿润的土壤了。

民间资源保护队撤走后，一切对鹤而言都是有利的。但是，那些在烧过的地面上不屈不挠蔓延着的杨树丛，以及随着政府自然资源保护计划必然会建立起的迷宫般的新道路，却是鹤的敌人。毕竟修筑一条道路比苦苦思考这儿究竟需要什么简单多了。对于那些帝国的建造者而言，

① 1933 年 3 月，美国总统罗斯福向国会提交了成立“民间资源保护队”的议案，该议案计划为二十五万青年提供就业机会。组织他们植树造林，修堤防洪。同年四月，民间资源保护队正式成立。八年间共有将近三百万青年参加了民间资源保护队。——译者注

一个没有排水的沼泽是没有价值的；同样地，对于各类的自然资源保护论者而言，一个没有道路的沼泽也是没有价值的。他们还不懂幽静的价值，到目前为止，唯有鸟类学者和鹤群懂得珍视幽静。

因此，历史，无论是沼泽史还是市场史，总是以矛盾为终结。这些沼泽的最终价值在于它们是荒野，而鹤是荒野的化身。然而，所有的荒野保护都与目标背道而驰，因为我们要珍惜荒野，就必然要对荒野加以瞩目和爱抚。而一旦看够了和爱抚够了，荒野也便失去了能被珍视的价值。

终有那么一天，或许是在我们施善的过程中，或许是在地质时期成熟时，最后一只鹤会向我们永别，然后从大沼泽盘旋着飞向天空。高高的云层中传来狩猎的号角声、幽灵猎犬队的吠叫声，以及“叮叮当当”的铃声。然后是一阵沉寂，而这沉寂将再也不会被打破，除非在遥远的银河深处还存在着一个遥远的牧场。

沙地郡县

每种职业都有一些负面术语来表示某些性质特征，而且需要一个像草场般宽广的地方供它们自由发挥。因此，经济学家们必须为他们这一行中特有的负面术语寻找一个自由徜徉的场所，例如“低于边际收益”、“经济衰退”和“制度僵化”等。在沙地郡县辽阔无际的疆域里，这些经济上的负面术语找到了有益的实践场所，能够任其自由驰骋的草场，以及，对那些如牛虻一哄而上的指责与非议的免疫力。

同样，土壤专家如果没有沙地郡县也会不太好过。除此地之外，哪里还容得下“灰化土”、“灰黏土”和“厌氧菌”这些术语的存在呢？

近年来，一些社会规划者前来利用沙郡用地，出于一个看上去平淡无奇却又与众不同的目的。在标有圆点的地图上，不管从形状上看还是规模上看，这片沙土区域都是十分诱人的浅色空白地带。地图上的每个圆点都可以代表十个浴缸，或者五支妇女志愿队，或者一英里的沥青路，或者一头公牛的共有权。然而，如果被点标得千篇一律的话，那么这些地图必然会显得单调乏味。

总而言之，沙地郡县是贫瘠的。

然而，在20世纪30年代，当各种旨在说服沙地农民移居他乡、振兴经济的措施犹如四十名骑手在大平原奔驰而过般涌入农民们的眼帘时，即使有联邦土地银行开出利息百分之三这样颇具诱惑力的条件，他们仍不为所动。我很想知道其中的缘由，最后，为了得到答案，我给自己买了一座沙地农场。

有时在六月，当我看到每一株羽扇豆都挂着不劳而获的露珠时，我会怀疑这些沙地是否真的贫瘠。在那些易长作物的农地上，根本就长不出羽扇豆，更不用说每天收集五彩缤纷的、宝石般的露珠了。如果在这些农地上长得出羽扇豆，负责修理杂草的人无疑会坚持把它们割掉，这些人几乎没有见过黎明破晓时遍地露珠的景象。经济学家们可曾听说过羽扇豆？

那些不愿迁出沙郡的农民们宁愿留在此地，或许是出于某种根植于历史的深层原因。每年四月，当白头翁花在每片砾石山岭盛开时，我都会想到这点。白头翁花并未多言，但我推测，它们偏好山岭的原因可以追溯到将沙砾置于此地的冰川时代。满是沙砾的山脊如此贫瘠，只有白头翁花可以在四月的阳光下无碍地自由绽放。它们忍受雨雪、冰雹和刺骨的寒风，只为享受这独自绽放的特权。

还有一些别的植物向这个世界要求的也仅仅是空间，而非富饶。在羽扇豆为最贫瘠的山头抹上蓝色之前，小小的蚤缀草已经给山顶戴上了镶着白蕾丝边的帽子。蚤缀草就是不愿意住在一座富饶的农场上，哪怕是一座拥有假山庭院和秋海棠的非常不错的农场。弱小的柳川鱼草也是如此。它们那么小、那么纤细、那么忧伤，你把它们踩到脚下可能都不会注意；而除了在风沙之地，在哪里还能见到一株柳川鱼草呢？

最后还有葶苈。在它身边，即使是柳川鱼草也会显得又高又壮。我还没遇到过一个认识葶苈的经济学家。但是，如果我是个经济学家，那么，我在思索经济学问题时，必然要俯卧在沙地上的葶苈旁。

一些鸟儿也只能在沙地郡县才能看到，原因有时易于推测，有时却很难猜想。泥色雀鹀在那里，显然是因为倾心于北美短叶松，而短叶松迷恋着沙地。沙丘鹤在那里，显然是因为喜爱僻静之地，而在别处已经没有僻静之地了。但是，为什么丘鹬喜欢在沙地区域筑巢呢？它们的选择并非出于食物之类的世俗原因，毕竟更肥沃的土壤里才有更多的蚯蚓。经过多年的研究，我自认为找到了原因。雄丘鹬在奏响空中之舞的“嘭嚓”序曲时，就像是穿着高跟鞋的小个子女士；地面如果长满盘根错节的浓密植被，它就不易展露风采。但是，在沙郡最贫瘠的牧场或草地上，至少到四月，除了苔藓、葶苈、碎米介、酢浆草和蝶须之外，在最贫瘠的沙地上没有其他遮蔽，而这些障碍对于短腿鸟来说完全可以忽略不计。雄丘鹬可以在此得意地昂首阔步或忸怩作态，不仅没有任何阻碍，而且能让到场的或期盼已久的观众一览无余地欣赏它的表演。在这个小环境里，一天中只有一个小时，一年中只有一个月是重要的，两性中或许只对一方是重要的，这些与生活的经济水准当然毫不相关，却决定了丘鹬对栖居地的选择。

经济学家们目前尚未试图让丘鹬迁居。

漂泊之旅

自从古生代的海洋淹没这片陆地以来，X 就开始停留在石灰岩脊中。对于一个被封存在岩石里的原子来说，时间是凝滞的。

一棵大果栎的根向下扎进一道裂缝，开始撬开岩石、吸取营养时，变化发生了。一个世纪转瞬即逝，岩石风化了，X 被拉出来，进入生命世界。它助长了一朵花，花变成了一颗橡实，橡实养肥了一头鹿，鹿喂饱了一个印第安人，这些都发生在一年之内。

X 停留在这个印第安人的骨骼里，再次经历了追逐和逃亡，盛宴和饥荒，希望和恐惧。这些事情给它的感觉，就如同每个原子在时刻发生的化学推拉过程中所产生的变化。在印第安人告别大草原后，X 在地下没躺多久就进入了大地的循环系统，开始了它的第二次旅行。

这次把它从泥土中吸收出来的是须芒草的支根，它被安置在一片叶子上，随着六月大草原的绿色波浪一同起伏，一起完成贮存阳光这一普通的任务。这片叶子还要完成一项不寻常的任务：为鸻蛋遮阴。兴奋的鸻鸟在高空盘旋，倾情赞美着某种完美的事物，或许是它的卵，或许是阴影，或许是草原上那一片朦朦胧胧的粉红色福禄考花。

鸻鸟启程飞往阿根廷时，所有的须芒草用长长的新穗向它们挥别。当第一批大雁从北方飞来，所有的须芒草闪烁着葡萄酒红的色彩时，一只谨慎节俭的北美鹿鼠把 X 所在的叶子咬下来埋在地下的巢里，似乎是要藏起一点小阳春，免得温暖全被寒霜偷走。但是，一只狐狸拘押了鹿鼠，霉菌和真菌毁掉了鹿鼠的巢穴。X 又一次躺在了泥土中，无拘无束，无牵无挂。

接下来它先进入一丛垂穗草，再进入一头野牛，再进入一堆牛粪，然后又回到了土壤。之后是一株紫露草、一只兔子、一只猫头鹰，最后是一丛鼠尾粟。

一切行程都有尽头。这场旅程在一场草原大火中结束，火把草原上的植物变成了烟、气体和灰。磷原子和钾原子留在灰烬中，氮原子却随风而逝。一个旁观者或许会由此预测到这出生物学戏剧的早早收场，因为大火耗尽了氮之后，土壤也会失去植被，被风吹走。

但是大草原有着两手的准备。草原因为火变得稀疏，种种豆科植物却在火后茂密丛生：草原苜蓿、胡枝子、野菜豆、野豌豆、灰毛紫穗槐、车轴草和赝靛，每一种豆科植物都把自己体内的细菌藏在支根的根瘤里，每一个根瘤都从空气中抽取氮，使其被植物吸收并最终进入土壤。因此，大草原的储蓄银行中通过豆科植物存入的氮，要比其在火中支出的氮多得多。大草原是富有的，这一点连最低等的鹿鼠都知道；然而大草原为什么这么富有，在岁月的流逝中却很少有人问起。

在每一次动植物之旅中，X 躺在土壤里，被雨水冲刷，一寸一寸地向山下滑去。鲜活的植物通过贮存原子来延缓这种冲蚀，死去的植物则把原子封存在腐烂的组织里。动物吃掉植物后，把原子径直带往山上或山下，具体带往何处还得取决于动物死亡或排泄处比它们的进食处更高还是更低。没有哪个动物会意识到，它死亡时位置的高低要比死亡的形式更重要。一只狐狸在草原上抓了一只金花鼠，把 X 带上山，来到它安置于悬崖边的窝。随后，就在那里，一只鹰杀死了狐狸。垂死的狐狸能感觉到它在狐狸国度的生命篇章就要结束，却不知道一个原子的漂泊之旅即将揭开新的一页。

一个印第安人最终得到了鹰的羽毛，并将它献给了命运之神。他认为这些神会对印第安人恩宠有加，但他并未想到，诸神或许正忙于投掷骰子来对付地心引力，而鼠和人、土壤和歌声，可能都只是阻碍原子向大海进发的方式而已。

有一年，X正躺在河边的杨树上，一只河狸把它吃掉了。河狸觅食的地方总要比它死去的地方高得多。河狸所在的池塘在一场严霜中干涸了，河狸也饿死了。春天来临，X搭载着河狸的残骸，顺着融雪引发的洪水流向山下。每小时失去的高度都比先前一个世纪更多。最后，它停留在一个回水形成的牛轭湖的淤泥里，先后被一只淡水螯虾、一只浣熊和一个印第安人吞下肚去，并随印第安人长眠于河岸边的山丘下。某个春天，牛轭湖的水流冲塌了堤岸，短短一星期的洪水冲击后，X又一次回到了它曾被禁锢的古老监狱——大海。

一个逍遥快活于生物界的原子太自由了，根本不知道自由的价值所在。一个回到大海的原子则不记得什么是自由。每当一个原子迷失在大海中，大草原就会把另一个原子从风化的岩石中拉出来。唯一确定的事实就是，生物必须努力吸收养分，迅速生长，不断死去，以免原子所失多于所得。

根的本性就是钻入裂缝。当根系把Y从母体岩脊中释放出来时，一种新的动物已经应运而生，并且开始清理草原，使之适应自己的法则和秩序观。一群牛翻起了大草原的草皮。Y栖身于一种名叫“小麦”的新草种之中，开始了一连串一年一度、令人晕头转向的旅行。

过去，大草原依靠动植物的多样性而存在，所有的动植物都各尽其能，通过合作与竞争，使持续的发展得以实现。不过，种麦子的农场主只是某些类别的建设者，在他眼里只有小麦和牛群是有用的。他看到无用的鸽子成群地落在小麦上，于是很快就让鸽子从天空中消失了。看到麦长蝽接替了鸽子的偷窃工作时，他怒气冲冲，因为麦长蝽这种无用的东西小得让人无法消灭。但他没有看到，过度种植小麦造成水土流失，土地被春天的急雨冲刷得光秃秃的。在水土流失和麦长蝽为小麦种植业画上句号时，Y和它的同伴已经顺着河流往下旅行了。

当小麦帝国崩溃时，拓荒者开始向古老的草原学习。他们在家畜身上贮存肥力，通过种植吸收氮的苜蓿来增强肥力，并种植扎根很深的玉米来挖掘下层土壤的潜力。

不过，由于他采用了苜蓿以及其他新式武器来防御土地流失，结果不仅要维护原有的耕地，还要开发新的耕地，而新的耕地转而又需要维护。

因此，尽管有了苜蓿，黑色的沃土层还是越来越稀薄。为了减少土地流失，水土保持工程师建了水坝和梯田，陆军工程师则修建了堤防和侧坝，从而拦住土壤，不让其被水冲走。河流不再奔涌，河床却升高了，因而影响了航运。所以，工程师们建造了像河狸池塘一样巨大的水塘。Y就在这些水塘中的某一个里落户了，它从岩石到河流的旅程只用了短短的一个世纪，就已结束了。

刚到水塘时，Y多次穿梭于水草、鱼儿和水禽之间。但是工程师在修建水坝之外还修了下水道，所有从远山和大海那里俘获的战利品，都流进了这些下水道。原子们当年曾在白头翁花中欢迎鸻鸟归来，现在却被囚禁在油乎乎的污泥里，不知所措，毫无生机。

根系仍然钻入岩石之间，雨水仍然冲刷着田野，鹿鼠仍然藏起小阳春的纪念品。参与过消灭鸽子的老人，仍然叙述着群鸟扑腾的盛景。黑白相间的水牛仍然在红色的牛栏间进进出出，为巡游的原子提供着免费的通道。

旅鸽纪念碑

为了纪念一种鸟的消亡，我们竖起了一座纪念碑。这座纪念碑诉说着我们的哀伤。而我们之所以哀伤，是因为人们再也不能看到那些成群结队飞过天空的鸟阵了。它们曾经飞过三月的天空，为春天扫清道路，它们曾经占领威斯康星州的森林和草原，将残留的冬天驱赶。

曾经有幸在年轻时见过旅鸽的人，现在依然活着；那些曾经被这阵疾风洗礼过的树，现在也依然活着。然而十年后，还能记得这些鸟的，只有最老的橡树。也许到了最后，只有最古老的山丘还记得它们。

在书本和博物馆中还能看到旅鸽，但那只是雕像和图片，它们已经无法感到艰难，也无法感到欢乐。书中的旅鸽无法从云间俯冲，惊得小鹿疾奔寻找躲藏的地方；也无法在密荫树林中有力地拍动翅膀，赢得雷鸣般的掌声；它们无法在明尼苏达州新收割过的麦田里吃早餐，随后享受加拿大的越橘。它们感受不到季节的变迁，感受不到阳光的触碰，也感受不到风雨的拍打。它们永远存在，但永不鲜活。

较之现在的我们，我们的祖先吃得不好，穿得不好，住得也不好。

他们必须为了生活努力，而这是旅鸽不幸的根源。我们现在感到悲伤，也许是因为我们并不能确定这种交换是否值得。不可否认，各种工业产品使我们的生活更加舒适，可是工业产品能像旅鸽那样，谱写春天的荣耀之歌吗？

自从达尔文让我们瞥见物种起源的一角以来，一个世纪已经过去了。我们现在知道了以前各代旅人都不知道的事，即在进化的过程中，人类和其他的生物是平等的同路者。这就是说，我们应当对其他的生物抱有亲缘之情，彼此之间和谐共处。我们应该为生物界的宏大和持久而惊叹。

自达尔文之后的这一个世纪里，我们首先应该明白，虽然在生命这艘探索发现的大船上，人类成了船长，但不是这艘船前行的唯一目的；我们的祖先之所以会假定自己是唯一的中心，是为了在黑暗中为自己鸣笛。

这些都是我们应该意识到的。但我担心很多人还是没有意识到这些问题。

一个物种哀悼另一个物种的消亡，是太阳底下的一件新鲜事儿。杀死了最后一头猛犸象的克罗马努人，脑海中想到的是烤肉；射下最后一只旅鸽的猎人，心中赞叹的是自己的枪法；用棍子打死最后一只海雀的水手，则什么都没想。但我们，我们这些失去了旅鸽的人，为我们的损失哀悼。如果换作是我们消亡，想必旅鸽是不会为此哀悼的。这是证明我们比其他动物优秀的证据，而杜邦先生发明的尼龙袜和万尼瓦尔·布什先生发明的炸弹[①]不是。

① 杜邦公司是由杜邦家族建立的世界最大的生产和销售化学品的公司之一。万尼瓦尔·布什（Vannevar Bush）是美国著名电器工程师、科学家，“二战”期间曾在美国的军火研究领域发挥重要作用。——译者注

这一块犹如栖落在峭壁的游隼的纪念碑，将日复一日、年复一年居高临下地环视着宽阔的山谷。每逢三月，它会注目飞过的雁群，听它们对河流讲述苔原那边更清澈、更古老、更幽闭的水域。到了四月，它迎来紫荆花开又目送紫荆花落。在五月，它将看到花朵绽放在漫山遍野的橡树枝头。林鸳鸯在椴树中寻觅中空的树干；金色的蓝翅黄森莺摇落河柳的金黄色花粉；白鹭在八月的沼泽上亮相；鸻鸟在九月的天空中吟唱啼鸣；山核桃“啪嗒”一声掉进了十月的落叶；冰雹将十一月的树林打得“嘎吱嘎吱”直响。但再没有旅鸽经过，旅鸽已经消失了，只剩下这一个在岩石上无法飞翔的青铜雕像。游客可以读到碑文，但他们无法想象旅鸽飞过天空的样子。

经济伦理学家告诉我们，悼念旅鸽只是一种怀旧情结。因为即使捕鸽者没有消灭旅鸽，农场主也会为了自己的庄稼而除掉它们。

这种说法和那些特殊真理一样，可以让人认同，但并不是所谓的理由。

旅鸽是生物界的一场风暴。旅鸽是两个强大而无法相容的对立电极——土壤中养分和天空中的氧气——之间孕育出的一道闪电。每一年，羽毛风暴会席卷整个北美大陆，旅鸽从森林和草原的累累果实中汲取养分，又在旅途中将养分热烈地燃烧。和其他的连锁反应一样，随着旅鸽风暴的强度降低，鸽子愈发难以存活。捕鸽者减少了旅鸽的数量，拓荒者切断了旅鸽的燃料，旅鸽的生命之火也就逐渐熄灭，直到再也无法吐出一丝轻烟。

时至今日，橡树依然对着天空炫耀自己的累累果实，然而那场羽毛闪电早已消失不见。蠕虫和象鼻虫依然在缓慢地移动着，无声地执行将闪电从天空引来的生物学任务。

令人扼腕的并不是旅鸽的消亡，而是它们居然在巴比特时代来临之前活过漫长的岁月。

旅鸽深深爱着它的土地。它们生存的信念来自对成串的葡萄和饱满的山毛榉坚果的强烈欲望，丝毫不把漫长的里程和频繁的季节更迭放在眼里。如果今天它们在威斯康星州没有获得免费的食物，明天它们会在密歇根州、拉布拉多半岛或田纳西州搜寻。它们喜欢当前的东西，而这些东西总是会在某些地方出现；寻找这些东西很简单，只需要广阔的天空，以及用力挥动翅膀的意愿。

喜爱已经不复存在的事物，又是太阳底下的一件新鲜事儿。这一点，大多数人类和所有的旅鸽都不了解。从历史的角度审视美国，把命运看作是一种变化的过程，在寂静流逝的岁月中闻一闻此间成长的山核桃树——所有这些对我们来说都是可能的；要实现这些其实很容易，只需要广阔的天空和用力挥动翅膀的意愿。正是通过这些事情，而不是通过布什先生的炸弹和杜邦先生的尼龙袜，我们可以客观地证明：自己比动物更优越。

弗兰波河

有些人从未在野外的河流中划过独木舟，或者划独木舟的时候总有向导在船尾陪伴，他们会觉得旅行的价值就是欣赏新奇的事物，做些健康的运动。我过去也这样认为，但在弗兰波河遇见两个大学男生之后，我改变了想法。

洗好晚餐的盘子后，我坐在岸边，看着一只公鹿在河里寻找水草。

突然，这只鹿抬头朝着上游竖起耳朵，之后便蹦跳着跑到了很隐蔽的地方。

在河流的转弯处，出现了让公鹿惊慌的原因：两个划着独木舟的男孩。看到我们，男孩们朝我们靠近，想和我们打招呼。

“现在几点了？”他们开口便问。他们解释说，自己的表坏了，有生以来这还是第一次没有钟表、汽笛或收音机来对时。两天以来，他们都是靠着太阳来判断时间的，这种体验让他们感到不安与兴奋。他们的三餐没有保障，只有自己从河流中寻找肉食，才能避免挨饿。没有交通警察提醒他们避开隐藏在急滩下的礁石。当他们对天气判断失误，没有及时搭建帐篷，也不会有友善的屋顶为他们遮风挡雨。而且没有向导提醒他们，在哪里宿营可以享受整夜的微风，在哪里宿营可以免受蚊虫骚扰，以及什么样的木柴可以充分燃烧而什么样的木柴只会冒烟。

这两个年轻的冒险家离开前告诉我们，他们将在这次旅行后加入陆军。现在他们这次旅行的目的明确了，这是他们第一次，也是最后一次品尝自由的滋味：这只是校园和军营这两种严格的管制生活之间的一个小插曲。这种简单的野外之旅之所以令人振奋，不仅是因为新鲜，也因为他们可以有犯错的自由。荒野让他们第一次尝到对明智行为的奖励和对愚蠢行为的惩罚，这本是每个林地居民每天都要面对的，但文明制造了众多缓冲器来抵抗它们。在这一特殊意义上，这两个年轻人是独立于文明世界的。

也许，每个年轻人都应该偶尔进行一次野地之旅，从而体会到这种特殊的自由的含义。

当我还是一个小男孩时，父亲每次提到上等的营地、森林和钓鱼地点时，总会说它们“简直和弗兰波河一样好”！当我终于可以自己驾驶独木舟航行在这条充满传奇色彩的溪流上时，我发现，作为河流的它与我的期望差不多，但作为荒野的它却濒临死亡。新的农舍、度假村、公路桥梁从野地穿过，将它分割成支离破碎的一块又一块。沿着弗兰波河顺流而下，各种交替的印象在你的眼前拉锯似的变换：你刚刚觉得自己身处荒野，不远处却出现了一个停船处，没过多久，小船又同岸边某个农舍主人种植的牡丹花擦肩而过。

牡丹之后，一只悠闲地跳到了岸上的鹿让我们有了回到荒野的感觉。接下来的急滩险流更加印证了这种想法。然而划了没多远，河流下游一个池塘旁就会有一座圆木小屋正在静静地望着你。这时你会看到一个合成材料的屋顶，一块“欢迎光临”的小木牌，以及生锈的、供人们下午打牌用的棚架。

保罗·班扬[①]太忙了，没时间顾及子孙后代。但如果他想要保留一个地方供后人看看古老的北部森林的样貌，很可能会选择弗兰波河流域，因为在这几英亩的土地上，生长着最好的乔松、糖枫、黄桦以及铁杉。这种松树和硬木林的混合生长极为罕见，不同寻常。与大多数松树的生长地相比，弗兰波河所在的流域更加肥沃，因此这里的松树更加高大，显得弥足珍贵。再加上它们紧挨着一条很适合运送圆木的河流，所以很早之前就开始遭到斧头的摧残，已经腐烂的残株诉说着往昔，只有有瑕疵的松树才能逃过劫难。即便如此，残留的松树也足可为弗兰波河勾勒以天空为背景的轮廓，为昔日那些鲜活的绿色竖起纪念碑。

① 保罗·班杨（Paul Bunyan），美国民间传说中的伐木巨人。他机智敏捷，富有超人般的力量。——译者注

对硬木的砍伐则晚得多。事实上，最后一家大型硬木砍伐公司，在十年前才拆掉这里的最后一条运木铁路。那家公司现在唯一留下的，就是一座被废弃的城镇中的“土地办公室”。空荡荡的林地被卖给了踌躇满志的拓荒者。这标志着一个时代——一个乱砍滥伐的时代的结束。

就像在废弃营地中寻找食物的丛林狼一样，伐木时代之后的弗兰波河，也靠着过去的残留维持经济。砍伐制浆木材的工人，在昔日茂密丛林的残留中寻找幸存的小铁杉树；一些工人扛着便携式锯木机，沿河搜寻沉在河床里的圆木。这些圆木大多是在伐木的辉煌时期沉入河底的。沾着泥沙的木头被一排排地拖到岸边那些旧时的停泊地。木头的质地非常好，其中有一些价值不菲，因为在今天的北部森林，已经找不到这样的松木了。有的伐木工撑着篙砍掉沼泽里的白雪松，许多鹿跟在他们的后面，吃掉倒地的雪松的叶子。这里的一切都靠着过去留下的东西生活。

这些工作进行得这样彻底，现在，如果有人想建造一座圆木小屋，能用的也只有圆木的仿制品。而且这些仿制品的原料是从爱达荷州或俄勒冈州的森林中锯出来，然后用货车运到威斯康星州的森林的。英谚说，“把煤运到纽卡斯尔是多此一举”（因纽卡斯尔本身为重要的煤产地），与这里的情况相比较，这个谚语只能算是轻微的讽刺。

不过，河流依然在静静地流淌着。从保罗·班扬的时代以来几乎没有发生任何改变。破晓时分，汽笛声醒来之前，人们可以在野地中听到河流的吟唱。有几片林地幸运地划归政府所有，里面的树木还未遭到砍伐，而里面的许多野生动物也因此幸存。比如，河里的北美狗鱼、鲈鱼和鲟鱼；在沼泽繁殖的秋沙鸭、绿嘴黑鸭和林鸳鸯；在空中游弋的鹗、雕和渡鸦等。鹿的身影随处可见，也许它们真的是太多了，在船上漂流的两天里，我就看到了五十二头鹿。有时还可以在弗兰波河上游看到狼；一个靠陷阱捕猎的人还宣称他看到过一只貂，虽然1900年以来这里再没有产出过一张貂皮。

从1943年开始，威斯康星州的自然资源保护部门以这些残存的荒野为核心，努力重建了大约五十英里长的河流区，使之恢复成荒野形态，供年轻的威斯康星州使用并为人们提供休闲之所。这个荒野区位于一片州立森林中，河岸两边禁止林业开发，同时也尽可能减少道路从这里通过。自然资源保护部门极有耐心地——有时甚至需要花高价——收购土地，搬迁农舍，封锁不必要的道路。总而言之，他们试图让那里重新回归原始的野地时光。

弗兰波肥沃的土地曾经为保罗·班扬培育出最优质的软木松树，近几十年里，同样的土壤又为鲁斯克郡乳品业的兴起贡献着力量。奶牛场的场主们希望自己使用的电比当地电力公司所提供的电更便宜，于是自发组织了一个合作社性质的农村电力管理局（REA），并且在1947年申请建造了一座水力发电站。但是，水力发电站一旦建成，那片绵延五十英里的野地保护区的下游将被全部摧毁，独木舟专用的水域也将不复存在。

于是一场激烈而尖锐的论战在政界展开了。州议会对农场主的巨大压力很敏感，却忽略了原始野地的存在价值，因而他们不仅通过了建立水电站的提议，而且完全剥夺了自然资源保护部门之后对于建造水电站选址的发言权。这样看来，弗兰波剩余的独木舟区以及其他的野地河流（未开发的河流），最终可能都将为发电服务。

或许我们的子孙永远没有机会看到野地河流；而在野地河流上独自泛舟，尽情放歌的念头，可能他们压根也不会有。

死亡进行时

老橡树，被剥掉了皮，枯死了。

在废弃的农场里，一切都经受着死亡的考验，只是程度有所不同。那些老房子执著地盯着你，仿佛在说："等着瞧吧，会有人搬进来的！"

可是，这座农场是不会有人搬进来的。剥橡树皮来掠夺最后的收成，无异于杀鸡取卵，最终要走向毁灭。

伊利诺斯州和爱荷华州

伊利诺斯州的巴士之旅

在屋外的院子里，一个农场主正和儿子拉动横锯，他们在锯一棵古老的棉白杨。那是一棵又粗又老的白杨，留在树外面可供他们拉动的锯条只有一英尺长。

曾几何时，那棵老白杨是草原之海上的一个浮标。乔治·罗杰斯·克拉克[①]或许曾在树下露营；野牛或许曾来到树下乘凉，摇着尾巴，赶着蚊虫，怡然自得；每年春天，都会有旅鸽到这里筑巢栖息。除了州立大学的图书馆之外，它是最好的历史图书馆。然而每年一度飘落的杨花会如棉絮一般堵住农场主的纱窗。人们认为，在这两项事实中，只有后者才是重要的。

州立大学的学者告诉农夫，种棉白杨不如种中国榆，因为中国榆不

① 乔治·罗杰斯·克拉克（George Rogers Clark，1752—1818），美国拓荒者、独立战争领导人。——译者注

会掉絮堵住纱窗。那些学者还对樱桃蜜饯的加工、班氏杆菌病、杂交玉米以及农场的美化也自以为是地高谈阔论。关于农场，他们唯一不知道的事情是它们从何而来；他们的工作就是让伊利诺斯州能安全生产大豆，变成大豆的天堂。

我坐在一辆时速六十英里的巴士上，奔驰在一条最初为了马和轻便马车修建的道路上。带状的混凝土被反复加宽，田野的栅栏几乎都歪歪斜斜地要倒向路边的沟渠。宽阔的马路和摇摇欲坠的栅栏之间是一条狭长的草皮，只有那儿才是大草原时代伊利诺斯州的遗迹。

巴士里的人几乎都没有注意到这些遗迹。有个农夫满脸愁容，他的衬衣口袋里露出了肥料账单的一角，他怅然若失地望着那些原本吸取草原空气中的氮，并注入沃土的羽扇豆、胡枝子或鹰靛。他分不清这些植物和周围那些似暴发户般迅速蔓延的偃麦草。假如我问他，为什么这里的土地得到的玉米收成能比没有草原的各州的玉米收成多两倍多，他也许会回答是因为这里的土壤更肥沃。如果我再问他那些缠绕在栅栏上，豌豆似的开着白花的植物是什么，他可能会摇着头说，那也许就是些杂草吧！

一座墓地在车窗外一闪而过，墓地的周围长着草原紫草，在阳光下闪闪发光。其他地方都没有紫草，只有这儿能看到；泽兰和苦苣菜为日趋现代化的土地提供着黄色的装饰，草原紫草则生长在墓地，只和死者交谈。

透过打开的车窗，一阵婉转的鸟鸣传入我的耳畔，拨动我的心弦。那是一只高原鹬。当年，野牛在高度及肩、无边无际的大草原跋涉时，它的祖先跟随在野牛后面，一起在那片已被人遗忘的花海中游荡。一个小男孩看到了这只鸟，却对他的爸爸说，“快看，那儿有只丘鹬。”

路边出现了一个标示牌，上面清晰地写着“你已进入格林河土壤保护区”，牌子上还写着在这个保护区协同工作者的名单，只是那些字太小，我在行驶的车上看不清楚。不过我猜想那肯定是保护区工作者的名人录。

标示牌上的油漆涂得很均匀。它竖立在河谷底下的一片草场上，那里的草很矮，高度适合人们在上面打高尔夫球。附近是一处已干涸的环形河床，形状很优雅。郡县的工程师为了让河水能够迅速流出，把这里的河床“拉直了”，新挖了如同尺子那么直的河床。背后的山上是依山开出的带状耕地。为了缓和水流，防治侵蚀的工程师把那儿的河床“折弯了”。这一大片河床一会儿直一会儿弯曲，河水肯定已经被工程师们这么多的建议弄得不知所措了。

农场的一切都象征着银行里的金钱。农场里尽是新的油漆、钢铁和混凝土，谷仓上写着日期，以此纪念农场的创建者。屋顶上立着避雷针，风向标刚刚被涂刷得金光闪闪，趾高气扬地立着，就连那些猪都仿佛更加神气了。

林地中的老橡树没有留下后代，没有树篱、灌木篱、栅栏或者其他徒劳的管理标记。玉米田里有肥壮的小公牛，但大概没有鹌鹑。篱笆架立在狭长的草皮上。那些将田地犁耕到如此靠近铁丝的农夫们肯定会异口同声地说：“只有不浪费，才能不愁短缺。”

在河流下游的草地上，大水冲来的垃圾高高地堆积在灌木丛中。河岸未经修整，已经被冲得破败不堪，一大块一大块儿的土壤从伊利诺州脱落了，朝着大海流去。巨大的豚草丛成为了一个分水岭，它成为河水放弃载不动泥沙的地标。一些困惑跃上我的心头：到底什么是有利可图？时间能维持多久？

高速公路穿过了玉米田、燕麦田和苜蓿田，就像一把拉直的卷尺朝着远方延伸。巴士已经行驶了很长的距离，仍旧快速地朝着远方前进，乘客们不断地交谈着。谈些什么呢？棒球、税收、女婿、电影、汽车和葬礼。但他们不会谈到车窗外如海浪般不断涌来的伊利诺斯州。他们的伊利诺斯州没有起源，没有历史，没有浅滩，没有深渊，也没有生生死死的潮起潮落。在他们看来，伊利诺州只是大海，只是承载着他们驶向未知港口的大海。

踢蹬着的红腿

每当重拾最初的记忆，我总在想：通常被称为成长的过程，是否是一种衰颓呢？成年人往往认为自己具有孩童没有的经验，实际上这是否是在用生活的琐碎之事冲淡生活的本来面目？至少有一点可以肯定的是，我对于野生动物的最初印象以及追求，在我的记忆中始终保留着鲜明生动的形象、色彩和氛围，积累了大半个世纪有关野生动物的专业经验，并未将那些最初的印象抹去，或是改善。

和大多数有抱负的猎人一样，我在很小的时候也得到了一把单筒猎枪，并被允许猎杀兔子。那是一个冬天，星期六，我在前往最喜欢去的兔子出没地时，经过了那个当时覆盖着冰雪的湖泊。我注意到，在岸上的风车把温水注入湖泊的地方，形成了一个不大的“气洞”。这时候，所有的鸭子早已躲到温暖的南方去了，但当时我就在那里构拟了平生第一个鸟类学假说：如果还有一只鸭子未曾离开，还留在这个地方，那么它肯定会来这处没有被封冻的地方。我克制住对兔子的渴望（当时这样做可没什么好处），坐在冰冷的草地上，等待着鸭子的出现。

我在那里等了整整一个下午，每当有乌鸦从天空中飞过，或者运转的风车又发出一次风湿病人般的呻吟，我都会觉得更加寒冷。终于，日落时分，一只孤独的绿嘴黑鸭从西边飞来；看到气洞后，它都没有进行预备性的盘旋，就张着翅膀直接向洞口俯冲下去。

我已经记不清自己是如何开枪的；只记得当看到它重重地落在湖面上，腹部朝天躺在那里胡乱踢蹬着红色的腿时，我的喜悦无法言表。那是我捕猎到的第一只鸭子！

父亲在送我这杆猎枪的时候告诉我可以用它来捕猎松鸡，不过不能在松鸡停在树上时射击。他说我年龄够大了，可以学着射击空中飞行的猎物。

我的狗对于把松鸡赶到树上这事儿非常在行，然而我接受的第一条道德戒律就是要放弃那些肯定能射中的、停在树上的鸟儿，选择几乎无法击中的飞逃的鸟儿。与被狗赶到树上的松鸡相比，魔鬼和他的七个王国实在算不上是什么诱惑。

第二个松鸡狩猎季节即将结束，我却毫无斩获。一天，我经过杨树丛，一只大松鸡呼啸着从我的左边飞了起来。它飞到杨树上空，然后又从背后绕过去，跌跌撞撞地逃向最近的崖柏沼地。我下意识地开了枪，这成了所有猎人梦寐以求的一击。松鸡的羽毛散落着，伴随着金色的叶子一起从空中落下，它死了。

至今，我仍可以清晰地画出第一只飞翔中的松鸡落在多苔藓的地面上的情景，可以清晰地标出那里的每一丛红色御膳橘和每一棵蓝紫苑。我对于这两种植物的喜爱，也是从那时开始的。毕竟，那是我打到的第一只松鸡啊！

亚利桑那州和新墨西哥州

山顶

最初我住在亚利桑那州时，白山还是骑马者的天下。除了几条主要的线路外，其余路段地势都很崎岖，马车很难通过。这儿没有汽车，对徒步旅行者来说路程太遥远，就连牧羊人也要骑马通过。因此，在排除了各种其他交通方式后，这个如郡县一般大小、被人称为“山顶”的高原，就成了骑马者——骑马的牧牛人、骑马的牧羊人、骑马的森林管理员、骑马的捕猎者，还有一些在边境地区经常看见的来历不清、去向不明、身份未知的骑马者的专属领域。对现在这代年轻人来说，恐怕很难理解人们根据交通工具来划分的这种空间上的尊贵身份。

从这儿往北走两天，就会到达一个铁路乡镇，在那儿的情况完全不同。你可以随意选择以下的出行方式：穿着皮鞋步行，骑驴，骑牧牛的马，坐四轮马车，乘货运马车，乘火车乘务车厢或卧铺。每一种出行方式都可对应一种社会阶层，每个阶层的人都说着自己阶层特有的语言，穿着特有的服饰，吃着不同的食品并光顾各自的酒吧。他们仅有的共同之处就是光顾百货商店以及享有亚利桑那州的尘土和阳光。

当人们向南挺进，穿过平原和平顶山[①]直至白山，这些原本鲜明的阶层差异会因为各自交通工具的无法使用而逐渐消失，最终“山顶”成了骑马者的天下。

当然，亨利·福特的发明引发了交通工具的革命。现在，任何人只要乘坐飞机，就可在天空遨游，无所不往。

冬天，即使是骑马的人也无法登上白山的山顶，因为高原草地上的积雪太深，攀爬小峡谷的唯一小径也积满了雪。五月份的时候，每个峡谷都携带着融化的冰雪奔腾向前，发出巨响。但你很快就可以达到山顶——如果你的马能在及膝的泥土中艰难跋涉半天的话。

在白山山脚的小村庄里，每年春天，都会举行一个约定俗成的比赛，看谁能最先进入那高深莫测的荒僻之地。我们中的许多人都曾试过，但我们从未仔细想过这样做的原因。传闻很快就会流传开来。谁能最先完成，谁就会被授予骑士的头衔，成为当地的“年度风云人物”。

与故事书中所说的不同，山顶的春天来得很慢。即使羊群已经上山，山顶的天气也会在风和日丽与寒风肆虐间转换。在灰褐色的山间草地上散布着哀嚎的母羊以及快要冻僵的小羊承受着冰雹和暴雪的袭击，我很少看到比这更凄惨的场景。甚至连快活的星鸦也要弓起脊背抵抗这些春天的暴风雪。

夏天的白山，情绪犹如夏天的天气一样多变，就连最愚钝的骑手和他的马也会对这些情绪留下深刻的印象。

① 常见于美国西南部地区，顶部平坦侧面陡峭，属水平地貌。——译者注

在明朗的早晨，白山会邀你下马，在新长的花草中打个滚（若没拉紧缰绳，你那欠缺训练的马一定会这么做的）。万物都在歌唱、鸣叫和萌芽生长。高大的松树和冷杉在经受数月暴风雪的摧残后，巍然地挺立着，沐浴在阳光下。面无表情，而只能用声音和尾巴表达感情的缨耳松鼠，不停地告诉你一件你早已知道的事情：从未有过这么宝贵的日子，也从未有过这么美好的日子供我们挥霍。

一小时后，雷雨云就有可能遮住太阳，而你往昔的天堂则会在即将到来的闪电、暴雨和冰雹的鞭挞之下蜷缩起来。厚重的乌云悬浮在空中，犹如置身在已点燃导火线的炸弹上。每一颗滚落的小石头和每根噼啪作响的树枝都会让马儿跳起来。当你在马鞍上转身并解下雨衣时，马儿也会后退、呼气、发抖，仿佛你将展开包含着巨大灾难的启示录的卷轴。每当听别人说不怕闪电时，我总会在心里说：他肯定没在七月的白山上呆过。

雷声已经很可怕了，更可怕的是闪电打在悬崖上，冒着烟的碎石会从你耳边呼啸而过。最可怕的是闪电劈开松树时飞溅出木片。我还记得一片约十五英尺长的白色木片，直接深深地插入我脚边的泥土，并竖在那儿发出如调音叉般的嗡嗡声。

无所畏惧的生活，肯定是贫乏的生活。

山顶是一处很宽阔的草地，需要骑半天马才可完全穿越，但不要简单地认为它是被松树环绕着，犹如竞技场一般圆形的草地。草地的边缘卷曲着，呈涡形或锯齿形，上面仿佛有无数的海湾、小湾、岬角、半岛和公园。没有人能知道所有这些地方，因而每天去那儿骑马，你都有可能会有一个新的发现。我之所以这样说，是因为当你骑马进入长满花儿的小湾时，常会感到如果有人曾到过此处，他定会为此唱首歌或写首诗。

或许是因为人们发现了此处的神奇而产生了特别的感觉，在每个山间营地中厚实的杨树树皮上，都刻印着各种首字母、日期以及家畜的火印。从这些刻印上，随时都可读到“德克萨斯人”的历史和文化。当然，这并非是从那冷冰冰的人类学分类上习得的知识，而是从某些创作者的个人生涯中读到的内容。或许你会从那些刻在树上的字母中认出，某人的儿子曾在一次马匹竞标中赢了你，某人的女儿曾与你共舞一曲。这里是一个名字的字母缩写，没有火印，旁边的标注是 19 世纪 90 年代，那肯定是他作为一个巡回牛仔第一次独自来到这儿的时刻。接着，十年后，通过他的节俭、自然增值，抑或是凭他敏捷而又出色的驯马技艺，成了一个有稳定收入的公民后，他又在他名字的字母旁留下了火印。接着，又过了几年，出现了他女儿名字的字母，刻印的人是爱慕她的青年，青年不仅在追求她，更渴求他财富的继承权。

老人现在已经去世了；在他晚年，他的心只会因为他的银行存款和他的牲畜群数量而起伏，但山杨树表明，在年轻的时候，他的心也会因山里美丽的春天而颤动。

山的历史不仅刻写在山杨树上，也休现在它的地名上。“产牛之地”，这名字虽然有些不雅、幽默、讽刺或者感伤，但至少不平庸。这些地名都令人难以琢磨，往往会引起新来者的好奇。而这便会牵引出许多故事，经过各种故事的互相组合后，最终形成当地的民间传说。

比如说，有一个叫“尸骨场”的地方，是一片美丽的草地，呈拱形的风信子成群在此处盛开，但其中却夹杂着一半埋在土中的牛头骨和散落在四处的牛脊椎骨。这些牛已经死了很久。这件事情要追溯到 19 世纪 80 年代。一个愚蠢的牧牛人第一次从德克萨斯温暖的山谷来到这里，他受到了夏天山顶的诱惑，并尝试着让牛群依靠山中的干草过冬。结果，十一月的暴风袭来时，他和他的马仓皇而逃，但他的牛群却无法幸免。

还有一个叫作“蓝色坎贝尔”的地方，位于蓝河的上游源头地区。前几年，有一个牧牛人带着他的新娘来到这里，新娘对岩石和树木感到厌倦，渴望拥有一架钢琴。钢琴被及时运到，是一家坎贝尔钢琴。在整个这个地区只有一头骡子能驮得动它，而且只有一位赶牲口的人有这个能力在如此崎岖的路上，平衡骡子两边的重量，完成这个超人一般的工作。但是这架钢琴并没有让新娘感到满足，她还是逃跑了；人们告诉我这个故事的时候，他们居住在大农场的小屋已经变成了一堆废墟。

此外，还有一个叫作“菜豆沼泽”的地方，是四周有松树环绕着的沼泽地。在我们那个时候，松树下有一间小木屋，可供来往的人过夜留宿。这些不动产的业主必须遵守一条不成文的规定：需要给路过的人留下一些面粉、猪油和豆子作为补给物资。不过有一个不幸的旅客，被暴风雪困在那儿一个星期，而他在屋子里能找到的只有豆子。这种违背待客之道的做法，让这个地方出了名，并以这样的名字流传了开来。

最后，还有一个地方叫作“天堂牧场”，一个经常在地图上出现的名字，经过艰辛的跋涉最终到达那里之后，你会发现它的不寻常之处。这座牧场隐藏在高山的另一边，和其他被称为天堂的地方一样，是如此遥远。这里草地翠绿，鲑鱼在小溪里游动。马儿在草地上过一个月，就会变得很健壮，雨水落在它的背上会形成一个小水洼。第一次从“天堂牧场”回来之后，我暗自想：你还能为它找到一个更合适的名字吗？

尽管我有几次机会可再回白山，但是我都没回去。我不愿看到那些游客、马路、锯木厂和伐木铁路为白山或者对白山所做的一切。我也曾经听到年轻人赞叹白山的瑰丽，尽管我登上白山时他们还未出生。对于这一观点，我还是赞同的，尽管内心还是有所保留。

像山一样思考

山崖间，一声发自肺腑的低沉而又尖利的嗥叫在回响，这声音划过大山，逐渐消失在远处的暗夜里。迸发出来的，是一种狂野不羁的忧伤和对世间所有逆境的藐视。

大山里的每一个生灵（或许还有许多亡灵）都侧耳倾听着这声久久回荡的嗥叫。对鹿而言，这声音警示了它们众生的末路；对松树而言，这声音预言了午夜的混战和雪地上的鲜血；对狼而言，这声音许诺了一顿饱餐；对牛仔而言，这声音预示着银行债务的逼近；对猎人而言，这声音就是獠牙对子弹的挑衅。然而，只有大山明白，那隐藏在这些显而易见又近在咫尺的，希望和恐惧背后的深意。也只有大山才拥有沧海桑田的眼界和生命力，来客观地聆听一头狼的嗥叫并参悟其中的深意。

就连那些无法领会其中深意的人，也能感觉到声音的存在。凡是在狼群出没的地方，都能感受得到这声音，这就将那些有狼的地区和其他地区区别了开来。所有在夜晚听过狼嗥，或是在白天寻过狼迹的人，听到这声嗥叫都会不自觉地背部发毛，脊梁发冷。即便没有狼嗥或是狼迹可循，一匹驮马半夜的嘶鸣声，石头滚动碰撞的咯咯声，逃命的鹿儿的奔腾跳跃声，或是云杉之下阴影的变幻，这一系列异样的情景都在暗示着狼的存在。只有那些初出茅庐的新手才无法感知狼的存在，也无法理解只有大山才能体会的那种深奥。

我对这一点的深信不疑要从我看见一只狼死去的那天说起。当时我们正在一个高高的悬崖上吃午饭，悬崖脚下一条波涛汹涌的河流在奔腾。我们看见一个东西在急流中挣扎跋涉，胸部浸在白色的水花中。起初，我们以为那是只鹿，但等它爬上岸，甩着尾巴向我们这边走来时，才发现它原来是一匹狼。六只显然已经长大的狼崽从柳树林中跳出来，摇着尾巴，互相嬉闹撕咬，欢乐地迎接着它的到来。确确实实，在我们所处的山崖下方那片空旷的平地上翻滚打闹着的，是一群狼。

在那个年月，没有人会错过能杀死一匹狼的机会。很快，一发子弹射向了狼群。我们非常兴奋，反而瞄不准目标，搞不清怎样才能从这么陡的地方往山崖下瞄准射击。来复枪的子弹耗尽时，老狼倒了下来，一只小狼拖着受伤的腿，躲进山崩造成的滑石堆，那里人类无法通行。

我们接近老狼的时候，它眼中绿色的充满仇恨的火焰还没有完全消逝。这时我才发现，那双眼睛里闪烁着我过去从不知道的东西，某种只有狼和大山知道的东西。我将这个发现铭记在心。我那时还年轻，看到扳机就心痒；当时我以为狼的减少意味着鹿的增加，而狼的消失就意味着猎人天堂的到来。在看到老狼眼中那绿色火焰的消逝后我才明白，这样的观点，无论是狼还是大山，都不会同意。

从那以后，我看见各州都在相继扑杀自己的狼群，看见许多失去狼的大山的新面孔，看见朝南的山坡因布满了被鹿群新踩出的纷乱小径而“皱纹满面”。我看见，所有能吃的灌木和幼苗都被啃掉了嫩叶，相继萎蔫并渐渐枯死。我看见所有能吃的树叶，只要是鹿能够着的地方都被啃得精光。这样的一座山，乍一看，就像是有人为上帝递上了一把新的大剪子，并要求他除了剪除树木以外，什么也不要做。最终，原本受人期待的鹿群因为数量过于庞大而纷纷饿死，鹿的尸骨与枯死的鼠尾草一起变白，或是在杜松下腐烂。只有在鹿角高度以上的杜松上，还残存着些许枝叶。

现在的我在思考的是，大山是否也生活在对鹿的极度恐惧之中，就像鹿生活在对狼的极度恐惧中一样？而大山或许更有理由恐惧，因为一只被狼杀死的雄鹿在三两年之间就会被一只新生的小鹿取代，而一座被鹿群毁灭的大山，恐怕再过上几十年都无法恢复原貌。

牛也是这样。牧牛人忙着消灭牧场上的狼，却并未意识到自己就要接替狼的工作了。他得像狼一样，把牛的数量削减到适合于牧场的规模。牧牛人还没能学会像大山一样去思考。于是，我们迎来了沙尘暴。于是，河流把我们的未来冲进了大海。

我们都在努力追求安全、繁荣、舒适、长寿和波澜不惊的生活，鹿凭柔韧灵活的腿，牧牛人有陷阱和毒药，政治家用笔，而我们大多数人则依靠机器、选票和金钱。这一切只归结为一件事情，那就是追求时代的和平。在这些方面取得某种程度的成功是件好事，客观来说也很有必要。然而，过分的安全和平似乎终将引发危险。也许这正验证了梭罗的一句话："荒野才是救世之主。"狼的嗥叫背后所隐含的深意也许正寓于其中，它早为山所知，却鲜为人知。

埃斯库迪拉

生活在亚利桑那州，会感到处处受限。脚下是格兰玛草原，头顶是蓝天，远处地平线上的是埃斯库迪拉山。

向山之北策马前行，低头俯视，是一望无垠的蜜色平原；抬头仰望，无论何时，无论何地，映入你眼帘的，总是埃斯库迪拉山。

向山之东策马行进，你穿越的是一片树繁叶茂的炫目平顶山。每一块有树的凹地都好似一个独立的小世界，沐浴着阳光，散发着杜松的芳香，回荡着松鸦那沁人心脾的叽喳欢叫。当你沿着岩脊登上山顶，你会立刻感到自身的渺小，仿佛广袤空间的一粒尘土。而悬在空间边缘的就是埃斯库迪拉山。

策马向山之南前行，你遇到的是蓝河那些交错的峡谷，峡谷里随处可见白尾鹿、野火鸡，还有野性十足的牛。当一只狡黠的雄鹿从你的枪口逃脱，在远处的地平线上向你道别时，你低下头去查看猎枪的准星，纳闷究竟是怎么回事。这时你会发现远方深蓝色的群山，那便是埃斯库迪拉山。

再向山的西面行进，你会置身于阿帕奇国家森林外围翻腾的树浪之中。我们在森林中巡行，四十又四十地数着那些高大的松树，四十又四十地在笔记本上记录下来，并设想如果把它们锯成原木，会堆积成什么样子。我们在气喘吁吁地爬上山谷后感到，笔记本上那些假想的原木堆和眼前那满是汗水的手指、杨槐的芒刺、鹿虻的叮咬以及松树的吵闹之间，竟存在着如此怪异的不协调。直到到了下一个山脊，一阵冷风在绿色的松林上呼啸而过，才吹走了我们所有的疑虑。远方绿海岸上悬浮着的，是埃斯库迪拉山。

大山凭借其自然之险，不仅局限了我们的工作和娱乐范围，甚至也影响了我们晚餐的质量。冬日的傍晚，我们经常埋伏在河边低地上偷袭野鸭。机警的鸭群不会轻易上当，它们在西边蔷薇色的晚霞和北方铁青色的天空下盘旋几周，然后消失在黑漆漆的埃斯库迪拉山里。倘若它们再度出现并停留在河边的低地上，我们的荷兰烤锅里就能添上了一只肥美的鸭子。若它们不再出现，我们便只好将就吃顿熏肉和豆子了。

事实上只有在一个地方，你无法在地平线上看到埃斯库迪拉山。这个地方就是埃斯库迪拉山的山顶。在山顶上你无法看到山体，可你却能感觉到它的存在，其原因就在于大熊。

这位“大脚老兄”是个强盗大王，埃斯库迪拉山就是它的城堡。每年春天，当和煦的春风融化了积雪时，这头老灰熊就从它岩石堆中的冬眠洞穴里爬出来，光临它的城堡，又在一头母牛的头上重重敲上一记。饱餐之后，它就爬回峭壁，依靠旱獭、兔子、浆果和树根在那里过上一个安稳的夏天。

我曾看见过一头死于它掌下的牛。牛的头骨和脖子一团稀烂，那惨状仿佛是牛迎头撞上了一列疾驰的货运列车。

从没有谁亲眼见过这头老灰熊，而在悬崖底下泉水周围泥泞的土地里，你能看见它那难以置信的巨大足迹。沉着老练的牛仔看到这些足迹，就能觉察熊的存在。他们无论骑马走向何方，都能看见那座山，而每当他们看见山，就会想起熊。篝火大会的话题里，总少不了牛肉、舞会和熊。大脚熊要的不多，不过是一年一头牛，以及方圆几英里废弃的岩石堆罢了。然而它的气息却弥漫着整个村庄。

在那段时日里，追求“进步”的风气也开始在这个养牛的村庄蔓延。而“进步”有着各式各样的使者。

首先到来的使者是一位驾驶汽车穿越北美大陆的人。牛仔们了解这位公路骑士，他像所有的驯马者一样，喜欢谈笑风生，喜欢虚张声势，也喜欢冒险逞能。

牛仔们不太明白那位身着黑色天鹅绒服饰，操着波士顿口音的漂亮女士口中的妇女选举权是怎么回事，但是他们还是认真地倾听着并注视着她。

来装电话的工程队也让牛仔们惊讶不已。电话线在刺柏上串起，就立刻带来了城里的讯息。一位老者好奇地问，电话线能不能给他带来熏肉。

一年春天，"进步"又派来了另一位使者。他是政府雇用的一名捕兽员，身着工作服，像那随时准备捕杀猎物的圣·乔治[①]一样。捕兽员问，这里是否有危险动物需要捕杀。人们答道：是的，有一头大灰熊。

捕兽员把行头捆在骡子背上，便向埃斯库迪拉山进发了。

一个月后，他回来了，他的骡子因驮了张沉重的兽皮而步履蹒跚。村里只有一个谷仓比较大，能够装下并晾晒这张兽皮。在那一个月间，捕兽员尝试了各种惯用手法，包括铺设陷阱、放置毒药等来逼熊就范，可都不奏效。后来，他在一条只有熊能通过的隘道上架设了一把上膛的猎枪，然后在一旁"守株待兔"。结果，灰熊走入了隘道，触动了扳机上的绳子，丢了性命。

那时正值六月。熊皮既肮脏，又斑驳，也没有多少价值。没能让最后一头灰熊留下一张完好的熊皮来作为对它所属种族的纪念，对我们来说似乎是一种侮辱。灰熊绝迹了，唯一留下来的是国家博物馆里的它的头骨，还有就是科学家们关于这具头骨拉丁文名称的争论。

也正是在对这一系列事情进行了深入思考之后，我们才开始感到疑

① 圣·乔治（St.George），不列颠传说中杀死一头恶龙的骑士，也被视为英国版的武松。——译者注

惑，究竟是谁为“进步”下了定义？

自从上帝创世以来，岁月就一直侵蚀着埃斯库迪拉山的玄武岩躯体，侵蚀的同时它又在等待着、建造着。岁月在这座古老的大山上建造起了三样东西：庄严的形貌、生物的群落和一头大灰熊。

那位政府派遣的捕兽员只知道消灭了灰熊，埃斯库迪拉山的牛群就安全了。却不知道他已经颠覆了一座大厦的尖顶，而这座大厦从晨星齐唱时起就已经开始建造了。

派来那位捕兽员的政府长官是一位精通生物进化理论的生物学家。但他没有想到，保护大山本身与保护牛群一样重要。他无法预见这个产牛的村庄将在二十年后变成一座旅游城市，而对游客们来说，他们更希望的是能够看见熊，而不是能够吃到牛排。

投票支持拨款消灭熊的国会议员们，正是拓荒者的子辈们。他们称颂父辈们在边远地区的优良德行，却用自己的行动终结了边远地区的存在。

我们这些林务官默许了消灭熊的行动。我们知道当地的一个农场主曾在犁地时发现过一把匕首，上面刻有科罗纳多军队一个指挥官的名字。我们曾经严厉谴责那些为了追求黄金和改变他人信仰，而滥杀无辜印第安土著居民的西班牙侵略者，可我们却并未意识到，其实我们也是一群侵略者，我们也指挥了一场侵略行动，只是自以为正义罢了。

埃斯库迪拉山依然高耸在地平线上，但你看见它时却不会再联想到熊。它现在只是一座山，一座普普通通的山。

奇瓦瓦州和索诺拉州

瓜卡玛亚

在中世纪的黑暗时代，关于美的物理学仍然是自然科学的一个门类，就连操控弯曲空间的人都无法解开它的方程式。例如，秋日北方树林的景色正如大家知道的那样有土地，有红枫，还有披肩鸡。从传统物理学角度来看，这只披肩鸡无论在质量还是能量上都只占了一英亩地的百万分之一，但是如果没有这只披肩鸡，其余的一切都会黯然失色。因为某种巨大的动力已经消失了。

损失不过是我们想象中的事，这样说并不困难，但是有哪位严肃认真的生态学者会同意这种说法呢？他很清楚地了解有一种“生态死亡”，它对现代科学有着无法形容的重要意义。一位哲学家将这难以估量的实质称为物体的本体。这与现象形成对比，现象是可估量、可预测的，哪怕是最遥远的那颗星星的摇摆和转动。

这只披肩鸡就是北方树林的本体，蓝色松鸡是小核桃林的本体，灰噪鸦是泥岩沼泽地的本体，蓝头松鸦是杜松山麓的本体。鸟类学的课本并不会记录这些东西。我想这些对科学界来说都是新发现，即使它们对眼光敏锐的科学家来说是那么显而易见。即便如此，我在这里还是要记录下我发现的马德雷山脉的本体——厚嘴鹦鹉。

厚嘴鹦鹉被认定为新的发现，仅仅是因为很少有人去过它的栖息地。一旦到了那里，只要不是聋子和盲人，都会意识到它们在山区生活和山区景色中扮演的重要角色。事实上，你刚吃完早餐就可以看到叽叽喳喳的鸟群离开它们在悬崖边的栖息地，去到黎明的天空中进行晨练。就像鹤群形成的方队一样盘旋着，它们互相大声地争论着（你也好奇的）问题：从峡谷上缓缓展开的这一天是否会比以往的日子更蓝、更绚烂，或者恰恰相反？最后，它们打成了平局。于是，为了缓和局面，它们就和同伴各自飞到高高的台地上吃那些裂开了外壳的松子早餐。它们还没有看见你。

然而稍过一会儿，当你正准备攀爬通往山谷外面的险峻山坡时，一只眼尖的鹦鹉，可能在一英里之外就会发现，有只奇怪的生物正气喘吁吁地走在那条只有鹿、狮子、熊或火鸡才允许通行的小径上。早餐已被忘却了。伴随着一声大喊大叫，这群鹦鹉就会拍动着翅膀朝你飞来。当它们在你头顶盘旋环绕的时候，你会非常渴望拥有一本关于它们的词典。你会想，它们是否在问你到底在这里做什么？还是像一个群鸟组成的商会，仅仅是想确定你在经历过其他时期，去过其他地方之后，是否还欣赏它们家乡的辉煌、家乡的天气、家乡的鸟儿，以及荣耀的未来？答案可能是其中之一，也可能两者皆是。你心中会闪过这样一个不祥的预兆：当道路修建完成后，这些不受约束的鹦鹉接待委员会第一次迎接持枪的游客时，会发生怎样的事情？

很快，它们就会发现你是个愚蠢的、不擅言辞的家伙，不能以口哨来回应马德雷山的标准仪式。毕竟，在树林里有的是没有开壳的松子，所以继续吃早餐吧！这时，它们或许会停在悬崖下的某棵树上，让你蹑手蹑脚地走到悬崖边上，探出脑袋往下看。这将是你第一次看到它们多彩的装扮：绿色的天鹅绒制服配着鲜红色和黄色的肩章，还有黑色的头盔。它们闹哄哄地从一棵松树飞往另一棵，但总是保持着队形并且成双成对。由五只或其他单数数目的鹦鹉组成的飞行队伍，我只看到过一次。

我不清楚，筑巢的鸟儿是否和在九月叽叽喳喳地迎接我的鸟群一样聒噪。我所清楚的是，在九月，如果山上有鹦鹉，那么你很快就会知道它们的存在。作为一名称职的鸟类学者，我无疑应该试着去描述它们的叫声。那声音初听好像与蓝头松鸦的叫声相似，但蓝头松鸦的音乐是柔和而怀旧的，就像笼罩着它们家乡峡谷的那层薄雾。而这种因其动听的叫声被当地人称为“瓜卡玛亚”的鹦鹉，嗓音总是更加嘹亮，并且弥漫着高雅喜剧中充满风趣的热情。

我听说在春天，一对鹦鹉会去搜寻啄木鸟在高大的枯树上留下的树洞，在那会有短暂的、与世隔绝的时光让它们来履行延续种族的义务。但什么样的啄木鸟留下的树洞才够大呢？瓜卡玛亚的个头和鸽子不相上下，要挤进啄木鸟的房舍几乎不可能。难道它会用有力的喙去开辟必要的空间吗？又或许它们依靠的是那种据说在这里出现过的啄木鸟之王的树洞？我希望把发现这个答案的愉快任务留给以后会来此造访这些鸟儿的鸟类学家。

绿色的泻湖

绝不重访同一处荒野之地，是一种智慧。就像百合越是璀璨，你就越可以肯定有人在上面镀了金，故地重游从来不会让旅途增光添彩，相反还会将记忆中的这份美好消磨殆尽。只有好好安放，那灿然的冒险之旅才能永远留存，生出灼灼光华来。为着这个原因，自从和兄弟在1922年划着独木舟在科罗拉多河的三角洲完成探险之旅后，我就再没去过那个地方。

关于那个三角洲，我们只知道，自从1540年西班牙探险家赫尔南多·德·阿拉孔去过之后，它就消逝在人们的记忆中了。我们在据说赫尔南多曾泊过船的河口宿营，但在这里待了好几个星期，我们连半个人影或牛影都没见到，更别说是斧头的砍痕或篱笆的影儿了。不过有一次，我们倒是横穿了一条古老的车马辙痕轧出的小径，不知道是谁开辟出来的，但我们料想开辟这条路的人一开始肯定别有用心。还有一次，我们发现了一个锡制罐头，思忖着它该很有利用的价值，于是便留下来当器皿用了。

黑腹鸽鹑栖息于生长在帐篷上方的牧豆树上，它们啭啭而鸣，拉开了三角洲的黎明之幕。晨曦自马德雷山上隐隐窥探，斜照在这绵延一百英里的迷人荒野。这是一片辽阔的荒野，四周尽是山峰，高高低低，参差不齐。从地图上看来，三角洲被河流截成两部分，但事实上，河流并不存在，又或者说，河流是无处不在的，因为置身于上百个绿色泻湖之中，它已手足无措，根本不知道哪条路才能让它抵达海湾，旅途中又不乏悠然的情调。于是，河流把所有的湖都好好地游览了一番，我们也就尾随着河流的足迹一起游览。途中河流几度合，又几度分，千回百转，在令人望而生畏的丛林里蜿蜒逡巡，几乎就差在原地绕圈了。它和迷人的小树林嬉戏玩闹，迷了路，却也乐在其中，而我们亦是如此。总之，若是想拖延，那就和一条不愿在海里失去自由的河流一起去旅行吧。

于我们而言，“他引领我至静静的水边”，仅仅是浮于纸面的一句话而已，直到我们划着独木舟，穿过这绿莹莹的泻湖群，细细品味才了解了个中滋味。若大卫未曾将这一赞美诗流诸笔端，我们应该也会兴之所至，写下属于我们自己的文字。牧豆树和柳树郁郁葱葱，宛如一道绿色的屏障，将河道和远处荆棘丛生的沙漠隔开。每经过一个转弯处，我们都能看到白鹭立在水中，都像一尊尊纯白的雕像，与水中的倒影相呼应。鸬鹚群则仿佛一支支舰队，开动黑幽幽的船头，浩浩荡荡，搜寻着间或在水面掠过的鲻鱼；反嘴鹬、斑翅鹬和黄脚鹬，悠闲地在沙洲上金鸡独立，打着盹儿；绿头鸭、赤颈鸭和绿翅鸭则被惊得扑翅而起。鸟群占领天空后，在前方聚合成一朵小小的云，或是停歇下来，或是飞回到我们身后。不远处，一群白鹭在绿柳上落下来歇息，看上去好似一场暴风雪，只是来得过于早了一些。

然而，我们却并不是这众多水禽和鱼类资源的唯一享有者。在这里，常常能偶遇一只美洲山猫，它那么悠闲地伏在一截半浮半沉的原木上，伸着脚爪儿，随时准备捕条鲻鱼美餐一顿；浣熊家族涉过浅滩，津津有味地品尝水生甲虫；丛林狼则在内陆的小丘上虎视眈眈地望着我们，好逮着机会继续还没结束的牧豆早餐。我猜想，它们或许偶尔还能猎获一只受伤的滨鸟、鸭子或鹌鹑，以丰富自己早餐的内容。每每在不难涉过的浅滩发现驴鹿的足迹，我们总会细查这些鹿踏出的小径，期待着发现美洲豹这个三角洲霸主的踪迹。

尽管我们连美洲豹的影儿都没见过，但属于它的气息却盘踞在荒野之上，活着的野兽都不会忘记这一潜在的威胁，因为一旦稍有疏忽，将付出生命的代价；而鹿群也不会未经探察就贸然绕过一丛灌木，或在牧豆树下停留，品尝豆荚。宿营者不会不聊聊美洲豹就熄灭营火安然入睡。狗除非在主人脚边，否则也不会在夜里蜷缩成一团，一夜酣眠。因为无需警告，它自然明白，猫科动物之王仍是夜晚的统治者，它硕大的脚爪可以击倒一头牛，而它的牙齿锋利得像铡刀一样，可以咬断骨头。

如今，这个三角洲对于牛而言，已是安全无虞，却让爱冒险的猎人们觉得兴味索然。身处这碧幽幽的湖水中，再也不必感到害怕。自由虽已降临，荣耀却也远去了。

在阿姆利则城，吉卜林[①]闻到人们准备晚餐散发出来的味道时，就应该借着这个机会精心描绘详细阐述一番，因为再没有其他的诗人或歌颂过、或有幸闻到过那绿色土地上生长出的木柴的气味了。想必在今天，大多数的诗人都是靠无烟煤过活的吧。

而在三角洲上，人们只燃烧牧豆树，它是燃料中最为馥郁清香的品种。经历过数百次霜冻和雨水的洗礼，又在太阳下经历上千次的烘烤，这些古老的树饱经风霜，木质变得松脆，让宿营者随手可用，随时都可伴着霭霭暮色，燃起缕缕青烟，谱写一曲茶壶之歌；烤块面包，把一锅鹌鹑肉煮成诱人的棕色，而火的余温还可以温暖人和动物的小腿。当然，有一点你千万要注意，在把一满铲的牧豆树木炭放到荷兰烤锅下面时，不要在入睡前坐在火堆前，以免突然被烫到。那样你会尖叫着站起

① 吉卜林（Kipling，1865—1936），英国作家和诗人，出生在印度。阿姆利则（Amristar）是印度旁遮普省的一个城市。——译者注

来，吓跑在你头顶树枝上休憩的鹌鹑。牧豆树木炭一旦点着，是不会轻易熄灭的，因为它有七条命。

在玉米带，我们拿白橡木炭来烧饭；在北方的林子里，我们拿松木烧饭，结果烧黑了锅；在亚利桑那州，我们则用刺柏木烧饭，结果把鹿排烤成了不甚漂亮的棕色；直到在三角洲，我们用牧豆树烤过一只幼雁后，才领悟到何谓最完美的燃料。

大雁该是配得上那最漂亮的棕色的，雁群陪伴了我们整整一周的时间。每天早晨都能看到密集的雁群，列成方队，欢叫着，从海湾飞向内陆，在吃饱喝足之后，心满意足地飞回来，一路上安安静静。到底是什么珍馐佳肴让这雁群不知餍足，念念不忘？又是哪个绿湖珍藏着如此美味？沿着雁群行进的方向，我们一次又一次地转移营地，憧憬着它们能安歇下来，便于我们找到它们大摆筵席时的餐桌。有一天早上，大约八点的光景，我们看到雁群在空中盘旋着，突然散开了队形，侧着滑下来，如片片枫叶般纷纷落至地面。继而一群又一群大雁跟随着它们，翩然而至。终于还是让我们找到了这宴会之所。

次日早上的同一时间，我们躲在一个外观平淡无奇的沼泽地，准备伺机而动。沼泽地里的沙洲上满满的都是昨天雁群留下的足迹。我们从营地过来，赶了长长的一段路才到这里，已经是饥肠辘辘。我兄弟想把那只冷掉的烤鹌鹑给吃了，正准备将它往嘴里送，空中突然传来一阵嘎嘎的叫声，顿时我们都呆住了，在原地一动不动。雁群在空中悠闲地盘旋着，争辩着，犹疑着，终于还是飞了下来。我兄弟嘴边的烤鹌鹑还悬在半空中，突然一声枪响，烤鹌鹑应声落地。随着一起掉落的还有一些将成为我们盘中美餐的大雁，在那里无力地蹬着腿。越来越多的大雁赶了过来，驻足在沙地上，狗也兴奋地颤抖了起来。而我们则是一边悠然自在地品尝着烤鹌鹑，一边偷偷地透过遮挡物窥探着这一切，细细地聆听着雁群间的窃窃私语。大雁们正一口一口地吞着沙砾，一支雁群餍足之后飞走了，马上又有另一支雁群抵达这里，急不可耐地想尝尝这美味的沙砾。在这绿色泻湖之中，有数以百万计的砾石，而这独特沙洲的小沙砾最对它们的胃口。也正是这一差异，让雪雁甘愿长途跋涉整整四十英里来此饕餮一顿。对我们来说，此行也颇具价值。

在三角洲上，大部分小型猎物数量众多，捕也捕不完。在每个营地，只要花几分钟时间射猎一下，我们就能有足够第二天一天伙食的鹌鹑了。而要让一只在牧豆树上栖息的鹌鹑摇身变成横陈于牧豆树木炭上炙烤的美味，中间有一个小插曲是必不可少的，那就是让鹌鹑挂在细线上，度过一个寒冷的夜晚，这是上佳的烹调法所讲究的一点。

所有的猎物都肥美得出奇。每只猎获的鹿都富含脂肪，如果它允许的话，它背脊上的凹陷处都可以盛上满满一小桶水。当然，毫无疑问，它是不会允许我们这样做的。

这一切的丰饶其实都有源可寻，而且并不难找。每棵牧豆树上都结满了豆荚；平坦的泥地已经干透了，却还有一年生的草，挂满了谷粒般的种子，多到几乎可以用杯来盛；还有大片大片的豆科植物，像极了决明子。如果徒步走上一圈，你就会收获满满一口袋去了壳的豆子。

至今，我仍记得一块野南瓜地，绵延在平坦的泥地上有数英亩之广。那些冻住了的瓜已被鹿和浣熊事先剖开过，露出了里面的瓤。鸽子和鹌鹑则像萦绕在熟透的香蕉上的果蝇，都拍着翅欲加入这场盛宴。

我们不能吃——至少未曾吃过——鹌鹑和鹿所享用的食物，但至少我们和它们一样，在这富庶的“鱼米之乡”般的荒野共同分享喜悦和欢愉。它们节日般的喜悦也成了我们的喜悦，我们都陶醉在这共同拥有的富足和彼此的幸福里。我几乎不能忆起自己对哪块已开发的土地产生过类似情感。

宿营在三角洲上并非只是为了吃喝玩乐，水是个大问题。因为泻湖的水是咸的，而我们能找到的河水又太浑浊，根本不能喝。因此，每在一个新的地方宿营，我们就会挖一口新井。然而，大部分井里流出的水都是来自海湾的海水。不过，我们还是以一种极其艰难的方式，学会了去哪里挖掘清甜的淡水。每每对一口新井的水抱持怀疑的时候，我们就会提着狗的后腿，把它放到井里。如果狗顺利地灌下很多水，那就表明我们可以把独木舟拖到岸上，生起篝火，搭起帐篷。接着我们会坐下来，伴随着鹌鹑在荷兰锅里的嗞嗞声，望着夕阳的余晖掩映在圣佩德罗玛蒂尔山后，安详地与这个世界和平共处。享用完美餐后，洗好盘子，我们会一面聆听着夜晚的各种声音，一面回想白天所做的一切。

在这样一个荒野中，每天享用早餐前，都会有各种新奇和无法抗拒的事转移我们的注意力。因为对此心知肚明，我们也就从不会按部就班地细细规划第二天的事，而是像这河流一样，肆意流淌，信步而往。

在三角洲上按计划旅行绝非易事，每当爬上一棵棉白杨眺望远方时，我们都会深切地意识到这一点。树上的视野很开阔，但如果长时间观望，会感到头晕目眩，失去进一步观望的兴致，尤其往西北方观望时更是如此。马德雷山就坐落在那里，如永不消逝的海市蜃楼；山脚下，闪着白光的色带就是那个大盐漠。1829 年，也是在这里，亚历山大 · 帕蒂因脱水、体力耗尽，再加之蚊虫叮咬而殒命。此前，亚历山大原本计划穿越三角洲前往加利福尼亚。

我们也曾有一次打算从一个绿色的泻湖迁往另一个绿得更胜一筹的泻湖。正是有水鸟翱翔着徘徊其上，我们才得知在那儿有个湖。两湖之间的距离约有三百码，途中需穿过一片高耸的、密得出奇的矛状灌木丛。过往洪水频频，已将这些长矛般的灌木丛折弯了腰，它们就像马其顿的士兵方阵那样挡住我们的去路。最后，我们不得不小心翼翼地撤退，边在心里安慰自己：原来扎营的那处泻湖无论如何才是更美的。

陷入灌木方阵的迷宫着实是一个危机，却从未有人告诉过我们；尽管有人告诫过我们种种在探寻荒野的过程中可能遇到的危险情况。事实证明，我们并没能有幸亲身经历那些他们口中须万分仔细应对的危险情境。我们推着独木舟往河里去时，有人告诫我们要小心突然暴毙的悲惨命运。他们提醒说，这里潮涌肆虐，多是由来自海湾的潮水沿着河流奔腾而上形成的水墙，汹涌的浪潮曾无情吞噬了比我们的独木舟坚实得多的船。于是为了避开潮涌，我们细细讨论并精心构想出各种方法，甚至还在梦里见到了潮涌滚滚，海豚骑在浪尖，空中还有海鸥仪仗队叫喊着为我们保驾护航的图景。到达河口的时候，我们特意将独木舟挂靠在一棵树上，等着潮涌到来。可是整整等了两天，也未见潮涌，颇有点让人扫兴。

三角洲没有地名，我们不得不沿途给所到之处想出些名字来。我们将一个泻湖命名为“瑞力多”，也就是在这里，我们亲眼目睹了空中的“珍珠”。当时我们正仰面躺在地上，沐浴着十一月的日光，慵懒地注视着一只翱翔在高空的红头美洲鹫。在离它很远的天边，突然出现了一个由白点组成的、旋转着的圆圈，时隐时现。一声模糊的叫声如号角般响起，我们立刻知道那是鹤，它们正满意地巡视着属于它们的领地。那时候，我自学鸟类方面的知识，乐于把它们归为美洲鹤，因为它们的羽毛是那样洁白。但毫无疑问，它们其实是沙丘鹤，不过这并不重要。重要的是，我们正和一群由大自然孕育的、最具大自然气息的鸟类共同分享着大自然的荒野。我们彼此都在这悠远宁静的时空中找到了共同的家园，像是一起回到了更新世。如果可能的话，我们也会像它们一样，吹着号角来回应它们的问候。如今，虽已过去多年，我仍能看到它们在空中来回盘旋的身影，安详而平静。

所有这一切都已远去，无论是在空间上，还是在时间上。如今，我听说这些绿色的泻湖盛产甜瓜，如果真是这样，这甜瓜该是风味极佳的。

就像我们这些拓荒者毁掉了荒野一样，人们总是将其心爱之物毁掉。有人说我们别无他法。无论如何，我庆幸的是，在年轻的岁月里，我还能踏足荒野。就算我们拥有四十种自由，而地图上却没有一处是空白点，那又有什么用呢？

加维兰之歌

通常，河流之歌指河水在山岩、树根和急流上演奏出的旋律。

加维兰河就能演奏出这样的歌。曲调悦耳，旋律动人，表现着舞动的漩涡和肥美的鳟鱼，它们隐藏在长满青苔的橡树、悬铃木以及松树长满苔藓的树根下。这样的歌声也相当实用，淙淙水声回荡在狭长的山谷间，让前来饮水的小鹿和火鸡听不到人类和马群的脚步声。在河流转弯处留点神，你可以直接鸣枪狩猎，这样就不必花费气力攀上让人心悸的高山平顶了。

每个人都能听到流水之歌。然而在山间也存在另一种只有少数人才能听到的音乐。你需要在此久居，谙熟山川河流的言语，才能听到那乐曲中的几个音符。某个静谧的夜晚，营火零星，昴星团已悬挂于山崖之上的夜空中，静坐细听狼嚎之声，苦思冥想所见之物，试图对其加以理解，这时你或许能够听到天籁。那是一种声势浩大又富有节奏的和声。它的乐谱刻在山间，音符藏在动植物的生死轮回中，它的韵律短则持续顷刻，长则绵延世纪之久。

每一条河流在它的一生中，都唱着属于自己的歌。河流之歌会延续很久，直到被人类的不和谐行为破坏。过度放牧先是伤害植物，然后又破坏了土壤。在那之后，来复枪、陷阱和毒药又消灭了大型鸟类和哺乳动物。再后来，公园和森林里出现了道路，有了游客的足迹。建造公园是为了让更多的人听到这个歌声，但是，在众人做好准备，准备聆听乐声时，剩下的就只有噪音了。

曾经，人们在河边栖居，与河中生物和谐共处。他们一定成千上万地在加维兰聚居，活动的痕迹随处可见。从任何一个峡谷向上，你都会发现自己正在攀登小小的岩石平台或者水坝，每一层的顶部都连着上一层的底部。每座水坝后面，都有一小片土地，曾经是花园或者农田，土地则由流到临近陡坡的水在地下灌溉。在山顶的边缘你可能会发现某座瞭望塔的岩石地基。可能就在这里，农民站岗放哨，守卫着自己零星的土地。家里的日常用水一定是他从河流中挑来的。至于家畜，他似乎没有养。他种何种庄稼？在多久之前？对于这些问题，答案的部分碎片藏在已有三百多岁的松树、橡树或者刺柏当中。它们早已经根植在他的田地。显然，事情发生的时间比最古老的树木还要久远。

鹿群喜欢躺在小小的梯田之上。梯田为他们提供了一个平坦的地方，没有岩石，铺着橡树叶子，又掩映在灌木丛中。只需轻轻一跳，越过大坝，鹿群就从猎人的视线中消失了。

有一天，借着呼啸的风声，我悄悄爬到一只正在大坝上睡觉的雄鹿的上方。它躺在一棵大橡树的树荫之中，橡树紧紧扎根于一座古老的石头建筑里。雄鹿的角和耳投影在身后金灿灿的马格兰牧草上。牧草中生长着一株绿玫瑰般的龙舌兰。这一整幅画面色彩鲜明，重点突出。我的箭射偏了，落在了一块印第安人安放的岩石上，断成几截。那只雄鹿跳下山，翘起雪白的尾巴对我道别，我意识到我与它都是寓言里的角色。尘归尘，石器时代归石器时代。然而永恒的追逐却不停息，我的错过是合情合理的。当一株大橡树生长在我现在的花园中时，我也会希望有只雄鹿在那棵橡树下，在树叶铺就的地上栖息，也会有猎人们潜行至此并且空手而归。

某天我的雄鹿会被一颗直径很小的子弹射中光滑的肋骨。某只愚笨的公牛会将橡树下原本属于它的那个位置占为已有，贪婪地吞食着鲜美的牧草，直到原先长着牧草的地方被野草替代。然后，猛涨的河水会冲毁老旧的水坝，将岩砾堆叠在下面的河流观光道两旁。卡车会在古老的小路上扬起灰尘，尽管就在昨天我还在路上看到了野狼的足迹。

在那些目光短浅的人看来，加维兰是一片荒芜多石的土地，遍布冷酷无情的陡坡悬崖。那里的树木形态扭曲，无法加工成锯材原木。那里的草原坡度太陡，不宜放牧。但是，那些古老的梯田开垦者并没有被骗，凭着经验，他们知道这是一块鱼米之乡。这些扭曲的橡树和杜松每年都会结出硕果供野生动物采食。鹿群、火鸡和野猪也像公牛一样，整日游荡于庄稼地间，把野果变成鲜嫩多汁的肉。这些金色牧草摇曳的羽状叶片下隐藏着地下菜园，菜园中有球茎和块茎作物，也长着野生马铃薯。切开一只肥美的鹌鹑，你会发现一个地下植物的标本库，它们来自于你以为贫瘠的岩地。这些食物是动能，是植物通过那个叫“动物群”的巨大器官所传输的东西。

每个地区都有一种人类食物，象征着当地的富饶。加维兰的群山也有着这样一个获取美食的方法。在每年十一月至次年一月间，杀掉一头以橡果为食的雄鹿，将它挂在一棵常绿橡树上，经过七个昼夜的霜冻和太阳烘晒之后，从脊背下的脂肪层切下半冻的肉条，将肉横着切成肉排，抹上盐、面粉和胡椒。将荷兰式的烤肉锅置于烧红的橡木炭火上，锅中放熊油，等油热得冒烟时，放入肉排。肉色一呈棕色就将其捞出。在油里依次撒入面粉、冰水和牛奶。将肉排铺在热气腾腾的发酵面包上，淋上肉汁。

这样的组合很有象征性。雄鹿躺在山上，金色的肉汁像阳光，照耀着它生命中的每一天，直到永远。

在加维兰之歌中，食物是一个连续的整体。我指的不仅仅是你的食物，还有橡树的食物。橡树为雄鹿提供食物，雄鹿又为美洲狮提供食物。美洲狮死在橡树下，让树结出果实，成为它之前的捕食者的食物。许多食物就是从橡树开始周而复始地循环下去。橡树也是松鸦的食物，松鸦则是苍鹰的食物，苍鹰为河流命名。橡树也为其他动物提供食物，包括为你提供油脂烹调肉汁的熊、给你上了一堂植物课的鹌鹑，还有让你每天都会想到土耳其的火鸡[①]。这一切，都是为了帮助加维兰河源头的细流从玛德雷山系庞大的躯壳上多切下一些土壤，培养出另一棵橡树。

植物、动物和土壤就像是一个阵容强大的管弦乐队所使用的乐器，有些人负责仔细研究它们三者的关系，这些人被称作“教授”。每位教授都挑选其中之一，并花费毕生的精力将其拆解，对它的和弦、共鸣板进行描述。这种拆解方法被称为“研究”，进行拆解的场所则叫作“大学”。

一个教授会拨动自己乐器上的琴弦，但绝不会去碰其他的乐器。他即便聆听了乐曲，也会对其他同事或学生守口如瓶。这是因为，所有人都受限于坚不可摧的戒律。这种戒律规定：研究乐器的结构属于科学的范畴，而对和声的探索则是诗学的领地。

教授服务于科学，科学服务于进步。科学服务得太过周到，在将进步推广到荒蛮之地的浪潮中，很多复杂的乐器都被践踏和破坏掉了。河流之歌就这样一个接一个地失去了组成部分。若教授在每个乐器被毁坏之前，能够将这种乐器分门别类，那他也就心满意足了。

科学给这个世界带来物质和道德上的福祉。它对道德的最大贡献在于确立了客观性，或者说是科学观。这就意味着怀疑除了事实以外的其他一切，固守事实，任由其他一切事物散落。科学所固守的事实之一便是每条河流都需要更多的人。所有的人都需要更多的发明，因此也就需要更多的科学。美好的生活就取决于这一逻辑的无限伸展。河流上的美好生活也同样取决于对音乐的感知，以及对这些音乐的保留。然而，这还是一种未经科学检验的假设。

① 在英文中火鸡（turkey）和土耳其（Turkey）同音同形。——译者注

科学的脚步还未涉足加维兰。水獭还在水塘涟漪中嬉戏，将肥胖的虹鳟鱼从布满青苔的河岸下驱赶开来。它从未想过有一天洪水会将河岸冲入太平洋，也从未想过会有探险家与它争执鳟鱼的归属问题。就像科学家一样，它对自己的生活方式深信不疑，坚信加维兰会为它永远歌唱。

俄勒冈州和犹他州

旱雀麦当家

就像盗亦有道一样，动植物的害虫之间也有团结与协作。当一种害虫被天然屏障所阻扰，另一种害虫就会继之而来，用新的方式来突破这种阻碍。最后，每个地区、每个物种都有了一定数量不请自来的“生态客人”。

因此，随着马匹数量逐渐萎缩而变得无害的英国麻雀被燕八哥取代了害虫地位，而后者是因为拖拉机的普及而繁衍开来的。栗疫病未能在栗树西界之地横行肆虐，但荷兰榆树病接踵而来，一有机会就蔓延到栗树西界之地的每个角落。白松疱锈病在广袤无树的平原受到阻隔无法西进，却开辟出一条经由平原后门的新的登陆途径。而今，它正轻快地穿越落基山脉，迅速从爱达荷州蔓延到加利福尼亚州。

那些不请自来的“生态客人”是随着最早的拓荒者一同到来的。瑞典植物学家彼得·卡尔姆发现，早在 1750 年，大多数欧洲杂草就在新泽西和纽约生根发芽了。它们跟着殖民者的锄头迅速蔓延，经常是一片新的苗床刚刚成形，杂草地即已初具规模。

在这之后，一些“生态客人”从西部而来，发现了这片被牲畜的铁蹄践踏出来的数千平方英里的苗床。在这种情况下，它们的蔓延速度之快甚至无法被一一跟踪记录。当你在一个晴朗的春日早晨苏醒，很可能会发现山间已被一种全新的杂草占领。一个很明显的例子就是入侵山腰和西北各山麓小丘的旱雀麦，或称“行窃草”。

但是，请不要对“大熔炉”的这一新成员的到来过于乐观，我要说的是，旱雀麦并不是那种可以自成一片生机勃勃草地的物种。和看麦娘、马唐一样，旱雀麦也是一年生的草本植物，每年秋天凋零，并会在同年秋天或次年春天自播繁殖。在欧洲，它在茅草屋顶的烂草上生长。“屋顶”的拉丁文是 *tectum*，所以旱雀麦的拉丁学名 (*Bromus tectorum*) 的意思就是“屋顶上的雀麦”。这种能在屋顶生存的植物，当然也可以在这片肥沃而干燥的陆地上茁壮成长，欣欣向荣。

如今，西北山麓侧翼的山丘呈现出一片蜜色。然而，这蜜色并非源自从前在此生长的那些用途广泛、营养丰富的丛生河草或冰草，而是源于旱雀麦这种低劣的杂草——它以其旺盛的生命力取代了本地草种。汽车驾驶者在随着群山流畅的轮廓眺望远处山峰，感叹着山的美轮美奂时，并不会注意到草种的替换。他们不会想到，大山也会用生态化妆粉，遮盖遭到损毁的容颜。

草的种类发生更替是因为过度放牧。当过多的牛群和羊群啃掉和践踏山麓丘陵的草皮时，总得有些东西来暂时遮盖一下因水土流失而变得光秃秃的土地。此时，旱雀麦就扮演了这种角色。

旱雀麦生长得稠密，每一株的茎上都长着一团芒刺，待其长成茂密的草丛后，牲畜根本无法食用。如果想体验下想吃成熟的旱雀麦而苦于无从下口的母牛的窘境，那就试试穿低帮鞋在旱雀麦丛中走一遭吧。在有旱雀麦生长的田间劳作时，农民都要穿长筒靴。只有在踩汽车踏板或走在混凝土人行道上时，尼龙袜才能派上用场。

旱雀麦那多刺的芒，很像给秋日山麓披盖上了一条黄色毛毯，它如棉絮般易燃。想要在长有旱雀麦的田野上彻底避免火灾，几乎是不可能的。因此，那些残存于低处适合家畜食用的植物，诸如灌木蒿和野蔷薇，都被烧光了。只有山坡的高处还残留了一些，但因其海拔较高，很难被动物利用。同样，在低处那些作为鹿和鸟冬日栖息地的松树林，也被野火烧退，只剩高处零星生长的松树独对寒雪。

对夏日的游客而言，烧掉几处山麓的灌木丛，似乎算不上损失。然而他们不知道的是，在冬日，大雪会令家畜跟野生动物无法去高山觅食。当然，家畜可以在山谷的牧场喂养，但是鹿和赤鹿如果无法在山麓丘陵找到食物，就只能饿死。可供动物在冬日栖息的地带十分有限，而且越往北走，可供过冬的栖居区域与夏日栖居区域之间的差别就越大。如今，山麓丘陵上那些零散的野蔷薇、蒿草和橡树林正在旱雀麦引发的火灾中极速缩减，而它们却恰恰是整个地区野生动物能否存活的关键。此外，这些零散的灌木丛凭借其天然屏障作用，保护着当地残存的多年生草本植物。一旦灌木被烧，这些残存的草本植物就会成为牲畜的口粮。就在猎人跟牧场主为谁该首先离开以减轻冬季牧场负担而吵得不可开交之际，旱雀麦乘虚而入，伺机扩大地盘，留下越来越少的冬季牧场供人争论。

旱雀麦带来了许多轻微的困扰，也许这些困扰与鹿被饿死或牛因为吃旱雀麦而被扎坏嘴相比并不重要，但它们仍值得一提。旱雀麦侵入古老的苜蓿地，使牧草的品质大大降低。刚孵化的小鸭需要从高处的巢迁往低处的湖，但是旱雀麦阻碍了这趟生死攸关的旅程。此外，旱雀麦也侵入林木区低矮的领地，使幼嫩的松树苗窒息夭折，并且用森林急火威胁着老树的繁衍。

我也亲身经历过旱雀麦带来的小困扰。在我抵达北加州边界的一个“进口港”时，一个检疫官要检查我的汽车和行李，他很礼貌地解释说，加州欢迎观光客，但是观光客的行李不能夹带植物或动物。我问他哪些动植物在违禁之列，他列举出一长串菜园和果园病害的名单，但没有提及黄色地毯般的旱雀麦。然而，它们已经从这位检疫官的脚下蔓延至各个山丘。

但是，正如应对鲤鱼、欧椋鸟和猪毛菜时的情况一样，受害于旱雀麦的地区试图逆来顺受，变害为利，终于发现旱雀麦并非一无是处。原来，旱雀麦的嫩芽在未变老之前是一种好饲料，你午餐时吃的羊排多半是春天柔嫩的旱雀麦所养育的。旱雀麦源自过度放牧，但反过来遏阻了过度放牧，从而减缓了可能造成的水土流失。（这种生态链上的积极循环值得我们用心思考。）

我留心观察思索，想知道西部是否已经接受旱雀麦，把它作为不可避免的祸害，并准备与之共存直至世界末日；还是已经将旱雀麦视作挑战，从而纠正过往对土地的不当使用。然而，我发现人人都抱着绝望的态度。到目前为止，人们在管理和保护野生动植物时毫无自豪感，在面临水土流失时也毫无羞耻感。我们只在会议室或编辑室里闭门造车，空谈保护自然资源，然而却从未亲临边远地区；我们甚至拒绝去拥有一支长矛，去实实在在地为保护自然而斗争。

曼尼托巴省

克兰德博伊

恐怕教育就是教人学会观察一种事物，而对另一种事物视而不见。

对于沼泽，我们最容易忽视的恰恰是它作为沼泽的品质。我之所以强调这一点，是因为有一次我特意带一个游客参观克兰德博伊沼泽，却发现对他来说，这个沼泽与其他沼泽相比，仅仅是更加荒僻、更加难以航行而已。

这多么奇怪啊！因为对于任何一只鹈鹕、游隼、塍鹬或者北美䴙䴘来说，克兰德博伊都是一个与众不同的沼泽。不然它们为什么追寻克兰德博伊，而不选其他的沼泽呢？不然它们为什么愤恨我闯入它们的领地？这在它们看来已经不仅仅是非法入侵了，而是对自然秩序的破坏。

我认为其奥秘在于，克兰德博伊是一个不仅在空间上，也在时间上与其他沼泽相隔绝的地方。只有那些不加批判就对流传下来的历史全盘接受的人，才会认为 1941 年是同时降临在所有沼泽之上的。鸟儿们知道的都比他们多。一群南飞的鹈鹕一旦感受到克兰德博伊大草原上空的些许微风，就会立即知道下面的大地拥有古老的地质，是一个可以借此躲避最无情的入侵者——未来——的庇护所。他们发出奇特的、远古时代就有的咕哝声，展翅盘旋降落在这个被往日时光荒废的土地上。

这里已有的其他避难者，都在以自己的方式享受这时间进程中短暂的休息。加拿大燕鸥就像一群无忧无虑的孩子，在泥潭上方尖叫，仿佛冰原上流出的第一股雪水里已经有它们垂涎的鲦鱼在打着寒战。一群沙丘鹤对以往的鹤怀疑和畏惧的一切东西发出蔑视的叫声。一队天鹅安静优雅地在河湾上漂游着，叹息着美好的事物总是易逝难留。沼泽入湖处有一棵饱经风霜的白杨树，一只游隼调皮地从树顶上俯身扑向飞过的鸟。它已经饱食了一顿鸭肉，却还想消遣消遣，吓吓那只尖叫的水鸟。自阿加西斯湖覆盖这片大草原开始，这种消遣就已经成为游隼的饭后运动了。

这些野生动物的态度是显而易见的，所以很容易区分。但是在克兰德博伊，有一种避难者的心思我永远也猜不透，因为它不肯与人类入侵者往来。其他鸟类很容易就轻信自命不凡的人类，北美䴙䴘却不肯。我每次悄悄潜近沼泽边缘的芦苇丛，看到的都只是它沉入草丛的一闪银光。随后，在远岸的芦苇幕后，它向所有的同伴发出警示的叫声。它警示的是什么呢？

我猜不出答案，因为䴙䴘和人类之间有些隔阂。我的一位客人从鸟类名单中查到䴙䴘，草草记下“克里克——克里克”这样像铃声一样的鸣叫，可能还记了一些别的空洞的描述。他没有体会到䴙䴘叫声里隐藏着的信息，它的叫声不该被随意地模拟记录下来，而是应该被真正地理解和传达。但是从过去到现在，我一直和他一样对其无从理解。

春意转浓，䴙䴘的叫声也变得绵长，落在黎明中，落在黄昏里，落在每一片水域上。我猜想年幼的䴙䴘现在应该已经开始了它们的水上生涯，接受父母授予的䴙䴘哲学。但是想看看它们的教学场景不是件容易的事。

一天，我趴在地上把自己埋在麝鼠窝的污泥里。我的衣服浸染了污泥的颜色，同时我的眼睛吸收了沼泽地的学问。一只红顶雌鸭带着一群小鸭巡游，这些小鸭子都长着粉色的喙和绿金色的绒毛；一只弗吉尼亚秧鸡的毛几乎要扫到我的鼻子；一只鹈鹕的影子掠过泥塘，一只黄脚鹬则啼叫着落在塘上。这不由得让我感慨，我要苦苦思索才能写出一首诗，黄脚鹬轻轻抬一抬脚，就是一首绝唱。

一只水貂在我身后滑上岸，用鼻子到处嗅闻着。沼泽鹪鹩在芦苇丛里来来回回地飞，芦苇丛里传来雏鸟叽叽喳喳的叫声。我在温暖的阳光下几乎要打起盹了，突然感觉到一股炯炯的野性的目光，水上出现了一只䴙䴘的头。它感觉一切平静以后，逐渐展现出银白色的身体：和鹅差不多大小，有着鱼雷一样修长的线条轮廓。还没等我看清它是从什么时候从哪儿出现的，第二只䴙䴘也进入了我的视线，它的宽背上驮了两只珍珠银色的幼鸟，它们被护在张开的双翅之间。我还在屏着呼吸，这些鸟就已经转了个弯消失了，只听到芦苇丛后面传来䴙䴘清晰的、嘲弄的叫声。

科学和艺术赋予我们的最珍贵的礼物应该是历史感，䴙䴘虽然不懂科学也不懂艺术，但我认为它们知道的历史比我们多。它那原始、迟钝的脑子一点儿也不知道是谁赢了黑斯廷斯战役①，但是它似乎能感知到是谁赢了时间之战。如果人类和鹳鹏的种族历史一样悠久，或许我们就能更好地理解它们叫声的含义了。想想传统、自豪、轻蔑和智慧，又或是自我意识，都带给了我们什么！鹳鹏在人类出现之前就已经存在了无数的年代，这种绵延持续的时间又给鹳鹏带来了什么样的自豪感呢？

鹳鹏的叫声可能具有某种权威，某种特别的、古老的权威，它们手握着统领整个生物区的权杖，指挥并协调着整个沼泽地的大合唱。当年复一年水位逐渐下降，湖岸边卷浪拍击为一个又一个沼泽筑起一个又一个沙洲时，是谁为浪花打着节拍？是谁，让西米和芦苇吸收阳光和空气茁壮生长，以免除麝鼠冬日的饥荒，以免沼泽在了无生机的丛林中被藤蔓吞噬？是谁，说服鸭子在白天耐心孵卵，又激起水貂夜晚的嗜血欲望？又是谁，对苍鹭叉鱼的准确度提出建议，力劝游隼加快速度？对于这些问题，我们只能提出假设。因为，当所有这些生物“执行”各种任务时，我们并没有听到谁的告诫。它们没有收到任何指令，它们的技能和自动分工都是天生的，它们都不知疲倦。或许，不知疲倦的只有鹳鹏；或许是鹳鹏提醒它们，要想繁衍生息，就必须不停地经历觅食、战斗、繁衍和死亡。

从伊利诺斯州到阿萨巴斯卡湖之间的大草原上曾经延伸着的沼泽地，如今正在向北萎缩。人类无法只依靠沼泽生存，所以必须剔除沼泽，另辟家园。“进步”就是不能容许农田和沼泽、驯服与野性互相宽容、和谐共存。

① 黑斯廷斯战役（Battle of Hastings），1066 年 10 月 14 日，哈罗德（Harold II）的盎格鲁—撒克逊军队和诺曼底公爵威廉一世（William of Normandy）的军队在英国的黑斯廷斯地带进行的一场交战。——译者注

所以，我们动用挖掘机和喷火器，依靠堤坝和排水管，抽干玉米地，又抽干了小麦地。蓝色的湖泊变成绿色的泥沼，绿色的泥沼又变成结块的泥，结块的泥变成了麦田。

有一天，我的沼泽地也会被围上堤坝，抽干湖水，躺在麦子下面被人遗忘，就如同今天和昨天都融进时间的长河里被人遗忘。在最后一条泥荫鱼在最后一个池塘里最后一次摆动身体之前，燕鸥将对克兰德博伊倾吐告别的悲啼，纯洁高贵的天鹅会盘旋着飞向苍穹，鹤群也会吹响永别的号角。

第三部分　乡野情趣

乡野

土地和乡野的区别总是令人混淆不清。土地是玉米、沟壑、按揭房产的栖身之所。而乡野是土地特有的个性，在这里，土壤、生物、气候和谐共处。乡野没有按揭，没有名字按字母顺序排列的各类机构，没有"烟草路"[①]。那些声称拥有乡野的人总是淡然冷漠地应对那些琐碎的迫切要求。我的农场的前主人是个造私酒的商贩，但这却丝毫不影响农场上那些松鸡好似国王的宾客一般，高傲地在灌木丛中来回穿梭。

相反，贫瘠的土地或许孕育着富饶的乡野。只有经济学家们才会误认为物质上的丰盛就等于富裕。富饶的乡野在物质上可能存在着明显的匮乏，它的特质往往无法被一眼辨出，以后也不可能总是显而易见。

例如，我知道有处凉爽的湖岸，岸边是松树和水流冲刷出的沙滩。那里只是一处成日被浪花拍打的地方，一处如黑缎带般延伸着的狭长地

① 《烟草路》(Tobacco Road，1932) 是美国作家考德维尔 (Caldwell) 用幽默的笔调表现当时美国南方贫困生活的小说，这里借喻美国的贫困乡村。——译者注

带，一处划桨前行却总无法到达尽头，一处靠记录里程来打发时间的乏味去处。落日时分，一阵微风轻轻拂过，一只海鸥飞过海岬，岬角后面突然飞出一群喧闹的潜鸟，竟有处隐蔽的海湾。你心里骤然涌起想上岸的冲动，想踏足熊果铺就的地毯，想从凤仙花丛中摘朵小花，想偷采岸边的李子和蓝莓，或是到沙丘后那平静的矮树丛中偷猎一只松鸡。这个峡湾里会不会正好有鳟鱼栖身的溪流呢？于是，船桨击打着船舷，产生小小的漩涡和哗哗作响的水声。船头驶向湖岸，不一会儿就驶进茂盛葱茏的丛林深处，寻找宿营地。

天色渐暗，晚餐的炊烟袅袅升起，懒散地飘散在水湾上。火苗在低垂的枝叶下闪烁跳跃。这是一片贫瘠的土地，却孕育着富足的乡野。

有些树林常年葱翠，却明显缺乏魅力。从路边远观，树干平滑的高大橡树和美国鹅掌楸似乎赏心悦目，但一走进林中，你可能就会发现那里只有些低等植物和浑浊的水流，而且缺乏野生动物。我解释不来，为什么一条红褐色的细流不是溪流，也无法用逻辑推演证明，如果没有成群喧闹鸣叫的鹌鹑，树林就只是荆棘遍布的地方。然而每个常在野外活动的人都知道这些事实。认为野生动物仅仅供人捕猎和观赏，这是极端错误的谬论，而这种观点往往体现了人们区分富足乡野和普通土地的方法。

有些树林外表看似平凡，一旦深入了解你就会发现它别有洞天。没有什么比玉米带的林地更显平淡的了，然而，如果是在八月，林地中一株被压碎的唇萼薄荷，或是熟透了的足叶草的果实会告诉你，这就是该来的地方。十月阳光照耀下的山核桃树足以证明这里是丰饶的乡野。你能感受到的不仅是山核桃树，还有核桃树背后的一连串事物——或许是黄昏时候的橡木炭、一只棕色的小松鼠，还有远处的一只自娱自乐的横斑林鸮。

每个人对乡野的审美情趣各有差异，正如人们对歌剧或油画各有不同的品味一样。有些人愿意被驱使，成群结队地去参观“风景区”，认为山只要有瀑布、峭壁或湖泊就是华美瑰丽的。这些人自然而然地认为堪萨斯平原是如此单调乏味，他们只看到一望无际的玉米地，却看不到牛群喘着粗气哼哼着穿过大草原。对他们而言，历史出自校园。他们只是远眺低悬的地平线，却不能像探险家德·瓦加那样，在草原上的野牛肚皮下眺望地平线。

正如人类一样，乡野质朴的外表下常常隐藏着神秘的宝藏，要找到这些珍宝需要长期在乡野生活并与之为伴。生长着刺柏的山麓再乏味不过了，但当那经历了千载夏日、满载亮蓝色浆果的山丘中，突然蹿出一群叽叽喳喳、留下蓝色身影的松鸦时，周围的一切立刻变得生机盎然。三月里，成片的玉米田是单调无趣的，但当大雁掠过玉米田上空时，那沉闷的气氛随即就消散无影了。

闲暇时光

“无知的人在闲暇时多么痛苦啊！”这条训诫是阿里奥斯托[1]的至理名言，虽然我不知道这句话出自他作品的哪一章哪一节。

能让我奉为至理名言的话语并不多，这句话就是其中之一。我愿意挺身宣告对这一真理的拥护。无论是在将来，还是在过去，甚至在吃早

① 阿里奥斯托（Ludovico Ariosto，1474—1533），意大利诗人，代表作是长篇传奇叙事诗《疯狂的奥兰多》。——译者注

餐前都是如此。不会享受闲暇的人是无知的，哪怕他拥有人世间的所有学识；在某种程度上，有知识、有教养的人都会享受闲暇时光，即使他从未踏进过校门。

我认为世间最大的错误莫过于有多种兴趣爱好的人对没有任何兴趣爱好的人谈论嗜好。因为这意味着给别人强加业余爱好，结果恰恰抹杀了拥有兴趣爱好的益处。嗜好是随性的，而不是勉强选择的。向他人推荐兴趣爱好就和推荐老婆一样危险，获得愉快结局的可能性也同样微乎其微。

所以我们要明白，谈论嗜好是那些已经沉迷其中的人在彼此交流心得体会。已经形成的兴趣爱好，无论好坏，都会使我们去做些另类的事情。别人如果愿意听，可以听听，若有可能，他们也能从我们的行为中得到启迪。

但嗜好究竟为何物？它与我们通常追求的正常而普通的目标有何区别？对这个问题，我始终没有找到令自己满意的答案。起初，我自认为让人们所满意的嗜好必然在很大程度上是没用处、没效率、费时费力或毫无意义的东西。当然，现今许多最能让我们心仪的爱好都涉及手工制作。这些制作让机器代劳后变得更迅速、更经济，有时还会更有质量。然而，我们必须承认，在过去的年代，制造机器本身就是一个绝佳的爱好。有时我爱浮想联翩，是不是伽利略通过设计新的弩炮来表现圣彼得无意中忽略的某一自然法则①，引起了教会的震怒，而他自己却体会到了真正的个人满足。如今，一台机器的发明无论在工业领域引起多大

① 这里指伽利略通过对炮弹从射出弹孔道到落地的轨迹是一条数学抛物线的论证，来解释运动在不同方向上的分量，以及这些分量在各种情况下的叠加与合成。——译者注

的关注，把制造机器当作嗜好都已被视为平常事了。或许问题的真正核心在于：嗜好是对所处时代的叛逆和挑战，是社会进化的瞬时旋涡中与之抵触或难以相融的永恒价值。倘若真是如此，那我们也可以说每一个有兴趣爱好的人生来就是激进极端的，而从根本上来说，这类人只是少数派。

这是一个严肃的问题——如果有嗜好的人对嗜好的态度非常严肃，就犯了严重的错误。一条公理是：所有的嗜好都不能当成重要目标去寻求，更不需要有理性的证明，愿意去做就足够了。一旦要把嗜好解释成“有用”或“有益处”，那我们就把嗜好变成了事业，也随即使之降格成为以获得健康、权利或利益为目的而进行的拙劣活动。比如，举哑铃就不算是嗜好，那只是表示自己在做有益健康的事，而不是在坚持嗜好本身的自由品质。

当我还是个小男孩时，我们镇里的一间小屋里住着一位年长的德国商人。每个星期天，他都要到密西西比河沿岸，凿下岸边突出的石灰岩。他足足凿了几吨的岩石碎片，所有的碎片都贴上了标签并进行了编号分类。在这些碎片中含有已经灭绝的微小海百合水生生物的茎状化石。镇上的人都认为，这个谦逊和蔼的老人虽然有点古怪，倒也不会对谁造成伤害。有一天，报上说镇上来了些有身份的陌生人。据说他们是伟大的科学家，有些来自国外，有些是世上最具权威的古生物学家。他们这次是来拜访那位和蔼且行为怪异的老人的，以了解他对海百合的看法，并把他的看法当作定律记录下来。直到老人去世，整个镇上的人才知道他是世界级的海百合研究领域的权威，是知识的创造者，科学史的缔造者。他是个了不起的人，他收集的化石被陈列在地方博物馆里，他的名字世人皆知。与他相比，当地的企业管理者只不过是粗俗的开发者。

我认识一位热爱种玫瑰的银行总裁。玫瑰让他快乐，也让他成为更优秀的银行总裁。我认识一位热爱种番茄的车轮制造商，他了解关于番茄的所有知识，也知晓关于车轮的一切，虽然二者的因果关系并不明确。我还认识一位对甜玉米近乎痴迷的出租车司机，只要他的话匣子打开，你就会惊诧于他的博学多识，并慨叹竟有这么多应该知道的事情。

据我所知，如今最有魅力的嗜好是重新出现的驯鹰术。在美国有几个对此上瘾的人，在英国大概有十几个，但的确这是属于少数人的嗜好。人们只需花几美分就能买一个用来射杀苍鹭的弹药筒，但是要用一只鹰去捕苍鹭，鹰和驯鹰者必须经历数月或数年的辛苦训练。弹药这种致命的媒介是化学工业的完美产品，有人能写出它致命反应的化学公式。鹰也算是一种致命媒介，它是进化过程中产生的神秘而完美的精英。至今无人能了解它与我们分享的强烈的捕猎欲望，或许将来也不会有人了解。鹰扑向猎物时眼睛、肌肉和翅膀的完美协调，不论现在还是将来的机器都不能与之相比。被击落的苍鹭不宜食用，因此没什么用处。(从前的猎捕者可能吃过这种鸟，就像童子军用弹弓、木棒或弓箭在夏日捉到被跳蚤叮咬的棉尾兔时，会把兔子熏烤后吃掉。)另外，驯鹰要十分小心，不能出现失误，哪怕是最微小的技术差错。因为鹰可以像智人一样被驯化，也可能像出笼的大鸟，直飞蓝天永不返回。总之，驯鹰是一种近乎完美的业余爱好。

制造和使用长弓是另一项业余爱好。对那些门外汉来说，他们认为弓在专家手中是“弓不虚发”的有力武器，但事实并非如此。每年秋天，威斯康星州只有不到一百人登记用宽头箭猎鹿，而这一百人中如果有一人能猎到鹿，那简直是意外的收获了。但如果用步枪的话，每五个人当中就有一人能猎到鹿。因此，作为一名弓箭手，根据我们的记录，我对弓箭武器“弓不虚发”的断言表示强烈反对。我只承认，那些制作弓箭成癖之人，可以将其作为上班迟到或忘记在星期四把垃圾桶按时拿出去的有效借口。

人们无法独自造出枪支，至少我做不到。但我能造一张弓，而且有些弓能用来打猎。这让我想到，对嗜好的定义或许应该修正一下。在当今这个时代，一个好的嗜好就是能制造某种东西，或制造某种可以制造这种东西的工具，然后使用这种东西去做在别人看来没必要的事情。等到现在这个时代过去后，好的嗜好可能会是对所有这一切的颠覆。我又把话题扯回到挑战时代的问题上了。

好的嗜好必然也是场赌局。我注视着那粗糙笨重而又易裂的桑橙木，想象着有一天，这其貌不扬的木头将变成呈现夺目光彩的完美武器。想象着弓将在转瞬间弯成完美弧度，用耀眼的箭劈开天穹，我心动不已。但与此同时，我也必须想到另一种可能：弓在转瞬间爆裂成无用的碎片，我要花上一个月的时间，每天晚上坐在长凳上再辛苦地造出另一张弓。总之，任何嗜好都可能面临彻底的失败，而生产汽车的流水线的结果从一开始就确定无疑：其终端必然是完美的福特汽车。这两者的反差是明显的。

好的嗜好可能是对日常事物的孤独抗议，也可能是志趣相投的一群人合谋进行的活动，这一群人有时来自一个家庭。但不管怎样，嗜好都是一种反叛——如果是不抱有奢望的反叛反而更好。人们津津乐道的不满情绪在传统的温床下慢慢滋生，并酝酿出种种愚蠢的想法，要是整个政治群体突然接受了这些想法，将出现我能设想象到的最混乱的状况。幸好这种危险不存在。不墨守成规是社会动物进化的最高成就，而且这种属性的发展不会比其他新技能的发展更快。不久前科学界才刚刚发现，在自由的野蛮人及更自由的哺乳动物和鸟类内部，有着惊人的组织系统。人类大多数仍隶属于群居世界，而等级制已成了群居世界的重负，或许嗜好正是世间万物对这种等级制的最初否定。

环河

环河，是早期威斯康星州令人叹为观止的景象之一，是一条首尾相连，河水汇入自身，永远循环往复、奔腾不息的河流。保罗·班扬发现了它，从班扬的传说中我们也能得知他是如何让许多原木漂流在这条永不停息的河流上的。

没有人会认为班扬用环河做了一个比喻，但这其中确实蕴含着一个比喻。威斯康星州不仅拥有一条环河，它本身其实就是一条永不止息的环河。在这条河里流淌着的是能量。能量最初从土壤中流淌出来，接着流进植物体内，然后流进动物体内，最后又流回到土壤中，就这样循环往复，生生不息。“尘归尘，土归土”，威斯康星州也正是环河这个概念的陆地版。

人们乘着那些原木顺流而下，为了控制前进的方向和速度，明智地去掉一些枝枝杈杈。只从这一点来看，我们获得“有智慧的人”这样的称谓是当之无愧的。去除树枝的技术叫作“经济学”，对于古老路途的记忆就叫作“历史”，对于新路线的选择就叫作“治国之道”，对于即将面临的浅滩和急流进行的交谈就叫作“政治”。乘坐在原木上的人不仅想除去枝节，还想改造整条环河中的原木船队。这种人类群体与自然之间的交涉就叫作“国家计划”。

在我们的教育系统中，很少会把生命的连续体描绘成河流。这条环河的水道由土壤、植物群和动物群共同构成。从幼年起，我们就被灌输了关于这三者的知识，包括它们的关系（生物学）、它们的起源（地质学和进化论）、它们的开发技巧（农学和工程学）。然而这条具有干旱、洪水、倒灌和沙洲的水流的概念则只能由我们自己推断。要了解这条生物河流的水文知识，我们必须从生物进化的垂直角度和集体行为来思考。这里需要做的正好与“专业化”相反：我们必须对整个生物界的图景有更多的了解，而不是更多地纠缠于细枝末节。

如果达尔文的生物进化学说是纵向研究的科学，那么生态学就是横向研究的科学。这种科学只是牙牙学语的婴儿，和其他的婴儿一样全神贯注于自己创造的话语。它发挥作用的时间是将来。生态学注定是属于“环河”的知识，它尽管来得很迟，但是能把我们对生物世界的共有知识转化为生物进化旅程中的集体智慧。归根到底，它是对自然环境和野生动植物的保护。

自然环境和资源的保护需要人与土地之间达到一种和谐状态。这里的“土地”既是指土壤表层又包括土壤之上以及土壤之中的所有事物。与土地和谐相处就像与朋友相处，你不能珍稀他的右手却把他的左手砍下来。也就是说，你不能在喜欢猎物的同时又厌恶那些食肉动物；不能在保护水域的同时又践踏山峦；不能在建造林地的同时又破坏耕地。土地是个有机体，它的各个组成部分就像我们身体的各个器官组织一样，相互之间既有竞争，又有合作。竞争与合作都是内部机制的健康运转。你可以小心慎重地管理和调节各个部分，但是对哪个部分都不能偏废、抛弃。

20 世纪杰出的科学成就并不是电视机或者收音机的发明，而是土地有机体复杂性的揭示。越是了解土地的人越会感觉自己在这方面知之甚少。最为无知的人会在评论某种动植物时问“它有什么用途”。不论我们是否理解，如果土地有机体整体能健康运转的话，就意味着它的各部分也运转良好。如果生物体系已经在亘古悠长的岁月中构筑出我们喜欢却不理解的事物，那就只有笨蛋才会毁弃其中看似无用的部分。正如聪明的维修工首先注意的就是保存好每一个齿轮和机轮。

保护土地体系的所有组成部分是自然资源保护的首要原则。但是我们是否已经学会这样做了呢？目前还没有，因为就连科学家也还没有认识其中的所有组成部分。

在德国有一座斯佩萨特山。在这座山的南坡上，长着世界上最伟岸的橡树。美国的家具制造商如果需要品质优良的木材，这里的橡树便是他们的首选。然而，情况本该更好的山北坡上却只长着普通的欧洲赤松。南北两面山坡同属于一片国有森林，两百多年以来一直受到了同样精心的呵护，为什么会出现这样的差异呢？

踢开橡树下的落叶枯枝，你会发现它们几乎在落地的同时就开始腐烂了。而松树下却堆着厚厚的松针，腐烂的速度也慢得多。这是为什么呢？原来在中世纪时，曾有一个喜欢狩猎的主教把南面的山坡作为猎鹿场保护了起来。所以，拓荒者只能在北面的山坡上放牧、耕种、收割，这与我们今天在威斯康星州和爱荷华州的林地上所做的事情一样。只是在过度垦荒结束后，人们才在北坡种上了松树。但是土壤的微生物群已经在垦荒的过程中发生了变化，土壤里的微生物种的数量大大减少，或者说，土壤的“消化”功能已然失调。这样的损失，即使花上两个世纪的保护也不足以弥补。我们需要现代显微镜和上百年对土壤科学的研究，才有可能弄清斯佩萨特山上哪些“小齿轮和机轮”决定着土地与人的和谐相处。

如果生物群落要生存下去，其内部的运转必须保持平衡，否则某类构成群落的生物就会消失。众所周知，一些特定的生物群落着实存在了很长时间。1840 年威斯康星州的土壤和动植物群情况与一万二千年以前冰河时期结束时几乎相同。之所以这样说是因为这里的动物尸骨和植物花粉保存在泥炭沼泽里。连续的泥炭层不仅记录了不同时期花粉数量的差异，甚至可以揭示天气情况的变化。大约在公元前三千年，大量的豚草花粉出现在泥炭层中，说明这里曾经连续发生过旱灾，或是一大群野牛在此践踏过，或是发生过严重的草原大火。然而，即使反复发生这些灾难，此地的三百五十种鸟类、九十种哺乳动物、一百五十种鱼类和七十种爬行动物，还有数千种昆虫和植物并没有因此而消失。所有这些生物在内部平衡的生物体系内生生不息，这体现出原始生物体系惊人的稳定性。科学至今还无法解释生物群系维持内部稳定的机制是怎样的，但是我们能明白它的两种作用：（1）土壤的肥力在其精密恒定的食物链中循环，使肥力积累与流失的速度相同或者比流失的速度更快；（2）土壤肥力的地质积累与动植物的多样性并存，稳定和多样性显然互为依赖。

令人担心的是，美国的自然资源保护更多的只是注重形式。我们至今尚未学会从小齿轮（大自然的某个组成部分）的角度思考问题。看一看爱荷华州和南威斯康星州的草原吧，这是我们自己的后院。草原最珍贵的是什么？是肥沃的黑土地，即黑钙土。是谁培植了黑钙土？是草原植物，是上百种的草类、草本植物和灌木；是草原上的真菌、细菌和昆虫；是草原上的哺乳动物和鸟类。所有这些共同构成了一个竞争、合作、共存、和谐的，生机勃勃的生物群落。它们经过上万年的生存与死亡，燃烧与生长，追捕与奔逃，冰封与雪融，这个生物群缔造了被我们称为大草原的、黑暗而血腥的大地。

大草原起源于何处，我们的祖辈并不知晓，也无从得知。他们肆意虐杀草原上的动物，把大片的植物驱赶到铁路路基和公路两旁最后的避难所。工程师视植物群为乱木杂草，用压路机和割草机将它们清除。任何一个植物学家都可以预测，在此后的植物演化过程中，草原大花园会沦为偃麦草的温床。在天然花园消失后，公路局雇用庭院设计师，在偃麦草当中种植榆树以及一丛丛具有艺术造型的欧洲赤松、日本小蘖和绣线菊。自然资源保护委员会的成员前去参加某个重要会议时，会路过此地并赞赏人们美化公路的热情。

总会有一天，对草原植物群的需求将不仅是为了观赏，也是为了重构草原农场曾经被破坏的土壤。到了那时，许多物种大概已经踪迹全无。虽然我们这种重构自然的想法没错，可目前我们还不能认清自然界各个组织内部的功能。

我们对自然界中那些宏观体系投入更多的关注，说明我们仍然极其幼稚。一个物种濒临灭绝时，稍加忏悔就足以让我们心安理得。等到这个物种最终绝迹之后，我们痛哭一场就又重蹈覆辙。

一个恰当的例子就是，灰熊最近已在西部大多数饲养家畜的州绝迹。的确，黄石公园里还有灰熊，但是外来的寄生虫经常骚扰它们，枪手埋伏在每个庇护所的外围等待着它们，它们的活动范围被新建的度假牧场和道路一点点地侵蚀。每年，有灰熊的州都在减少，灰熊的数量越来越少，活动范围越来越小。我们自嘲地说，在博物馆里陈列一只灰熊就够了，但这只是我们力求心安的谬论罢了。我们忽视了自然历史的训导：一个物种必须在许多地区得到保护，才有可能被保存下来。

我们需要了解大自然各个组成部分的相关知识，需要大众对此有所觉醒。但有时我也会这样想，是不是还有一种东西是我们更加需要的。《森林和溪流》杂志曾在刊头将它称为“对自然百态的优雅品味”。那么我们在培养这种“品味”上取得了哪些进展呢？

在湖区的北部地区还有一定数量的狼，每个州都制定了鼓励捕狼的奖励条款。此外，为了控制狼的数量，每个州都在向美国渔业与野生动物署的专家寻求帮助。然而，这个机构和一些自然资源保护委员会都在抱怨，越来越多的地方无法给逐年增多的鹿群提供足够的食物。林务官也在抱怨周期性出现的兔灾。既然如此，为什么还要推行灭狼政策呢？我们不妨从经济学和生物学的角度来讨论一下这个问题。哺乳动物学者说，狼是控制鹿群过快增长的天然力量；狩猎爱好者则回答说，他们会处理掉多余的鹿。如果再这样争论，十年之后，可供争论的狼也就都不存在了。在我们的理念中，难道保护一种自然资源的同时非要去除另一种资源不可？

在湖区，我们培植了林场苗圃，重新种树，希望能以此重现昔日的北方森林。植树造林的进展让我们倍感欣慰，然而在这些树林中找不到北美崖柏和美加落叶松。为什么没有崖柏呢？因为它生长得太慢，不是被鹿吃掉了，就是被赤杨挡住了光照，剥夺了养分。崖柏从北方森林中消失并不会给林务官带来麻烦。实际上，由于这种林木的经济效益不佳，崖柏在过去就曾遭人摒弃。出于同样的原因，今后在东南部森林中也不会再有山毛榉了。除了这种人为因素使得一些树木从我们未来的植物群中被剔除之外，还有一些物种的消失是源于外来疾病的侵害，栗树、柿树和乔松就是例子。把任何一种植物都视为独立的实体，以个体表现的优劣来决定这种植物的生长是否值得推广，这难道是合理的经济学吗？这样的做法会对动物、土壤以及森林作为有机整体的健康产生什么影响？如果我们对自然万物有着“优雅品味”的话，你会明白经济问题需要另一种考量。

作为保罗·班扬的接班人和继承人，我们既不知道自己在对河流做些什么，也不知道河流在对我们做些什么。我们在这个州消除原木上的树节，靠的只是力量而非技巧。

我们已经完全改变了生态链“河流”的走向。现在的食物链是从玉米和苜蓿开始的，而不是橡树和须芒草；流经的是牛、猪和家禽，而不再是赤鹿、鹿和松鸡；进入了农夫、摩登女郎和大学新生体内，而不是印第安人体内。只要查一下电话簿或政府部门的名册就能知道，这一生物之流的流量巨大，可能远远超出了班扬之前的流量。不过奇怪的是，这一流量的数据一直没被科学地测量过。

人工饲养和栽培技术在新的食物链中不具有链接纽带所应有的韧性。这些链条的维系是靠农民的劳作和拖拉机的使用。此外，起帮助作用的还有一种新的动物物种——“农学博士”。班杨削除树节的技术是自学的，如今有个站在河岸上的农学博士为我们提供免费指导。

我们每次用一种人工培育的动植物替代野生动植物，或者用人工开凿的水渠替代自然水路，都会造成土地循环系统的重新调整。我们不了解这些调整，也无法预知它们发生的时间。除非结局是糟糕的生态失调，否则我们甚至意识不到发生过调整。不论是美国总统为了一条运河航线重建佛罗里达，还是农夫张三或李四为了牧场重建威斯康星的一片草原，人们都在忙于新的修补工作，无心顾及最后的效果。而如此多的修补工作对这片土地却并不吃力，这充分证明了土地有机体的活力和适应性。

生态教育的惩罚之一就是让人类意识到，自己孤身活在满是疮痍的世界中。但是对于一般人来说，人类加之土地的伤害都是隐形的，难以观察到的。生态学家如果要保全自己，就要自欺欺人地认为科学进步造成的后果与他并无干系。否则他必须充当一名医生，在一个自认为很健康、不愿听到反对声音的社群中，看出死亡的征兆。

政府对我们说需要控制水患，所以我们把流经牧场的弯曲小溪改直；工程师对我们说小溪现在已经可以容纳大量的洪水。但是在这个过程中，我们失去了古老的柳树。冬天的夜里，再也不会听到猫头鹰在柳树上啼叫；午后的夕阳下，再也看不到牛在柳树下甩着尾巴赶苍蝇。同时我们也失去了盛开着裂龙胆的那一小片沼泽。

水文学家已经论证过，小溪的蜿蜒是其水文功能不可缺少的组成部分。生态学者们都很清楚，人们可以与环河和谐相处，而不必过多地去改变河道。

重新评估生态的新秩序可以采用下面两个标准：（1）它是否能保持肥力？（2）它是否能保持动植物的多样性？土壤在开发的初期，与之相关的生物群完全是一派生机盎然的景象。众所周知，感恩节就是拓荒者为庆祝农作物丰收而创设的节日，当时的野生动植物也出现了繁茂的景象。数十种可提供食物的外来杂草加入了本地的植物群，土壤是肥沃的，纵横交错的耕地和牧场使土地呈现出多样化的地貌。拓荒者所记载的大量野生动物，在某种程度上就是这种多样性的反映。

新拓垦土地的鲜明特点是高强度的新陈代谢。这或许反映了正常的生态循环，也可能说明一直储存的肥力开始发酵，这种情况被称为“生物热”。我们无法让生物群咬住温度计看一看它是在发烧还是体温正常，我们只能通过土壤所受的影响进行事后评估。影响是怎样的呢？答案就写在上千块土地的沟渠上。灌溉技术的提高并没有带来农作物的高产，农业技术的进步只是在弥补土壤的损耗。在一些地区，例如干旱沙尘地区[①]，“生态之河”已经退化到无法通航的地步，班扬的继承人已经搬到加利福尼亚州，到那里去酝酿愤怒的“葡萄”[②]。

剩下的本地动植物之所以还存在，只是因为农业的发展还尚未殃及此地，否则它们也将面临灭顶之灾。当前农业的理想目标是发展“纯净农牧业”，这意味着食物链纯粹追求经济利益，并除掉所有不符合经济目标的环节，这是以强凌弱带来的短暂而不平等的和谐。而与此相反，多样化意味着有这样一条食物链，它能够让野生动植物与养殖的动物或栽培的植物和谐共存，从而追求共同利益——稳定、多产与隽美。

发展“纯净农牧业”也得改造土壤，但它在达到这一目标的过程中

① 指20世纪30年代初受沙尘暴危害严重的美国俄克拉荷马州以及其他平原地区，当时许多人被迫搬离此地。——译者注

② 《愤怒的葡萄》是美国作家斯坦贝克（Steinbeck）的代表作。描写贫困农民从俄克拉荷马州流落到加利福尼亚州的悲惨经历。——译者注

只采用了引进的植物、动物和肥料。实际上，最初构成这片土地的原始动植物才是改造本地土壤的最佳选择。外来的动植物能为本地带来稳定吗？麻袋里装的化肥就足够使土壤肥沃了吗？这些都是引起争议的问题。

没有一个活着的人知道真正的答案。真正证明发展“纯粹农牧业”是否可行的是东北欧人，尽管那里的地景地貌都呈现出人工改造的痕迹，但仍然保持着一定程度的生物稳定性（除了人类）。

证明“纯粹农牧业”不可行的是包括我们在内的其他所有做过尝试的地方，以及进化所给出的不言而喻的证明。在进化过程中，多样性和稳定性如此紧密地联系在一起，如同一个事物的两个名字。

我曾经有一只捕鸟犬，名叫“古斯”。古斯无法找到雉鸡时，就会对黑脸田鸡和草地鹨产生兴趣。这种替代品不会带来满足感，但是它激发出的热情掩盖了找不到真正猎物的失败，多少也减轻了内心挫败感。

我们这些环保主义者也是如此。二三十年前，我们试着说服美国土地所有者控制烟火，种植森林，管理野生动物，但结果却无法令人满意。实际上我们并不懂得森林学，土地私有者几乎不会主动地采取措施管理牧场、猎物和野生花卉，控制污染并减少土壤侵蚀。许多实例证明，私有土地的滥用情况比我们进行说服之前还要严重。如果你不相信，可以去看看在加拿大草原上燃烧的秸秆草堆，看看格兰德河如何冲走肥沃的土壤，看看帕卢斯和奥扎克山上，以及爱荷华州南部和威斯康星州西部碎石区纵横的沟渠。

为了减轻这一失败带给我们的挫败感，我们也给自己找了一只可作为慰藉的草地鹨。我不知道哪只狗会最先嗅到它的味道，但我知道出野上的每只狗都对找到它抱有极大的热情。我们的想法是，既然土地私有者不愿采取自然资源保护措施，我们就自己成立一个自然资源保护部门，替他们做这些事。

和草地鹨一样，作为替代品的“草地鹨”也有其自身的优点，还有成功的希望。在资源保护部门能够买得起的土地上，情况确实令人满意。但问题在于，这无法阻止肥沃的私有土地变成贫瘠的公用土地。这样做虽然能平息我们真实的挫败感，却掩盖不了我们还没找到一只“草地鹨”的事实。

恐怕草地鹨是不会提醒我们面对问题的，它正为自己突然受宠而得意扬扬。

这种向土地谋利的动机给土地造成的破坏是惊人的，如果考虑到这一点，我们不妨犹豫一下，是否该通过这样的动机来恢复土地。我倾向于相信人们夸大了利己动机的程度。为自己营建一个漂亮的家，是有利可图的吗？让子女接受高等教育，是有利可图的吗？不，这些事情并不有利可图，但我们都这样做。事实上，构成经济体系基础的正是这些伦理和美学。一旦接受了这些“前提”，经济力量就会把社会体系中的各个细节组织整合起来，使之与这些“前提”保持一致。

目前，为土地伦理而倡导的道德和美学前提尚不存在，但我们的孩子必须生活在这片土地上。我们认为，孩子就是我们在历史名册上的签名，土地却只是赚钱的场所。到目前为止，只要人们分得的红利足够送孩子上大学，即便农场遭到侵害，森林遭破坏，或溪流受污染，都不会遭到社会的谴责。无论土地出了什么毛病，都有政府出面解决。

我认为问题的根源就在于此。自然资源保护教育必须明确的，一是土地经济学的伦理基础，二是整个世界对于了解土地机制的愿望。这才是开展自然资源保护工作的前提。

大自然的历史

不久前的一个星期六的晚上，两个中年农场主把起床的闹钟设定在星期天凌晨。第二天，他们按时起床，那是一个狂风暴雪侵袭的冬日。他们挤好牛奶，跳上一辆小货车，向着威斯康星州中部的沙地郡县加速进发。那里出产美加落叶松、野生饲料和欠税不动产拍卖成交契据。傍晚时分，他们开着一辆装满了美加落叶松幼苗的卡车，带着一颗为了奇遇冒险而雀跃的兴奋之心回到了家。借着灯笼微弱的光，他们把最后一棵幼苗种在自家附近的沼泽地里，然后再去挤牛奶。

在威斯康星州，与“农人种植落叶松”相比，“人咬狗”这样的事已算不上什么新闻了。1840 年之后，农场主们一直在挖掘沟渠、焚烧草场、排水和砍伐树木。在这些农场主居住的区域，美加落叶松几乎全部灭绝了，那他们现在为什么又想重新种植呢？原因是他们希望二十年后在那片树林下能重新长出泥炭藓，然后是杓兰、猪笼草，以及几乎濒临绝迹的威斯康星州原始沼泽里的野花。

政府部门当然不会为这些农场近乎堂吉诃德式的疯狂行为而提供奖励。当然他们对此也没抱什么能够获利的希望。那要怎么理解这种做法的意义呢？我认为这是一种反抗——是一种对有关土地的利益至上的乏味态度的反击。人们普遍认为，要在土地上生存就必须征服土地，所以最好的农田就是完全被开垦的农田。但这两位农场主从经验中了解到，完全开垦的农田只能勉强维持他们的生计，甚至使生活面临入不敷出的局限。

于是他们产生了一个想法，那就是在种植农作物的同时种植野生植物，从中寻找乐趣。他们打算在一小块沼泽地上种植当地的野花。这种对土地的期望也许类似于我们对孩子的期望——不仅要争得谋生的机会，还要争得表现和发展各种各样天生或者经过后天训练所得的能力的机会。除了土地上的原有植物，还有什么更能表现这片土地的特质呢？

我想说的是，人们能从与野生养殖相关的活动中获得乐趣，对大自然的研究既是娱乐也是科学。

历史并不会让自然史学研究变得轻松。因为有太多的过失需要我们这些自然学者及时去纠正和补救。曾经有一段时间，绅士淑女们喜欢在乡野漫步，他们如此这般，不是为了探索世界形成的奥秘，而是为了搜集茶余饭后的话题。那个时代的鸟类学家把所有的鸟都称作“小鸟儿”，那是一个用拙劣的诗文来进行表达的植物学时代，所有人都在叫嚷着“多么美丽的大自然”。但是，只要翻看今天的鸟类学或植物学的业余杂志，你就会发现，一种新的态度已日趋普遍，只是这种态度与当今正规教育体系很难扯上关系。

我认识一位化工专家，他利用闲暇时间整理旅鸽的历史，回溯我们动物群落成员之一的惊心动魄的灭绝过程。在他出生前，旅鸽就绝迹了，但他对旅鸽的了解可以说超出了之前的任何一个人。他采取的办法是阅读大量的日记、信件和书籍，读遍这个州出版的每份报纸。我估算他在搜集的过程中至少阅读了十万份文献资料。任何从事如此繁重工作的人都会不堪重负，他却欣然地沉浸其中，就像猎人满山搜寻稀有的鹿，或似考古学家走遍埃及只是为了找到一只神圣的金龟。当然这种工作不能单靠追踪、寻访，如果找到了“研究对象”，就需要以最高超的技巧对其进行诠释。这种技巧无处可学，只能在挖掘的过程中逐渐培养出来。在当今历史的后院里，数百万的平庸之辈只会感到厌倦，他却从中发现了奇遇、历险、学问与休闲。

另一个类似探索的例子是俄亥俄州的一位家庭主妇对北美歌雀的研究，研究地点是真真切切的后院。早在一百年前，曾有人对这种最常见的鸟进行过科学的命名和分类，之后就再没人提起过这种鸟了。这位俄亥俄州的鸟类爱好者认为，鸟和人一样，除了名字、性别和服饰之外，还有更多值得去了解的事物。她开始在她的花园设置陷阱捕捉歌雀，给每只鸟带上赛璐珞脚环，她可以根据不同颜色的脚环进行辨别、观察每只鸟，并且记录这些鸟儿的旅行、觅食、打斗、歌唱、求偶、筑巢和死亡等方面的特点或数据，以此破解歌雀的群落生态密码。十年来，她对于歌雀社会、歌雀政治、歌雀经济和歌雀心理的认识，已超过了任何一个人对任何一种鸟的认知与了解。十年的坚持不懈，为她开辟了通往鸟类科学研究的道路，各国的鸟类学家纷纷前来与之探讨。

这两名业余爱好者都出了名，不过他们刚开始研究时根本没想到会出名。这名利是意外的收获。但我要谈的不是名望，他们获得的是比名望更为重要的自我满足感，这种满足感也是其他很多业余爱好者的收获。但我要问的是，我们的教育体系为自然史领域的业余爱好者们的科学研究做了些什么呢？或许我们可以去上一堂动物学系的正规课程来寻找答案。那里的学生正在默背猫骨头上降起部位的名称。研究骨骼当然是重要的，不然我们就无法了解动物从产生到进化的过程。但是，为什么要记下隆起的位置呢？有人说这是生物学训练的一部分。难道我们不需要接触活生生的动物，以了解它们在自然中的各种生存状况吗？遗憾的是，在当今生物学学科体系中，对活的生物的研究并未被列入。我所在的大学就没有开设鸟类学或哺乳动物学的课程。

植物学教育的情况也大致如此，并没有激发学生对活生生的植物的兴趣，只是没有动物学教育那么极端。

学校对户外生物研究的排斥由来已久。实验室生物研究诞生时，业余的自然史研究还处于把各种鸟类均称为“小鸟儿”的阶段。专业的自然史研究则是给物种分类，积累对动物饮食习惯的记录却不对这些习惯进行分析解释。于是，实验室方法开始蓬勃发展，并与户外研究形成竞争局面，后者成了停滞的死水。没过多久，实验室生物学就自然而然地被视作较为优越的科学实验形式，在继续发展的过程中，自然历史的业余研究被排挤出了教育体系。

现在这种默记骨头位置的马拉松式教育，就是完全符合这一逻辑发展的产物。当然实验室生物学的兴起也有其他正当理由。学医的需要它，动物学教师也需要它。但我认为，相比之下，普通人更需要的是能够去理解生机盎然的世界。

在此期间，野外研究无论是在方法还是在理念上都逐渐趋于科学，已经形成了和实验室生物科学齐头并进的态势。作为业余爱好者，学生不再满足于轻松漫步乡野，列出一系列物种的名称、迁徙日期和平胸鸟的名字。给鸟上脚环、在羽毛上做记号、统计鸟的总数，对鸟的行为和环境进行一系列实验等技术被广泛使用，成为关于鸟类的量化研究方法。如果业余爱好者具备想象力与耐心，足可以选择真正有科学性的自然历史问题，或去解决和太阳一样未经探索的自然史问题。

现在的观点认为，实验室的研究和野外研究应该互补互助，而不应相互竞争。不过这种新观点还没有影响到学校的课程设置。扩大课程体系需要经费支持，因此，在一些大学里，对自然历史感兴趣的学生得到的不是鼓励，而是冷落。大学教给学生的是怎么解剖猫，而不是如何以欣赏的眼光、智慧的生物学头脑去审视乡野。这两方面都应该讲授，若两者不可兼得，便牺牲后者。

生物学教育是培养公民素质的途径。为了更清楚地了解目前生物学教育的失衡和贫乏，我们可以带某一个聪慧的学生去野外，并问他几个问题。他肯定知道植物的生长过程和猫的身体结构，但是我们想测试的是他对土地构造的了解程度。

我们沿着密苏里州北部的一条乡间道路驱车南下。然后在一个农场停下，那里有个村庄。看着院子里的树和田里的土壤，我们的问题是能不能说出当初开拓者是从草原还是从森林开垦出这个农场的？他在感恩节吃的是草原榛鸡还是野火鸡？这里的原始植物是什么？它们为什么会消失？草原植物对这片土壤的玉米产量有什么影响？为什么这里的土壤现在遭到了侵蚀，而以前却没有？

假如我们正在奥扎克山旅游。这里有一块废弃的田地，田间长着稀疏矮小的豚草。那么，接下来的问题是：为什么这块地的抵押人失去了回赎权？事情发生在多久以前？在这里是否能找到鹌鹑？远处的墓园隐藏的故事是不是和这些矮小的豚草有关？如果这一流域的豚草都这样矮小，是否在警示我们溪流将来有可能泛滥？是否可以揭示溪流中鲈鱼和鳟鱼的未来？

许多学生认为这些问题不切实际，都是一些不可思议的问题。但是任何一个有观察力的业余自然史学者都可以明智地思索这些问题，并且乐在其中。你也会发现，当今的自然史只是偶尔探讨一下动植物本身的个性、习惯和行为。它主要关注的是动植物彼此间的关系，它们与其赖以生存的土壤和水之间的关系，以及动植物与颂扬“我的故土”却不知其内部运作规律的人类之间的关系。研究这些事物之间关系的科学被称为“生态学”。但是我们怎么称呼它并不重要，重要的是受过教育的公民是否知道他只是整个生态系统中一个小小的齿轮？他是否知道，如果与整个生态系统和谐共处，他就会拥有无限的精神和物质财富，但是如果不能与之和谐共存，最终就会两败俱伤，引发生存危机。如果教育没有教我们这些道理，那么教育的目的是什么呢？

我们追求不到与土地的和谐共处，如同人们无法追求到绝对的公正和自由。在追求这些更高的目标时，重要的不是获得的结果，而是奋斗的过程。只有在机械化的企业里，我们才能期望所付出的努力会很快有回报或彻底达到所谓的“成功”。

当我们说“奋斗”的时候，就意味着从一开始就明白我们奋斗的力量必须来自内心。只靠外在的力量不足以激发人们为某个理想奋斗的决心。

那么我们面临的问题就是，当大多数人已经忘记土地是作为一样事物而客观存在的时候，当教育和文化近乎完全脱离了土地的时候，如何才能让人们懂得要与自然和谐共存。这也是环境与自然资源保护教育所面临的问题。

美国文化中的野生动植物

原始人的文化多以野生动物为基础。因此，水牛不仅是平原上印第安人的主要食物，也极大地影响了他们的建筑、服饰、语言、艺术和宗教。

文明人的文化基础已经有了很大的改变，但是仍然保留了一部分源于荒野文化的成分。这里我要讨论的是，以荒野为根源的文化具有怎样的价值。

文化是不可度量的，我也不会浪费时间做无用功。我想说的是，具有思考能力的人普遍认为，我们在户外运动、习俗和重新接触野生世界的体验中，都可以找到其文化上的价值。我冒昧地把这些价值分为三类：

首先，如果一种经验能让我们想起民族的起源和发展，亦即激起我们的历史意识，这种经验就是有价值的。这种历史意识就是最佳意义上的“民族主义”。就拿我们民族来说，由于找不到其他名词定义，我把这种意识称为“拓荒者的价值观”。比如，一名童子军鞣好了一项浣熊皮帽，在小路边的柳树林中扮成拓荒者丹尼尔·布恩[①]的模样时，他就是在重演美国历史。在文化上他已经做好了准备，可以直面黑暗而残酷的现实。又比如，一个农场的孩子在吃早饭前察看他为捕捉麝鼠所设的陷阱，然后带着一身麝鼠气味走进教室，这时我们足可以认为他就是在重演毛皮交易的传奇。无论是在社会中或是在个体身上，“个体的发展史”都在重复着“种群的发展史”。

第二，如果一种经验能让我们想起“土壤—植物—动物—人”这一食物链的依存关系，或者想起生物群系的基本结构，这种经验就是有价值的。文明的进步让各种机械和媒介干扰了人与土地的基本关系，导致人们对土地的认知日渐模糊和偏颇。我们以为是工业在养活我们，却不知道是什么养活了工业。以前，教育也曾让我们亲近而非远离泥土。例如，有一个童谣讲述的内容就是一个人带一张兔皮回家给婴儿当睡袋，诸多类似的民谣和故事都可以重新唤起记忆，并告诉人们，人类曾经依靠自然狩猎来维持家庭生计。

第三，如果一种经验能够彰显被统称为“狩猎道德”的伦理准则，那么这种经验就是有价值的。人类改进狩猎工具的速度超过了自我完善的速度，“狩猎道德”就是主动限制人们对这些先进装备的使用，从而在追逐猎物时发挥技巧的作用，减少器械的作用。

野外生物的伦理学具有其特殊的一面。通常来说，没有观众会为狩猎人的行为喝彩或对其进行指责，猎人不论做什么都是出于自己的良

① 丹尼尔·布恩（Daniel Booneing，1734—1820），美国历史上著名的拓荒者之一。1767 年布恩首次造访尚无归属的地方，并把此后生命中的三十年的时光贡献给肯塔基的探索与殖民事业。——译者注

心，而非为了旁观者们。无论怎么强调这个事实的重要性都不过分。

我们需要铭记的是，主动遵守伦理准则可以提高猎人的自尊，如果漠视或违背伦理准则就会使猎人走向退化与堕落。例如，狩猎准则其中的一条公约是不要浪费好肉。不过现在的事实却是，威斯康星州的猎鹿人每次都能合法猎取两头雄鹿，却都至少会杀死一头母鹿或一头幼鹿，猎人带走公鹿，而把母鹿或幼鹿的尸体随意抛在森林里。可以说，约有一半的猎人会见鹿就杀，直到射中法律允许猎杀的公鹿为止。遭到非法猎杀的鹿就这样被留在它们倒下的地方。这样的狩猎毫无社会价值，而且会使这些猎人习以为常，进而在其他狩猎领域违反职业道德，亵渎伦理准则。

因此，拓荒精神以及与土地有关的经验似乎有两种可能性——或者没价值，或者有更大价值；而在伦理道德方面则可能存在负面价值。

这也基本界定了我们植根于户外的三种文化食粮，但并不意味着文化因此获得了滋养。价值萃取从来都不是自发的，只有健康的文化才能吸收养分并得以生长。那么，我们目前的户外娱乐滋养我们的文化了吗?

拓荒时期产生了两种理念，一是“轻装上阵”，二是“一颗子弹，一头公鹿”。这正是户外活动体现出的拓荒精神的实质。当年的拓荒者们必须轻装上阵。因为那时交通不便，资金不足，没有重型武器，射击就要讲究既经济又准确。其实，人们开始接受这两种理念时都是因为别无选择；生活所迫造就了美德。

不过，这两个不成文的法则后来发展成了户外活动准则，成为户外活动者自觉遵守的戒律。在此基础上，建立起了自立、刚毅，重视野外生活能力和枪法等独特的美国传统。这些理念虽无形，但并不抽象。罗斯福总统是出色的狩猎家，这倒不是因为他在家里挂起了很多战利品，而是因为他用狩猎这种无形的语言表达出了无形的美国传统与精神价值。在斯图尔特·爱德华·怀特[①]的早期作品里，我们可以找到更微妙、更准确的表达。基本上可以说，这些人了解文化价值，开创了文化价值的发展模式，从而也就创造了文化价值。

随后出现了机械制造者，或者说出现了售卖户外活动用品的商人。这些人用各种新颖奇特的户外活动产品把美国户外活动爱好者装备起来。这些设计原本是自立、刚毅、野外生活能力和枪法的辅助品，结果前者却常常替代了后者。新装备塞满了口袋，或者挂在脖子和腰间的皮带上。卡车和旅行拖车也满载着各种户外装备，没有一种装备不是越来越轻便精良，然而如果把所有的装备加在一起就变成了数量惊人的负荷。每年的装备交易量是个天文数字，这个数字被人们作为“野生动植物的经济价值”认真公布。但是这些做法的文化价值又体现在哪里呢？

最后我们再举一个猎鸭者的例子。他坐在一艘铁船上，躲在充当诱饵的人造鸭子后面，自己不用劳神费力，这艘哒哒作响的小型机动船就会把他带到埋伏地点。如果寒风刺骨，罐装的化学燃料可以供他取暖。他试图模仿一种他希望的具有诱惑力的声音，在家时他从唱片上学到的，于是便用一种鸣叫器向飞过的鸭群喊话。鸣叫器没什么意义，不过诱饵还是发挥了作用，一群鸭子盘旋着飞了过来。一定要在鸭子绕第一圈的时候就开枪，因为沼泽里还埋伏着很多带着类似装备的猎人，他们

① 斯图尔特·爱德华·怀特（Stewart Edward White），自然生态作家，著有作品《森林》。——译者注

可能会占了先机。鸭群离他七十码时，他就必须扣下扳机了，因为他那杆枪的瞄准器已经设置成无限远，而且从广告上得知他的超级 Z 式子弹射程很远。随着一声枪响，子弹在鸭群中炸开，几只被打断了腿的鸭子掉下来，不知会死在哪里。我们能说这个猎人在猎杀过程中感受到什么文化价值了吗？或许他只是在为水貂提供食物吧？下次从埋伏地点开火的人与鸭群的距离会是七十五码，不然还能用别的方法猎到鸭子吗？这就是当前的猎鸭方式，是所有公共猎场和许多狩猎俱乐部都在采用的典型模式。哪里还有“轻装上阵”的理念和“一颗子弹”的传统呢？

这些问题并不很容易回答。罗斯福不曾小看现代的来复枪，怀特也经常使用铝锅、尼龙帐篷和脱水食品。但他们只是适当地接受和使用各种器械，只把它们当作辅助品，并没有成为机械用品的奴隶。

我不想假装知道怎样才算适当使用工具，我也不知道恰当与不当使用器械的界限在哪里。不过我可以明确地说，器械的起源与其自身文化的影响有很大关系。手工制作的狩猎工具和户外生活用品不但不会破坏，反而会加强人与自然的关系。用自制的鱼饵钓鳟鱼，你除了能收获鱼之外还能收获快乐。我自己也会使用工厂制造的小器械。但花钱买来的这些玩意不能无限制地使用，否则就会破坏户外活动的文化价值。

并非所有的户外活动都和猎鸭一样堕落。美国传统精神的捍卫者还是大有人在的，或许弓箭运动和鹰猎的复兴就代表了人们在这方面的努力。但总的趋势是机械化程度在加深，文化价值随之萎缩，尤其拓荒者的价值取向和伦理规范的约束也在逐渐淡化。

我感觉美国的打猎爱好者是困惑的，他们不明白问题到底出在哪里。既然更大型、更优良的设备有益于工业发展，为什么就无益于户外休闲活动呢？他们还没有明白，户外休闲基本上应该是自然的、返璞归真的，这些娱乐的价值恰恰体现在娱乐与工业的反差对比之中。过度机械化无疑是把工厂迁入了森林或沼泽，从而破坏了这种反差之美。

没有哪个人会告诉狩猎者出了什么问题。关于户外活动的报刊杂志已不再为户外活动代言，而成为户外用品的广告牌。野生动物管理者忙于生产供人射击的动物靶子，无心关注射击背后的文化价值——从希腊将军色诺芬[①]到美国总统罗斯福，都说户外活动是有价值的，既然如此，人们理应承认这一价值是永存的。

对于不使用枪支火药的户外活动，机械化的影响又是另一番景况。现代的望远镜、照相机和铝制的鸟脚环等物品，都不会破坏鸟类学的文化价值。如果没有船外马达和铝制小舟，钓鱼的机械化程度也远远低于各种狩猎。但是另一方面，机动化交通只留下支离破碎的原始野地，破坏了野外活动的乐趣。

在边远林区用猎犬来猎狐狸，或许体现了局部的机械化入侵，但没有破坏文化价值。使用猎犬是最纯粹的狩猎方式之一，它具有真正的拓荒精神，表现了人和自然之间最直接、最美妙的关系。狐狸会被猎人有意放走，这也体现了猎人在狩猎道德上的节制。但如今人们却开着福特车追逐狐狸享乐！狩猎的号角与破旧小汽车的喇叭声交织在一起。不过，我想应该没有人会发明机器猎狐犬，或者不会有人在将一支多管猎枪用螺丝拧到猎犬鼻子上，也没有谁会用留声机或其他省力的捷径教别人如何训练狗。在狗的王国里，制造商们已经无计可施了。

① 色诺芬（Xenophon，约公元前 430—公元前 355 年），古希腊作家、历史学家、军事家，代表作《远征记》。——译者注

其实，把户外活动的弊病全都归咎于这些辅助用品，是不太恰当的。广告商在推销产品时会用尽各种浮夸的说法，但这些说法很少像实物一样诚实，尽管二者可能都没什么用。特别值得一提的是一些指引户外活动爱好者该去哪儿的专栏。知道哪里有打猎或钓鱼的好地方，本来是一种非常私密的个人财产，就像鱼竿、猎狗和猎枪一样，是个人出于善意借出或赠予的东西。但是在我看来，把它们放在体育专栏上为了发行而叫卖，就是另一回事了。而把它作为免费的大众服务提供给所有的人，显然更是一件奇怪的事。现在甚至自然资源保护部门都在公然告诉人们，哪里能钓到鱼，哪里会有野鸭为了觅食而冒险停下来。

所有这些混乱情况都表现为把户外活动中的个性因素非个性化。我不知道正确与不正确做法的分界线在哪里，但我认为，户外服务信息的指向已经超出了理性的范围。

如果推荐狩猎和钓鱼的地方情况确实不错，那么户外服务指南吸引的人数能达到理想的数量。但是，如果狩猎和钓鱼情况不佳，登广告的人就必然会诉诸更强有力的手段，比如钓鱼摸彩，即在养殖鱼的身上拴上号码，钓到有中奖号码的鱼就能拿到奖品。这种集科学和台球房技巧于一体的怪异做法，让本已近乎枯竭的湖泊又面临过度垂钓的命运，只有地方渔业商会的成员才会感到得意和开心。

如果野生动物管理人员认为自己和这些事情无关的话，只能说他们太懒散了。生产商和推销员是同类人，都是一路货色。

野生动物管理人员试图通过控制环境条件，在野外养殖可供猎取的猎物，从而把打猎的形式从追逐转为饲养。发生的这种转变，对文化价值会有怎样的影响呢？必须承认，拓荒精神和自由开发之间是有历史联系的。丹尼尔·布恩对农作物的收成没有耐心坐等，对野生动物的产量更是如此。而持传统观念的猎人不愿接受生产猎物的想法，这或许也是坚守拓荒者价值观的体现。生产猎物的想法受到抵制，或许是因为违背了拓荒精神的自由狩猎传统。

机械化破坏了拓荒精神与价值，也无法为后者提供文化替代品，至少我这样认为。然而，野生动植物养殖或管理的确为此提供了替代品，即野生资源管理。在我看来这一替代品至少具有相同的价值。它在提醒人们不要忘却和土地的关系。另外它还包含道德的约束。在不对食肉动物进行控制的情况下进行猎物管理，需要更高层次的道德约束。由此，我们可以得出这样的结论："生产"猎物削弱了拓荒精神，但却强化了其他两种价值。

如果我们把野外视为冲突的场所，异常活跃的机械化进程与完全处于静态的传统价值观在此互相对决，那么，文化价值的前景的确黯淡。但是，我们的户外活动观念为什么不能像一系列机械发明那样蓬勃发展呢？是不是拯救文化价值需要积极主动地采取攻势？我个人的见解是，目前采取攻势的时机已经成熟。户外活动者可以为自己决定未来的局势。

例如，过去十年间，就出现了一种崭新的户外活动形式。这种活动既不会伤害野生动植物，也不会使人沦为现代机械设备的奴隶；同时还克服了活动区域受限制的问题，大大提高了单位土地面积承载人类活动的能力。这种活动对动物猎捕数量没有限制，也不设禁猎季节的时间；它需要的是教师而不是监管员；它需要具有最高文化价值的现代森林知识。这种活动，就是野生动植物研究工作。

最初，野生动植物研究只限于专业人员。难以解决的问题当然必须依靠专业人员来解决，但是仍有许多问题适于作为个体的业余爱好者去研究。在机械发明的研究领域，业余爱好者早就参与其中。而在生物学领域，人们才刚刚意识到业余研究同样具有娱乐价值。

业余鸟类学家玛格丽特·莫尔斯·尼斯在自己的后院里研究北美歌雀。她已经超越了许多鸟类研究机构的专业人员，成了鸟类行为研究的世界级权威。银行家查尔斯·L·布罗利出于兴趣给鹰上了脚环，发现了当时还无人知晓的事实：冬天鹰在南方筑巢，然后到北方森林去度假。在曼尼托巴平原种小麦的农场主诺曼和斯图亚特·克里德尔对研究农场上的动植物群有浓厚兴趣，由于通晓当地动植物成长与生长周期的科学知识，他们成了该研究领域公认的权威。新墨西哥山中的牧牛人埃利奥特·巴克写出了最好的有关美洲狮的书中的一本，这本书为研究这种难以捉摸的猫科动物提供了很好的科研素材。不要单纯地以为这些人寓工作于游戏之中，在他们看来，最大的乐趣便在于观察和研究未知的事物。

目前大多数业余爱好者所了解的鸟类学、哺乳动物学及植物学，与该领域的专业研究相比，只是幼儿园的水平而已。原因之一，就是整个生物学教育（包括野生动植物教育）的结构设置都是为了保持研究领域的专业垄断。业余爱好者只能进行虚拟的研究旅程，只能去证实专家已经知道的事情。需要让年轻的业余爱好者有这样的理想：一艘知识之船就停泊在他们心中的船坞里，这艘船也可以在大海上自由航行。

我认为，推广野生动植物研究是野生动植物管理行业面对的最重要的工作。野生动植物还有另外一种价值，尽管目前只有少数生态学家能够看到这种价值，但它对整个人类的进步具有潜在的影响。

我们已经知道，动物群具有一些行为模式，个体动物可能无法意识到这些行为模式，却帮助完成了这些模式。例如，兔子并不知道生命的循环，但它却是这个循环的载体。

我们无法在个体身上或在短时间内明了这些模式。即使对一只兔子进行最全面、最谨慎的研究，也无法了解生命的循环。必须投入数十年左右的时间对大量动物进行研究，才能帮助我们确立生命循环的概念。

这会让人想到一个令人不安的问题：人类种群是否也存在我们尚不知晓的却由我们协助构成的行为模式？暴乱和战争、骚动和革命是否反映了人类的行为模式？

许多历史学家和哲学家把人类的集体行为诠释为由个体有意志的行为汇聚而成的结果。比如，外交学认为，某个政治团体的团体精神取决于其领袖的个人特质。另一方面，一些经济学家把整个社会视为某个历史进程中的玩物，而我们对进程的了解大多是滞后的。

我们可以合理地认为，与兔子的社会进程相比，人类的社会进程具有更多的意志内涵；但我们也可以合理地认为，作为物种的人类，对自身的某些群体行为模式还毫不知情，这是因为人类所处的环境还未唤起人们对这些模式的感知，此外我们也可能误读或曲解了群体行为模式。

这种对人类群体行为模式理论的疑惑，使人们对唯一可与人类类比的高等动物产生了极大的兴趣，并为这些动物赋予了特殊的价值。埃林顿[①]等人曾指出高等动物的文化价值。但数个世纪过去了，我们仍无法开启这丰富的知识宝库的大门，因为我们还不知该从何处进入或怎样进

① 埃林顿（Paul Errington），美国著名生物学家。——译者注

入。现在，生态学正指引我们在动物群里寻找我们自身问题的相似物。通过了解生物界中某一小部分的活动情况，我们可以大致猜测整个系统的运作形式。挖掘这些更深层次的内涵，并对其进行客观、理性的评析，就是人类未来的森林生活技能。

总之，野生动植物曾经哺育我们，塑造了我们的文化，而今仍在给我们的休闲时光带来无限的乐趣。可是我们却试图靠现代机械来收获这些乐趣，殊不知这样反而损害了它的部分价值。只要我们能够投入现代人的心智与才能，就会在收获乐趣的同时收获智慧。

鹿径

八月的一个炎热的午后，我正悠闲地坐在一棵榆树下，忽然发现一头鹿穿过了向东四分之一英里处的一小块空地。有一条被鹿踏出的小径穿过我们的农场，因此从小木屋的方向看过去，每一头经过的鹿都尽收眼底。

我这才意识到，在半个小时前我就把椅子挪到了观察鹿径的最佳地点。而且几年来，这一直是我下意识的习惯做法。于是我又想到，如果砍掉一些灌木，或许我能扩大观察的视野。在太阳落山之前，我砍掉了一排灌木。一个月后我又发现了几只鹿，而且是以前没看到过的鹿。

一连几个周末，我都向来访的客人介绍为了扩大视野而砍掉树的地方，想看看他们对此有何反应。大多数人很快就把这件事忘了，只有少数几个人会和我一样，一有机会就往那里看。很快我就得出这样的结论，喜欢户外活动的人可分为四类：猎鹿人、猎鸭人、猎鸟人，以及不想打猎的人。分类与性别、年龄或装备无关，而与人们观察外界时的四种不同习惯有关。猎鹿人习惯性地关注道路的转弯处，猎鸭人注视的是天际，猎鸟人则注视猎犬，而不想打猎的人什么都不注视。

猎鹿人坐下来时，会选择能看到前方的位置，并且要背靠在某个支点上。猎鸭人坐下时，要藏在某样东西的后面，还得是能看见高空的位置。不想打猎的人只需要找个舒服的地方坐下即可。这些人都不会注视狗。只有猎鸟人关注狗，不论狗此时是否在视线范围内，猎鸟人都知道狗在哪里。狗的鼻子就是猎鸟人的眼睛。很多猎人在狩猎时节只知道扛着猎枪，却从未学会观察他们的狗或判断狗对猎物气味的反应。

也有一些出色的户外活动者不属于以上类型。鸟类学家靠耳朵搜寻目标，眼睛仅仅用来追寻耳朵搜寻到的东西。植物学家靠眼睛搜寻近距离目标，他们有着超常的寻找植物的能力，但却几乎不会注意鸟类或哺乳动物。林木研究者只会注意树木以及依赖树木存活的昆虫和菌类，对其他一切则不放在心上。此外还有那些眼睛只盯着猎物的猎人，除了猎物外，其他一切对他们来说都毫无意趣，也毫无价值。

有一种令人费解的捕猎模式，我无法把它和上述任何一类联系在一起。那就是寻找动物的粪便、足迹、羽毛、巢穴、栖息地以及动物擦痒、殴斗、掘土、进食、搏击或捕猎所留下的痕迹。这被林区人称为“痕迹解读”。这是罕见的技巧，而且似乎有悖于书本知识。

与解读动物行为迹象相类似的，是解读植物所留下的痕迹，但这同样是罕见的技巧，而且更让人感到困惑。我举一个非洲探险者的例子来说明这点。这位探险者在一棵树的树皮上发现了狮子的抓痕，位置是二十英尺高，所以他确信抓痕是在树还不高时形成的。

被称为生态学家的人自称是生物学的万事通，他们试图通晓一切并做完所有这些事情。不言而喻，他们不会成功。

大雁的音乐

若干年前，高尔夫球运动在这个国度被大多数人视为社会生活的点缀，或是有钱人休闲时的娱乐消遣，不足以引起商人们的好奇心，更不用说使之产生浓厚兴趣了。但是今天，为了让高尔夫球成为社会大众普遍的娱乐活动，很多城市都在建设自己的高尔夫球场。

这种观念的改变同样发生在其他大多数户外休闲活动身上，五十年前被认为是无聊的活动成了当今社会生活的必需品。但奇怪的是，这种改变对于狩猎和钓鱼这两种最古老、最常见的户外休闲活动的影响还只是刚刚开始。

当然，我们多少承认，在野外呆上一天，对于一个身心疲惫的人来说是有益健康的。我们也认识到，由于野生植被的毁灭，野外生活不再对人有很大的吸引力。但是，我们尚未学会从社会福利的角度审视野生动植物带给我们的价值。人们从不同的角度证明野生动物保护的合理性。有的人说野生动物可以提供肉食，还有的人则从消遣、收益，或者科学、教育、农业、艺术、公共卫生，甚至军事需求等方面寻找理由。事实上，到目前为止，还几乎没有人清晰地认识到或完整地阐明野生动植物保护的合理性。所有这些都只是广义的社会价值的要素，而野生动植物如同高尔夫球一样，是一种社会财富。

绿头鸭的振翅声和“嘎嘎”的叫声会触动一些人的神经，对这些人来说，野生动植物具有更加特别的意义，这不仅仅是他们后天养成的爱好。在瞄准和追逐猎物中寻找乐趣，是人类天生的本能。高尔夫球是高雅运动，对狩猎的爱好却几乎是出于人类的生理特质。不喜欢高尔夫球无伤大雅，还算正常。不过，如果不喜欢观赏、逐猎、智取鸟兽或给鸟兽拍照，就很难说是正常的了。那样的人是“超文明化”了的，我不知道该如何与这种人交往。婴孩看到一个高尔夫球时可能无动于衷。但是，如果一个男孩第一次看见鹿时也无动于衷的话，我肯定不会喜欢这个男孩。所以我们在这里讨论的是心灵深处的东西。即便没机会发挥狩猎技术或狩猎本能受到压抑，人们仍然可以生活下去，就如同有些人的生活中可以没有工作、游戏、爱情、事业或其他一些冒险刺激等。不过，如今缺少了这些东西则会被视为不适应社会，与社会脱节。拥有发挥正常本能的机会越来越被人们视为不可剥夺的权利。毁灭野生动物则剥夺了人们的权利之　，而且是彻底剥夺。在最后一块空地被混凝土建筑覆盖之后，我们还可以将它拆掉，重新修建游乐场。但是当最后一头羚羊离我们而去时，即使世间所有的游乐场连成一片，也无法弥补这样的损失。

如果说野生鸟兽是一笔社会财富，那么这笔财富的价值是多少呢？我们可以说，对于那些继承了狂热狩猎习惯的人，一旦没有了野生鸟兽，生活会令他们黯然神伤。不过这样的回答并没有明确这笔财富的相对价值。如今，人们需要在各种必需品中做出选择。比如说一只野生大雁有多少价值呢？我有张交响乐演出的票，价格不便宜，感觉钱花得还算值得。但是，为了目睹一只雄雁在黎明时分嘎嘎叫着飞进我的诱捕区，我会放弃听音乐会的机会。天气寒冷刺骨，而我笨手笨脚，没有捕获到那只雄雁，但我仍然愉悦无比。结果并不重要，重要的是我看到了它。当它鸣叫着出现在西方灰色的天际时，我能听见它展开羽翼掠过时带起“呼呼”的风声，甚至隐约感觉到了它的体温。即使是现在回想起来，这种感觉仍然妙不可言。这大概是十场交响乐才能换来的快乐吧。

我的记录显示，这个秋天我已见到了上千只大雁，在从极地到海洋的史诗般的旅程中，每只大雁都有可能在某个地方带给人们花钱买不到的欢喜。或许有一群大雁让一些小学生欢呼跳跃着跑回家讲述他们的奇遇；或许在某个深夜，有一群大雁飞过某个城市的上空，为整座城市奏响婉转悠扬的大雁小夜曲，唤起人们无尽的遐思、回忆和希望；或许还有一群大雁，让农夫停下手中的劳作，憧憬远方、旅程和快乐的人们。在此之前，他的生活或许只是辛劳且乏味的苦役，他对生活没有任何想法。我确信，这千只大雁可以给人们带来无价的快乐。金钱的价值只体现在交换之中，如同画的售价或诗歌的版税。那么替换价值呢？倘若这个世界再没有画作、诗歌或大雁的音乐？这种想法实在令人悲伤。但我们仍必须回答这个问题。如有迫切的需要，或许会有人再重新写一部《伊利亚特》①，或画出另一幅《晚钟》②。但是有谁能再创造出一只大雁来？

① 《伊利亚特》(*The Iliad*)，古希腊诗人荷马的著名史诗。——译者注

② 《晚钟》的创作者是法国画家让-弗朗索瓦·米勒（Jean-Francois Millet，1814—1875年），他是法国近代绘画史上最受人民爱戴的画家。他那纯朴亲切的艺术语言，尤其被广大法国农民所喜爱。——译者注

只有造物主——“我，耶和华，必应允他们。这是耶和华之手所造，是以色列的圣者所创。”

用同一个标准衡量大雁的音乐和艺术，是否不够庄重？我想不会，因为真正的猎人也是个艺术家，尽管他的艺术不具备创造力。在法国的岩洞中，是谁在兽骨上画下了第一幅图画？是猎人。在现代生活中，是谁在看到美丽生灵时会为之兴奋，并忍饥受冻目不转睛地追随？也是猎人。再试想，是谁写下伟大的猎人诗篇，歌咏那些令人惊叹的风雪、冰雹、星辰、闪电、云朵、狮子、鹿、野山羊、渡鸦、雁和雕，又是谁写下了有关马的颂词？是工作——有史以来最伟大的戏剧艺术家之一。诗人歌颂大山，猎人攀登大山，形式有别，原因却是一个——对于美的陶醉。评论家描写动物，猎人智取动物，原因也是一个——把美据为己有的渴望。而两者的区别主要是在程度、意识和语言上，而语言是划分人类行为最狡诈的裁判。如果我们的生活中可以没有大雁的音乐，那么同样可以没有星辰、落日或《伊利亚特》。但问题是，如果没有这些东西，我们只会成为白痴。

从道德和宗教的层面上看，野生动物有什么价值呢？我听过这样一个故事，它讲述了一个男孩从一个无神论者到信仰上帝的转变过程。因为他看到一百多种属于刺嘴莺科的鸟儿，每种都如彩虹般绚烂缤纷，而且每年这些鸟的迁徙旅程都要飞越数千英里。虽然科学家对这些鸟进行了清晰描述，但未必真正了解过它们。在千百万年中，各种元素要经过怎样的偶然结合，才能产生如此美丽的鸟儿？又有哪种基因突变理论可以解释，刺嘴莺为什么是天蓝色的，画眉鸟为什么要晚上祈祷，大雁的音乐为什么如此委婉？与许多采取了归纳法的神学家相比，这个男孩的信仰更加坚不可摧。将来还会有许多男孩来到世间，像以赛亚[①]那样“看见、知道、思考，进而明白，这是主的手所做”。然而，在哪里能让他们看见、知道或思考呢？难道是在博物馆吗？

与其他户外活动相比，狩猎和钓鱼会对人的品格产生什么独特的影响呢？我在前面已经提到，对狩猎和钓鱼的渴望是心灵深处的东西，既出自人的本能，也为了利益竞争。鲁滨逊的儿子没见过网球拍，不打网球也照样生活，但可以肯定的是，不论有没有人教他，他都会打猎或钓鱼。因此，就对主观方面的好处而言，不能说打猎或钓鱼更具优越性。那么究竟什么对于性格的形成更重要呢？对这样问题的探讨估计会永远持续下去，就像讨论在学校里是男孩更优秀还是女孩更优秀一样。我不想在此多费笔墨，只想强调有关狩猎值得重视的两个方面。第一，户外活动的伦理规范并非固定不变，而是由个人来确立并遵守的，只有上帝才有资格对其进行仲裁。第二，传统意义上的狩猎需要借助狗和马，然而，在我们这个依靠汽油驱动的文明社会里，最大的缺憾之一，就是缺乏驾驭猎犬或骏马的经验。过去的人们认为，不了解狗和马的人算不上绅士，这种看法的确蕴含着很多道理。在西方，对动物的虐待行为受到众人唾弃。这种判断本性的方法早在“性格分析”出现之前就已被普遍用于养牛地区。而该方法会被一直采用下去，我们认为它比“性格分析”更加靠谱。

不过，证明一种东西比另一种东西更好，意义并不大。重要的是在美国大概有六百万到八百万人喜欢狩猎和钓鱼。对狩猎的狂热是这个种

① 以赛亚，出生于公元前8世纪，亚摩斯之子。基督教和犹太教都尊奉他为圣人和先知。是圣经《以赛亚书》中的主要人物，传统上认为他是该书的作者。——译者注

族的通病。任何促使人们前往户外的诱因都能使这个种族受益，而对这些诱因的损害则会使这个种族受到伤害。因而，如何对抗这种损害成了一个社会问题。

总之，我是天生的狩猎狂，也是三个儿子的父亲。他们年幼时，总是把充当捕猎的诱饵当玩具，还拿着木头枪在空地上乱跑。我希望他们拥有强健的体魄，接受良好的教育，甚至掌握独特的技能。不过将来，如果山里不再有鹿，树丛中不再有鹌鹑，草地上不再有轻唱的鹬，他们又该如何发挥这些特质呢？或许有一天，当黑夜降临沼泽时，再也听不见赤颈凫的尖叫声和绿翅鸭的嘎嘎声；当晨星在东方泛白的天空中渐渐隐没时，再也看不见乘风翱翔的飞鸟；当黎明的微风吹过古老的杨树林，当柔和的晨光自山丘而下，轻轻撒向古老的河岸，悠然漫过宽广的褐色沙洲时，再也没有大雁的音乐。倘若如此，他们该怎么办？

第四部分　结论

土地伦理

土地伦理

天神般的奥德修斯在特洛伊战争结束后重返家园。他用一根绳子吊死了家里的十二名女奴，原因是怀疑她们在他离家时行为不轨。

他的做法在当时不会引起任何质疑。那些女孩是他的财产，对财产的处置方法过去和现在都一样，都只是考虑是否划算，无所谓对与错。

奥德修斯时代的希腊其实并不缺乏对与错的观念。在他的黑色船队终于驶过深暗如酒的海洋回到家园之前，他的妻子在漫长日子里坚持的忠贞足可证明这一点。当时的伦理结构涵盖了妻子，但并未涉及奴隶。此后的三千年里，伦理标准扩展到了行为规范的众多方面，单纯由是否划算来衡量的行为则相对少了。

伦理规范的演变

到目前为止伦理规范的扩展这一问题也只有哲学家研究过，但它实际上是生态进化的一个过程。这个过程既可以用哲学术语，也可以用生态学术语加以描述。从生态学的角度看，伦理规范是限制生存竞争中的行动自由的标准；从哲学的角度来讲，伦理规范是区分社会行为和反社会行为的标准。两种定义所指的是同一种事物，它源于相互依存的个体或群体进行合作的态势。生态学家把这种合作称为“共生现象”。政治和经济是高级的共生体，人们置身其中时，具有伦理内涵的协作机制就取代了原有的一些自由无序的竞争。

随着人口密度的增加以及利用工具能效的提高，合作机制的复杂性也日渐增强。例如，与对乳齿象时代的木棒和石头的反社会用途的界定相比，对汽车时代的子弹和广告牌的反社会性用途的界定就复杂得多。

早期伦理规范主要针对的是个体之间的关系，摩西十诫就是个例子。之后所增加的伦理规范则针对的是个人与社会之间的关系。金科玉律试图把个人和社会结合起来，而民主制度则试图把社会组织融入每一个个体。

目前尚未发现任何可以规范人与土地以及人与土地上动植物关系的伦理法则。土地就像奥德修斯的女奴一样，被人们视为财产。人和土地的关系仍然遵照经济法则，人们对土地只要求特权，而没有义务。

如果我对各种证据的解读是正确的，那么，把伦理规范扩展到人类与环境的关系这第三种要素中，在进化上是可能的，在生态上也是必要的。这是一系列步骤中的第三步，前两步已经完成。先知以西结和以赛亚时代以来的思想家们都坚持认为，对土地的掠夺既是不明智的，也是极其错误的。然而他们的信念还一直没有得到社会的认可。不过我把目前的这种自然资源保护运动视为激发这种信念的开端。

伦理规范可被看成应对生态形势演变的指导性规则，而这种形式如此新奇与复杂，以至于人们对此的反映还十分滞后，导致普通的个体无法看出社会采取了怎样的权宜之计。在多数情况下，个体应对形势变化往往是出于本能，而伦理规范或许是一种正在形成的群体本能。

群体概念

到目前为止，所有的伦理规则都建立在一个前提上，那就是个人属于群体，群体中的成员则相互依存。个人受本能支配，在群体中需要为了获得某种利益而参与竞争，而个人的伦理规范则促使他与其他成员相互合作（或许也是为了获得可供竞争的场所）。

土地的伦理规则扩大了群体的范围，把土壤、水和动物、植物等纳入其中，我们将这些统称为“土地”。

这些听起来很简单：难道我们不是已经唱出了对这自由的土地和美好的家园的爱和责任了吗？答案是肯定的，但我们喜欢的是什么？爱的又是什么呢？当然并非土壤，我们正让土壤狼狈不堪地流向下游；当然并非江河、湖泊或大海，我们十分明确，它们的作用只是转动涡轮、载船航行和冲走污水而已；当然也不是植物，我们已经心安理得地毁掉了整个植物群落；当然也非动物，我们已经灭绝了许多美丽的大型动物。土地伦理规范当然无法阻止对自然资源的改造、管理和使用，但它向人们表明，这些资源有权利继续存在，而且至少在某些方面，在其他自然形态下生存繁衍。

总之，在人与土地组成的群体中，土地伦理规则让人类的角色从土地征服者变成了它的普通成员和公民。这也就意味着个体对群体中其他成员以及对群体本身的尊重。

历史已经让我们明白（我希望如此），大多数征服者最终都是被自己打败的。为什么呢？因为征服者这一角色本身就意味着权威，并且知道是什么使群体运转，在群体的生活中什么有价值什么没价值，谁有价值谁没价值。但事实说明征服者对这些往往一无所知，这揭示了他们最终只能失败的原因。

在生物群落里也有类似的情况。亚伯拉罕[①]确信，土地的存在就是为了让他享受牛奶与蜂蜜的美味。现在我们对亚伯拉罕的观点产生质疑，而这种质疑的程度却与我们的教育程度成反比。

如今，多数普通人相信，科学能够解释什么能使生物群落的生命机理保持运转和延续。但科学家表明自己对此并不了解，他们认为生物群落相互制衡的结构极其复杂，也许人类永远不会完全了解其结构演变。

从生态学对历史的诠释来看，人类其实只是生物群中的一员。很多历史事件目前都还只是从人类活动的角度进行解释的，但这些事件实际上是人与其赖以生存的土地间的生物性互动的结果。决定事件的因素包括生活在土地上的人的特性，也包括土地的特性。

以密西西比河流域的开拓为例，在独立战争之后的那些年里，有三类群体相互争夺，试图得到对本地的控制权。他们是当地的印第安人、法国和英国的商人，以及美国的拓荒者。而这种形势导致的结果是，移民大量进入了肯塔基州的藤茎荒地。历史学家也不确定，如果底特律的英国人能给印第安人多一些支持的话，那么情况会有什么不同？让我们

① 《圣经》中希伯来人的始祖。——译者注

思考这样一个事实：在拓荒者的牛、犁、火和斧子所代表的不同力量的共同作用下，肯塔基州的野生植物变成了早熟禾苗。如果肯塔基州土地上原始固有的植物更迭，在这些力量的作用下留给我们的却是没有价值的苔草、灌木或杂草，那情况又会怎样呢？拓荒者布恩和肯顿还能撑下去吗？会不会有大批移民涌入俄亥俄、印第安纳、伊利诺斯和密苏里等州？美国政府会向法国买下路易斯安那州吗？会有一个横贯大陆各州的新联邦吗？南北战争还会发生吗？

肯塔基州只不过是历史长河中的一滴水。通常情况下我们都会被告知，人类在这场历史戏剧中要扮演什么角色，然而没有人告诉我们，人类活动的成败在很大程度上取决于土地对占有者施加的不同力量的反应。就肯塔基州的例子而言，我们甚至不知那些早熟禾苗来自何方，它们是本土的物种还是从欧洲偷渡来的。

假设我们做一回“事后诸葛亮”，把肯塔基州和西南部的情况一一进行比较，就可以看到那里的拓荒者同样勇毅、机智、坚韧。只是他们没有带来早熟禾或其他能抵挡过度开垦的植物。这个地区遭到放牧牲畜的蹂躏后，长出的矮草、灌木和杂草越来越没有价值，直至整个生态平衡被打乱。每一种植物的消失都会给土地带来一分贫瘠，每次新增的土壤流失都会加速植物品种的进一步减少，结果导致今日此地环境越来越严重的衰败。而植物和土壤损伤带来的是依靠它们生存的动物群的消亡。早期拓荒者并未预料到这些，甚至有人在新墨西哥州的沼泽区开挖水渠，结果加速了情况的恶化。自然演变是极其微妙的，人们无法察觉到，观光客则根本看不出来。在他们眼里，这个遭到破坏的地方仍然秀美壮观。（它的确仍然迷人，但是和1848年时的面貌相比已经差了很多[①]。)

在此之前这个地区曾经有过一次“开发”，但结果截然不同。在哥伦布之前的年代，普韦布洛印第安人就已在西南地区定居，而他们没有开发牧场放养牲畜。虽然后来他们的文明灭绝了，但那并非是因为土地衰竭的缘故。

在印度，人们在寸草不生的地方定居下来，而且显然没有破坏土地，这是因为他们采取了一个简单的办法：把草割下来喂牛，而不是让牛去找草吃。(我不知这种成功是源于单纯的好运气，还是深刻智慧的结果。)

总而言之，植物物种的更迭把握着历史的进程，而拓荒者也只是历史发展与演变的符号或表征。我们需要以这种态度来解读历史，这样的话，真正把土地视为群体的观念将会深入人心。

生态学的意识与良知

自然资源保护的含义是人与土地的和谐共存。虽然经过了近一个世纪的宣传，资源保护的进展依然缓慢，所取得的进展大多是书面上的执著和会议中空喊的口号。长久以来，我们仍然处在进一步退两步的状态。

解决这一困境最常见的做法是“加强资源保护教育”。没有人会对此提出异议。然而，需要加强的只有教育的力度吗？就教育的内容而言，其深度与广度是不是也需要加强呢？

① 1848 年 2 月，在美墨战争中失败的墨西哥和美国签订条约，割让包括加利福尼亚和新墨西哥在内的五十二万平方英里土地，此后美国移民大批涌入这一地区。——译者注

我们很难对自然保护教育的现有内容进行简明扼要的概括，但是依据我个人的理解，其内容大致是：遵守法律，公平选举，参加某个社团组织或机构，及在自家土地上实施对其有利的保护措施，其余的事情则留给政府。

这个方案是否过于简单，以致无法完成任何有价值的事情？它没有区分正误，没有规定义务与责任，没有号召人们付出与奉献，也不主张改变当前的价值观。在土地使用方面，它只主张开明的利己行为。这样的教育能带领我们走多远？有个例子或许可以提供些许参考。

1930 年时，除了对生态知识无知的人以外，所有的人都清楚威斯康星州西南部的表层土壤正在流失。1933 年，农场的人得到通知说，如果他们愿意在五年内采取某种补救措施，政府会派专业资源保护队协助他们，并提供必要的机械和材料。大部分人都接受了这一提议，但是，五年的合同期满后，这些措施也大多被抛到了脑后。农场主继续采用以往的耕作方式，因为这样会立刻带来明显的经济效益。

这让人们产生了另一种想法，如果农场主自己制订保护措施，他们或许能更快地认识问题。于是威斯康星州的州议会在 1937 年通过了《土壤保护区法令》。它实际上是在告诉农场主："如果你们自己制订土地使用的规则，政府将为你们提供免费的技术服务，为你们提供专用机械的贷款。每个郡都可以制订自己的规则，它们将具有法律效力。"几乎每个郡都迅速组织起来接受政府协助。但是，十年过去了，并没有看到哪个郡县制订出独立的规则。人们在等高条植、牧场翻新，以及撒石灰以控制土壤的酸性方面确实有明显的进步。但是，在圈起林地禁止放牧、退耕还林、集中放牧等方面没有丝毫进展。总之，农场主还是采用了那些能带来经济效益的做法，而无视了那些有益于生态群落却并不明显有助于收益的措施。

当有人问为什么没有制订出规则时，他得到的答案是人们尚未建立起自觉遵守规章的心理，教育必须先于规则。但是，实际上教育并未提倡人对土地履行高于利己主义的义务。最后的结果就是，我们的教育多了，但土壤少了，健康的森林少了，只有洪涝灾害仍和 1937 年时一样频繁。

令人费解的是，在改善道路、学校、教会和球队时，履行处于利己主义之上的义务和责任被视为理所当然。然而，在改善水土流失方面，在保护农场景观优美或多样性方面，履行这种义务却不被看成是理所当然，也从来没有人对此进行过严肃认真的讨论。和一个世纪以前社会伦理的情况相比较，土地使用的伦理规范仍然完全受控于经济上的利己主义。

总之，我们请农场主做些举手之劳的事情来保护他们的土壤，他们能做的也只有这些。农场主即便是把山坡上百分之七十五的树木砍光，把牛赶到林间空地放牧，并任由山坡上的雨水、石头和土壤一起流入江河湖泊，他依旧是受人尊敬的公民，只要他在其他方面做得得体就可以了。另外只要他在田地里撒上石灰，按照标准尺度种植庄稼，他就仍有资格得到土壤保护区的所有待遇和补贴。保护区是社会体系中富饶而美丽的部分，但是我们过于急于求成，因此没有告诉农场主他们的义务有多么重要，结果导致保护措施得不到正常的实施、运作和发展。如果缺乏良知，义务也就毫无实际意义，而摆在我们面前的问题就是如何把人的道德和良知运用到对土地的敬畏之中。

倘若我们在知识观念、信仰忠诚、博爱与敬畏等方面没有内在的反省和改变，在伦理规范方面就不会有重大改观。哲学和宗教都还未涉及自然资源保护这一领域，这完全可以证明，自然资源保护这一问题还尚未触及人类活动的基础。我们试图使自然资源保护工作成为家喻户晓、举手之劳之事，结果却使它变得极其琐碎并且微不足道。

土地伦理的替代品

当历史的逻辑需要我们提供面包时，我们却拿出一块石头，而且要费尽心思地解释石头和面包有多么相似。下面我将向大家介绍这样的"石头"，看它如何充当土地伦理的替代品。

完全以经济利益为出发点的自然资源保护体系的基本弱点是，该生态系统中的大多数成员没有经济价值，例如野花和鸣禽。在威斯康星州的二万二千种高级动植物中，是不是有百分之五左右被人们买卖、饲养、食用，或有其他经济用途，恐怕都令人怀疑。但是这些动植物是整个生物群落的组成部分。如果（正如我所相信的那样）生物群落的稳定性依赖于它的完整性，那么这些动植物就有继续生存下去的权利。

当某种没有经济价值的物种的生存受到威胁，而我们又碰巧喜欢它，我们就会找出某种借口并赋予它可观的经济价值。20 世纪初期，人们以为鸣禽会快速灭绝，所以鸟类学家立即采取救助行动。他们提出了一些无厘头的"依据"——例如，如果没有控制昆虫数量的鸟类，昆虫就会把我们吞噬。看来，为了让证据更有说服力，还必须得加上经济色彩。

今天重读这些托词令人痛心。虽然我们至今还没有土地伦理规范，但是至少在对待鸟类保护的问题上倾向于认同，也就是说人们普遍认为，无论鸟类是否能带给我们经济利益，它们都有生存下去的权利。

食肉类的哺乳动物、猛禽或以鱼为食的鸟类的情况也类似。生物学家曾经有些夸张地说，这些动物之所以可以生存是因为它们通过奉行弱肉强食、适者生存的自然法则来维持猎物的健康，它们为农场减少了老鼠等啮齿类动物的数量，它们只捕食不具经济价值的物种。在此，证据要想有效，同样必须与经济价值纠缠在一起。直到最近几年才出现了更客观的依据，大家普遍认为食肉动物是生物群的成员，人们无权为了某种真实或想象的既得利益而将它们灭绝。遗憾的是，对这种理智的观点人们还只是说说而已。在野外，他们正愉快地消灭着食肉动物，实际例子便是在国会、自然资源保护部门和各州议会的允许下，捕杀北美灰狼的运动正被大肆开展，而北美灰狼即将被赶尽杀绝。

某些树种生长缓慢或木材价格太低，于是被有经济头脑的林务官从森林这个群体中开除了出去。北美崖柏、美加落叶松、柏树、山毛榉和铁杉就是例子。欧洲林业在生态学上的发展更为先进。在那儿的每一种树种，哪怕没有什么商业价值，也会被视为本地森林群落的成员而被合理地保护起来。此外，人们发现山毛榉等树种对于增强土壤肥力具有很大作用。森林和构成森林的不同树种、以及地面上的动植物群之间，存在着某种客观的相互依存的关系，而这种客观关系又有其必然性。

缺乏经济价值有时不仅是某个物种或群体的特征，也是整个生物群落的特征。沼泽、泥沼、沙丘和沙漠都能说明这一点。对于它们，我们惯常的处理方法是把它们交给政府，作为保护区、遗迹或公园来管理。但困难的是，这些地区往往与较有价值的私有土地交织在一起，政府不可能拥有或控制这样零散分布的土地。最终只好任由它们大面积地消失。但是，如果土地私有者具有生态意识，那么他将自豪地成为这类地区中一个符合生态标准的有责任的监护人，这些地区也会使他的农场和社区更加秀美怡人。

在某些情况下，认为这些沼泽之类的荒地缺少经济效益的看法最后会被证明是错误的，但那也只是在这些地貌中的大部分都已消失之后的事了。一个最尴尬的例子就是，人们排干麝鼠沼泽后，时隔多年又开始把水重新灌回其中。

美国的自然资源保护工作有一种明显的倾向，那就是把土地私有者该做而没做好的一切工作都托付给政府。政府的所有权、经营权、补贴或管理，现在已经遍及林业、牧场、土壤和水域管理、公园和荒地保护、渔业管理以及候鸟保护，同时还在向其他领域扩展渗透。政府对自然资源保护所采取的措施大多数是恰当的、理性的，有些还是必不可少的。对政府的这些做法我高度赞同，事实上，我个人大半生的精力也都投入到了资源保护工作之中。但是在这方面仍然还存在着许多问题：这项工作的最终意义是什么？政府的基本税收足以使之应付繁杂的自然保护支出吗？政府的自然资源保护工作在多大程度上，像乳齿象一样，因自身体积过大而行动迟缓？如果要得到答案，就应该到土地伦理规范之中去寻找，或者到向土地所有者分派更多的责任中去寻找。

产业土地所有者和使用者，尤其是木材商和畜牧业者经常抱怨政府的所有权和管理范围扩展到了他们自家的土地上。但是，他们大都又不愿采用唯一可行的替代方法，即在自己的土地上主动合理地进行自然资源保护。

当你要求土地私有者为群体利益做些无利可图的事时，他只会摊开双手耸耸肩膀。如果需要他花钱的话，他的反应倒还可以理解，但是如果只需要他有些前瞻性、思想开明，或付出些时间，那他就不该犹疑，理应担当。近年来土地使用补贴的惊人增长，在很大程度上归因于政府设立的自然资源保护机构：土地部门、农学院和服务机构。我所知道的是，这些机构并未尽到对土地伦理开展教育和宣讲的责任。

总而言之，一种只建立在个人经济利益或利己主义之上的资源保护体系只能是令人绝望的平衡失调。它容易忽视并最终灭绝土地群落中那些缺乏商业价值的生物物种，而据我们所知，这些物种是整个生态体系能够健康运行的关键。然而有一种主观臆断认为，生物群的大钟在离开了那些无经济价值的物种以后，仍然可以正常运转。自然资源保护工作理应交给政府来做，结果导致政府的自然保护工作变得过于庞大、复杂而分散，最终让政府力不从心。

对这些情况，唯一显而易见的补救办法就是让土地所有者承担起对土地的伦理责任。

土地金字塔

一种伦理规范若要补充和指引人与土地的经济关系，就首先要把土地看成是一种生物机制。因为只有对能够看到、感觉到，理解、喜爱或信仰的东西，我们才会产生道德感。

自然资源保护教育经常使用的概念是“自然的平衡”。这个说法没有准确表达我们对土地机制认知的贫乏。理由太多，这里无法详述。一个更贴切的说法是生态学中使用的“生物金字塔”概念。我想先概述一下象征土地的金字塔，然后再从土地使用的角度探讨一下这个象征的含义。

植物通过太阳光照吸取能量，这些能量在生物体系里循环流动，生物体系可以用一个多层金字塔来比喻。金字塔的底层是土壤，之上依次为植物、昆虫、鸟类和啮齿动物，再向上经过不同的动物群，最终达到这个金字塔的顶层——大型的食肉动物层。

处于同一层次的物种的相似之处是它们的食物相同，这与它们的来源与外形无关。金字塔的每一层物种都是从下层获取食物和其他所需服务的，同时自己也是上一层物种的食物或服务提供者。每往上一层，动物的数目都随之递减。因此，每只食肉动物都要有下一层的数百只动物作为捕食对象，这些被捕食的动物又要有数千只可供其捕食的动物，数百万只昆虫，直至无数的植物来维持生存。生物系统的金字塔形式反映了从顶层到底层生物数量的递增规律。人类和熊、浣熊、松鼠同属中间层，既吃肉，也吃植物。

不同层级的物种之间互为食物的依存状态被称为“食物链”。“土壤—橡树—鹿—印第安人”这条食物链，现在基本已转变成“土壤—玉米—牛—农场主”的食物链。每个物种包括我们自己在内都是众多食物链上的一环。除了橡树，鹿还会吃上百种其他植物，除了玉米，牛还会吃上百种其他植物，所以两者都是数百条食物链中的一环。金字塔便是由这复杂而看似无序的食物链构成的。其整体的稳定性证明，这是个高度复杂而有组织的结构，其运作依赖各个部分的互相合作与竞争。

最初，生命的金字塔是低且矮的，食物链短而简单。随着物种的进化，金字塔层层增高，环环加长。在增加金字塔高度和复杂性的万千物种当中，人类也是其中之一。科学给我们带来了许多疑问，但至少有一件事情可以肯定：生物进化的趋势就是生物群的多样化和复杂化。

金字塔理论同样可以解释，土地不仅是土壤，也是在土壤、植物和动物中循环流动的能量来源。食物链是向上传递能量的活的通道，死亡和腐烂让能量回归土壤。而这个循环路线不是封闭的，一些能量在腐烂过程中被消耗掉，一些能量从空气中吸收进来，还有一些能量储存在土壤中、泥炭和历史悠久的森林里。循环路线是可持续的，就像慢慢增加的生命储备金一样。流向下坡的水总会导致能量流失，但损失极小，且可以从受侵蚀的岩石那里得到弥补。流失的能量储存在海洋之中，在一定的地质时期出现，形成新的土地和新的生命金字塔。

同树液流动依靠树木复杂的细胞组织一样，能量循环流动的速度和特质取决于动植物群的复杂性。如果没有这种复杂性，即使是最普通的循环可能都不会发生。所谓“结构”是指各物种成员的特定数量、种类和作用。土地作为能量单位如果要顺利发挥作用，就离不开本身结构的复杂性，二者之间存在着相互依赖的关系，这是土地的基本特征之一。

如果循环体系的某一部分出现变化，那么体系中的其他很多部分就必须做出相应的调整。变化不一定会阻碍或改变能量流动。生物进化本身就是一系列漫长而自发的变化，最终结果是使能量的流动机制更加复杂，或循环路线更长。不过，自然进化带来的变化通常是缓慢的、局部的。而那些迅猛、广泛、前所未有的改变，则是由人类发明工具带来的结果。

改变之一是动植物群的成员组成。大型食肉动物从金字塔的顶端被剔除；食物链历史上第一次缩短而非加长。野生物种被外来的驯化物种取代，被迫迁移至新的栖息地。在动植物群世界范围的整合中，一些物种因为越界而成了有害生物，另一些物种则因为各种原因而被消灭。这一切的结果往往难以预料，其中无法预知而且常常难以追踪的主要就是体系结构的再调整。农业科学在很大程度上就是新害虫与控制害虫的新技术之间的竞赛。

另一种变化涉及能量经过植物、动物最后回归土地的过程。土壤具有吸收、储存和释放能量的能力，即“肥力”。如果农业发展透支了土壤的能力，过多地以驯养物种替代原有物种，可能会破坏能量流动的秩序，或者耗尽贮存的能量。能量或维系土壤的有机物耗尽后，土壤流失的速度会比形成的速度快，这就是土壤侵蚀。

水和土壤一样，是能量循环的组成部分。工业生产造成的水污染或者筑坝拦水，都可能会排除那些维持能量循环所需的动植物。

交通运输方式的改变给生物群带来了另一种根本的变化。在某一地区生长的动植物如今会在另一个地区被消费，并回归到另一个地区的土壤中。运输工具提取一个地区岩石和空气中储存的能量，然后把这些能量带去别的地方使用。同样的例子，海鸟从赤道另一边大海里的鱼身上提取了氮元素，而我们却用这些鸟产出的粪肥给菜园施肥。以往的能量循环是区域性的、自给自足的，如今已经拓展至世界规模。

金字塔中贮存的能量会在人类改造它的过程中释放出来。在拓荒时期，这种能量释放往往造成假象，似乎不论是野生动植物还是驯养的动物、栽培的植物都生机盎然，欣欣向荣。这种生物资本的释放，会在短时间内掩盖或延缓因迅猛改变而招致的大自然的惩罚。

对土地作为能量循环的简要介绍表达了三个基本观念：

（1）土地不仅是土壤；

（2）本土的动植物能使当地能量的循环保持顺畅、生生不息。外来的动植物未必能做到这点；

（3）人类活动对自然造成的改变与自然进化本身带来的改变不同，其影响更加深远，远远超出了预期。

这些观念引发了两个根本问题：土地能对自身进行调节以便适应人类带来的变化吗？我们能采取温和的方式来达到改造自然的目的吗？

不同的生物群落所承受剧烈转变的能力不尽相同。比如说，西欧的生物能量金字塔已和恺撒当年在那里发现的金字塔大不相同了。大型动物在生物群中消失；湿润的森林变成草地或耕地；很多新的动植物被引进，其中有些流散成为有害生物；存活下来的当地动植物在分布和数量上发生了很大变化。然而那里的土壤仍在，并无流失。外来的肥料使土壤仍然保持肥沃；水在正常流动；新的金字塔结构似乎在发挥作用，并未造成能量循环系统的紊乱。

因此，西欧的生物群落是具有抵抗力的。它的内部运行秩序强健而富有韧性，而且抗压能力很强。至今为止，不论改变有多么猛烈，那里的金字塔都能调节出某种新的妥善方式，从而使西欧适合人类及当地的其他大部分动植物生存。

另一个例子是日本，那里的生态秩序似乎也没有因为激烈的转变而瓦解。

其他文明地区大都呈现出能量结构瓦解的情况，具体表现为从早期征兆到后期的恶性耗损的各种情况，一些几乎未受文明影响的地区也是如此。小亚细亚和北非的情况因气候变化而显得紊乱，气候变化可能是能量结构耗损的原因，也可能是结果。在美国，各地区的结构瓦解程度都不同，最严重的是西南部、奥扎克山脉和南部的部分地区，新英格兰和西北部地区最轻微。在情况不太严重的地区，如果对土地进行合理使用的话，是可以抑制能量结构瓦解的。在墨西哥、南美洲、南非和澳大利亚的一些地方，激烈迅猛的能量损耗正在展开，但我无法预料其前景。

这种几乎遍及世界的土地生态机能紊乱状况与动物肌体患病类似，只不过前者不会像动物那样将彻底解体或死亡作为终结。土地可以自我恢复，然而土地机能的复杂性会减弱，它对人和动植物的承载能力也会降低。许多目前被视为“具有蓬勃生机”的生物区，比如南美洲的大部分地区，实际上已经是在依靠剥削性的农业来生存了，或者说，那里的土地承载量已经超过了极限。

在干旱地区，我们试图通过垦荒来抵消土地能量耗损的过程。但明显，垦荒工程的预期寿命往往不会很长。在美国西部，最长的垦荒过程可能也维持不了百年。

历史演变和生态学数据似乎可以共同支持一个普遍性的推论：人类对自然改变的程度越是低，金字塔结构的重新调整就越有可能成功。人口密度不同，改造活动的强烈程度也就不同。越是人口稠密的地区，改造活动就越猛烈。因此，如果北美能设法限制人口密度，就应该比欧洲更易于维系金字塔能量结构的稳定。

这一推论与我们的现行观点背道而驰。最常见的观点认为，人口密度小幅提高，就会让人类生活更加丰富，因此人口密度的无限提高会使人类生活变得无限丰富。生态学认为，人口密度和人类生活的正比关系是有限的，人口密度提高的所有收益都受到报酬递减律的制约。

不论人类和土地的关系方程式是什么，我们目前都还无法知道与方程式有关的所有参数。最近在矿物质和维生素方面的发现，揭示了在能量自下而上的循环中存在一些人们预想之外的依赖关系：一些极其微量的物质决定了土壤对于植物以及植物对于动物的价值。那么自上而下的循环呢？那些正在消失的物种，被我们视为美学享受而加以保护的物种呢？它们曾帮助培育了土壤，对土壤的维持又有哪些我们想不到的不可缺少的作用呢？韦弗教授建议我们利用草原野花，去重建干旱尘暴区遭到破坏的土地。但有谁会知道将来有一天，我们会出于什么样的目的来利用鹤、秃鹫、水獭和灰熊呢？

土地的健康和有关分歧

因此，土地伦理反映出的是生态意识，而生态意识则反映出一种承担个人责任保护土地健康的信念。土地的健康指土地自我更新恢复的能力，自然资源保护则是我们对它的认知理解以及为保护它所做出的努力。

众所周知，资源保护主义者之间存在着意见分歧。从表面上看，这让人困惑，但在仔细观察后就会发现，在许多专门领域中都存在着对同一问题的分歧。我们将分歧分为 A 组与 B 组。A 组的人认为土地就是土壤，其功用就是生产商品；B 组的人认为土地是生物体系，有更广泛的功用，但是广泛到什么程度，没人能说得清楚。

我自己的研究领域是林业，其中 A 组的人认为种树就要像种卷心菜一样，因为木纤维是林业的基本产品。他们并不反对对自然的掠夺式的改造，他们对土地的改造意识是种植式的。B 组的人则认为，林业和农业具有根本差异，因为林业利用的是自然物种，是管理这个自然环境而非人工创造环境。B 组的人原则上倾向于自然地再生产，由于生物和经济两方面的原因，他们既担心栗树等物种的消失，也担心北美乔松可能灭绝。让他们担忧的还有所有次生林的功能，包括野生动植物、休闲娱乐、湿地、荒野地区。我个人认为，B 组已有了生态意识。

在野生动物保护的领域里也有类似分歧。A 组的人认为，动物的基本功能是为人们提供娱乐和肉食，评价标准是雉鸡和鳟鱼的捕获数量。如果单位成本允许，人工繁殖就是目前乃至永久的可行手段。而 B 组的人则担心生物体系中的所有附加值问题：那就是在生产猎物时，食肉动物方面会付出什么代价？我们是否应该依靠外来的物种？山林管理怎样才能恢复日趋减少的物种群，例如几乎没有希望再捕到的草原榛鸡？如何保护生存受到威胁的禽类，例如濒临消亡的黑嘴天鹅和美洲鹤？管理办法能否扩大到野花上？可以清楚地看到，这与林业的情况一样，野生动物的领域中也同样存在着两种分歧。

在范围更广的农业领域，我没有发言权，但在这个领域里似乎也存在类似的分歧。在生态学诞生之前，科学耕作就已开始发展，因此可以预见，生态学观念深入人心大概还需要一个漫长的过程。此外，由于农业技术的生产特性，农场主改造生物体系的活动必然比林业人员或野生动植物管理者要更彻底。不过农业界也存在对现状的不满，这些不满似乎会带来“生态耕作”的新的农业发展理念。

在这些现象中最重要的或许是一种新证据的出现：农作物的产量并非衡量农产品营养价值的标准，肥沃土壤上的产品在质量和数量上可能更优良。在耗尽肥力的土壤中，我们可以通过施肥来增加农产量，但是不一定能增加作物的营养价值。这种观念可能会引来诸多质疑，因此我把解释工作留给更有能力说明的人。

不满农业现状的人竭力推崇"有机耕作"，虽然存在对有机产品的盲目崇拜，但是他们强调土壤对动植物群的重要意义，在理念上是符合生态学的。

和土地利用的其他领域一样，人们对农业的生态基础了解少之又少。就连受过教育的人也几乎不知道，在过去几十年里，技术上所取得的惊人进步仅仅是在改善抽水设备上的成就，而不是在保护水源生态方面。这些技术仅能勉强抵消每一英亩土壤中肥力的下降。

在上述所有分歧中，我们可以看到若干对基本矛盾反复出现：作为征服者的人类与作为生物群的人类；用来磨砺人类武器的科学与用来探索宇宙的科学；以及作为奴仆的土地与作为有机整体的土地。在这个时候，罗宾孙[①]对特里斯特拉姆的告诫恰好适用于地质时期的物种之一——智人的身上：

> 不论愿意与否，你都是君王，
> 因为你，特里斯特拉姆，
> 是经过时间考验的少数人之一，
> 这些人离去前都将改变世界的模样。
> 想想你会给世界留下什么。

① 埃德温·阿灵顿·罗宾孙（Edwin Arlington Robinson，1869—1935），美国诗人，此处所引诗句出自长篇叙事诗《特里斯特拉姆》（Tristram），该作品曾获普利策奖。——译者注

展望

我在此坦言，如果没有对土地的热爱、敬畏和赞赏，或者不能高度重视土地的价值，那么人和土地间的伦理关系就不可能存在。当然，我所说的价值远比单纯的经济价值更广，我指的是哲学意义上的价值。

或许阻碍土地伦理发展的最大障碍就是：我们当下的教育和经济体系与提高土地意识南辕北辙。许多媒介和无数的物质设备使现代人与土地分离，不再有生死相依的关系。在现代人看来，土地是城市之间生长着农作物的地方。假使在没有高尔夫球场或风景区的土地上自由生活一天，他们都有可能觉得无聊透顶。如果农作物可以在液体中而非土地中栽培出来，他们会觉得妙不可言。对他们来说，人造的仿制品完全可以替代木材、真皮、羊毛和其他天然的土地产物。总之，他们认为土地已经不再重要、可有可无了。

土地伦理遇到的另一个问题几乎同样难以解决，那就是农场主的态度。因为农场主仍把土地视为敌人或奴役他们的工头。从理论上讲，农业机械化应该起到减轻农民负担的作用，但是事实如何还有待研究。

要想从生态学的角度认识土地，首要条件就是懂得生态学，但生态学却无法和教育同行。实际上，高等教育似乎往往有意回避生态的概念。当然，关于生态学的知识不一定都出自生态学的课程本身，也可能来自地理学、植物学、农学、历史或经济学等，事情也本该如此。然而不论是什么名称的课程，涉及生态学知识的内容都十分有限。

若是没有那些敢于挑战“现代化”潮流的少数人士的积极努力，弘扬土地伦理的道德思想似乎毫无希望。

如果要让土地伦理规范快速顺利地发展，关键的一点就是，不能单纯地把土地使用视为经济问题。除了从经济使用性角度来考虑外，还要从伦理和美学的正确性角度来考虑所有的问题。土地开发如果有助于维护生物群的完整、稳定和美感，就是正确的，否则就是错误的。

不言而喻，我们可以为土地做什么和不可以做什么，受到经济利益可行性的限制。过去如此，将来也如此。但认为经济决定一切土地的使用显然是错误的。对这长期制约我们的谬误我们必须摒弃。大多数人对土地的行为和态度，以及和土地的全部关系，都取决于土地使用者的品位和喜好，而与其钱包无关。大多数土地关系都取决于投入的时间、远见、技能和信心，而不是金钱的投资。从土地使用者对待土地的观念，便能判断他的为人。

我力图把土地伦理描述成社会进化的产物，因为像伦理规范这样重要的东西从来不是由人写出来的。只有最浅薄的历史学者，才会以为“摩西十诫”是摩西写的。摩西十诫原本是群体智慧共同思考的结果，摩西只不过是为某次“研讨”写了暂时的摘要罢了。我说“暂时”，是因为进化发展永不停息。

土地伦理规范的发展过程既属理性也属感性。许多措施为自然资源保护铺平道路，结果可能却没有奏效，甚至带来危险，原因在于对土地或土地使用中的经济导向缺乏批判性地了解与认知。我认为，当伦理的界限从个体扩展到群体时，理性的内涵就随之增加了。

任何一种伦理都有相同的运作机制，那就是社会对正确行为的肯定，以及社会对错误行为的否定。

总之，我们目前面对的问题是态度问题。我们使用挖土机改建阿尔汉布拉宫，并为我们的高效进展感到骄傲。我们很难放弃挖土机这种工具，毕竟它有许多优点，但我们需要以更温和、更客观的标准，来明确它的得失利弊。

荒野

荒野是人类用来打造文明这一产品的原材料。

荒野从来不是单一、均衡的原材料。它极其多样，因此生产出的人造制品也是多种多样的，而成品之间的差异就是人们所说的各种文化。异彩纷呈的世界文化反映出生成这些文化的荒野同样是多姿多彩的。

有史以来，人类首次面临两种迫切的变化。其一，荒野即将从地球上适宜人类居住的区域消失；其二，现代交通和工业文明将带来世界范围的文化融合。二者无法避免，或许也不应避免。然而问题是，我们对即将发生的变化能否进行些许改变，从而保留某些即将逝去的价值？

对于正在挥汗劳作的人们来说，铁砧上的原料就是等待被征服的对手。同样，对于拓荒者而言，荒野就是他们的对手。

然而，对于休息之余能够暂时用哲学家的眼光看待世界的劳动者来说，这待加工的原料给劳动者的生命赋予了内涵和意义，因此也值得他爱戴和珍视。所以，这完全是个祈求：请将最后残存的荒野像博物馆展品一样保存下来吧！总有一天，那些希望感受或研究自身文化传统根源的人，会从残存的荒野中得到启迪。

残存的荒野

最初的美国是在形色各异的荒野上被开拓出来的，但如今这些荒野大多已经消失。而实际规划中想保留的残存荒野，无论在规模上还是在程度上都必然与从前迥异。

如今再没有谁能看到长着高草的大草原，尽管那草原的花海曾轻抚过拓荒者的马镫。如果还能在周边找到四十英亩大的方块地，让草原植被作为物种在那儿保留下来，我们就知足了。这类植物曾多达上百种，许多都秀美艳丽，还有的着实美艳绝伦。只可惜这里的土地所有者对它们中的大多数都一无所知。

矮草平原倒还保留了一些。卡比萨·德·瓦加[①]曾在矮草平原上从野牛肚皮下远眺地平线，如今草原虽然遭到牛羊的啃食和旱田耕作的破坏，但仍在各地残留了上万英亩的矮草平原。如果可以在州议会大厦墙上为 1849 年到加州淘金的人树碑立传的话，那么几个大草原保护区是否也该为淘金者大举迁徙的历史留下纪念呢？

如今再也没有谁能看到大湖之州[②]的原始松林、海岸平原的低洼林地或方圆辽阔的硬木林。现在，每种林地只要能残留几英亩作样本，我们就知足了。不过还有几片上千英亩、大小不等的枫树和铁杉林，还有规模相当的阿巴拉契亚山的硬木林、南方的硬木林泽和柏树林泽，以及

① 卡比萨·德·瓦加（Cabza de Vaca），西班牙探险家。——译者注
② 美国密歇根州。——译者注

阿迪龙达克山脉的云杉林。但是这些残余的荒野将来也难逃被乱砍滥伐的灾难，更难躲开观光道路建设所带来的破坏。

荒野萎缩最迅速的地方是海岸线一带。在太平洋和大西洋沿岸，日益增加的农舍和观光道路夺走了那里的原始生态。苏必利尔湖如今也在丧失五大湖区未被开发的最后一大片的湖岸线。再没哪种类型的荒野会比沿岸地区更具历史性，也没有哪种类型的荒野比沿岸地区更接近消失的边缘。

在落基山脉以东的所有北美地区，只有一处较广阔的地域作为野地保护区被正式保留下来，即位于明尼苏达州和安大略省的奎蒂科-苏必利尔公园。这个秀美壮丽的独木舟地区，河流湖泊纵横交错，大半位于加拿大。它的面积大小也是由加拿大说了算的。但最近它的完整性受到了两方面的威胁：一是由提供水上飞机服务的钓鱼度假区的迅速发展；二是关于管辖权的争论，即位于明尼苏达州的部分应该完全属于国家森林部门，还是部分归该州所有？整个地区都面临蓄水发电的危险。而令人惋惜的是原生态支持者之间的争议与失和，这可能导致权力最终落入那些“执鞭者”之手。

在落基山脉纵贯的各州，数十处国家森林被保留为荒野，其面积从十万英亩到五十万英亩不等，并且禁止修建道路和旅馆，也不允许有其他不利于原生态保护的使用。国家公园也采纳了这一原则，但还没有明确划定保护界限。这些联邦属地都是荒野保护规划的重点，但这还达不到如使人信服的白纸黑字那般的可靠程度。当地新建旅游道路的需求，使野地东一块，西一块地被肢解。为了控制森林火灾，道路也不断延伸，最后逐渐形成公路。人们也会利用资源保护队闲置的营地修建新的，但往往是没有用处的道路。由于战争期间的木材短缺，不论合法与否，许多道路都被扩建成为军事要道。目前，许多山区正在大肆修建滑雪索道和旅馆，这些地区此前已被指定为荒野保护区一事早被人们抛在脑后。

侵占荒野的最不厚道的手段之一就是控制食肉动物的数量。其做法是，为了保护大型猎物而除掉荒野里的狼和狮子。然后，大型猎物（通常是鹿或赤鹿）迅速繁衍，几乎啃光所有的草木，这样就鼓励猎人去捕捉过剩的猎物。可是，现代猎人不愿到汽车无法到达的地方，因此修建通往捕猎区的公路便是必要之事了。野地不断被道路分割、蚕食，而这种情况还会持续下去。

落基山脉的荒野地区涵盖多种生态林，从西南方的刺柏属到俄勒冈州“一望无际、绵延起伏的森林”。不过这个地方缺少荒地，或许是因为某种还不成熟的美学只把湖泊和松树定义为风景的缘故吧。

在加拿大和阿拉斯加，仍然有广阔的处女地。
在那儿，无名者沿着无名之河徜徉，
陌生的山谷中，孤独面对难以预知的死亡。

这类未开垦并具有代表性的地区能够而且也应该被保存下来，尽管许多地区不仅缺少经济价值，甚至还对经济起到了负面的影响。当然会有人提出，没必要为这一目标刻意制订规划，最后总会有足够的荒野留存下来。但是，近来的所有历史事实皆证明，这一想法堪称海市蜃楼，毫无实现的可能。就算野地能够保存下来，那么寄生在野地上的动物群呢？北美丛林驯鹿、几种大角羊、纯种的森林野牛、荒地灰熊、淡水海豹和鲸等很多动物目前已经面临灭绝的危险。如果失去了富有灵性的动物群，荒野的存在又有什么意义呢？一些社会组织和开发集团正在积极筹划极北荒地的工业化，涉及领域更广泛的发展计划也在运作之中。目前尚未出台针对极北荒野地区的保护措施，它尽管仍然广袤，但面积已经开始缩小。

没有人知道，加拿大和阿拉斯加能在多大程度上认识到问题的严重性，并能抓住机会。然而任何想使荒野永久留存的努力，通常都会遭到拓荒者的嘲笑。

供休闲的荒野

数百年来人类为生存而进行的肉体博弈，一直以来都是一种经济行为。当这种博弈形式消失后，作为人类的本能，我们用体育活动和竞赛的形式将它保留了下来。

人和动物之间的自然格斗也是一种经济行为。如今这种搏斗表现在狩猎和钓鱼这些消遣活动中。

对于更加阳刚、更具原始意味的拓荒旅行与生存技能来说，公共荒野区域则是以消遣的形式将之永久保存下来的首要场所。

这些技能有的已普遍推广，具体内容在调整后已经适应美国的情况，但技能本身，例如打猎、钓鱼和徒步旅行等，则是世界相通的。

然而有两种技能就像美国山核桃树一样是美国的“土特产”。其他地方也有人进行效仿，但它们只有在美国大陆才能被发挥到极致。一是划独木舟旅行，一是跟随马队旅行。不过两者都已退化，如今，哈德逊湾的印第安人有了小汽船，登山者也有了福特汽车。假如我必须依靠独木舟或驮马维持生计的话，大概也会接受用汽船和汽车来减轻劳作的辛苦。然而为了消遣而到野外旅行的人，如果发现自己必须得和那些机器争高下的话，只会倍感沮丧。在众多汽艇的包围下扛着独木舟上岸未免愚蠢，在一间夏日旅馆的草地上放马吃草未免滑稽，如此还不如待在家里。

荒野地区首先为野外旅行的原始艺术提供了庇护所——特别是划独木舟和跟随马队旅行。

有人会争辩是否需要保留这些原始艺术。我不想进行任何辩论。对于这些原始艺术，要么你去了解透彻，要么你就抱持陈腐的观念。

欧洲人的狩猎和钓鱼活动则不同，他们缺少美国式的在荒野旅行中保存下来的东西。欧洲人会尽量避免在林中宿营、做饭或做其他事情。他们把琐碎的事情交给捕猎人和仆人，他们的兴趣不在于享受荒野情趣，而在于感受野餐的氛围；野外捕猎的技能较量主要还是看捕到的猎物或鱼。

有人谴责野外活动“缺乏民主”，因为和高尔夫球场或旅游区相比，荒野所能承载的消遣活动很有限。这种论调的谬误在于在把大规模生产的理念用在了抵抗大规模生产的事物上。休闲的价值与数字毫无关系。休闲在价值上应和人们所感知的强度成正比，也应和它迥异于日常生活的程度成正比。照此看来，依赖机械的休闲活动顶多是索然无味的消磨时间罢了。

机械化的消遣娱乐已经占据了十分之九的山林。剩余的十分之一应该献给荒野，这也是为了对少数派表示起码的尊重。

为科学所用的荒野

有机体最重要的特征就是保持健康，即在内部自我恢复与自我更新能力。

两种有机体的自我更新过程会受到人类的干预和控制，一是人类自身（通过医药和公共卫生），一是土地（通过农业和自然资源保护）。

人类控制土地健康的努力目前未见成效。如今所有人都知道，如果土壤不再肥沃，或者流失的速度超过其恢复的速度，或者出现不正常的洪涝或干旱，那么土地就得病了。

人们同样也看到了土地其他方面的失调现象，但却没有将这些视为土地生病的症状。尽管人们已采取措施努力保护，但某些动植物还是不明原因地消失了；尽管人们已努力控制，某些害虫还是泛滥成灾。我们对这些现象无法做出简单解释，因此必须视之为土地有机体生病的症状。这些情况频频发生，我们无法把它们归为进化的正常现象。

我们对土地病症采取的主要还是局部的处理方法，这反映出我们对问题的片面认识。土壤若是没有了肥力我们就施以肥料，或者最多改变所种植物和所养动物的品种。我们从未想过，构建土壤的野生动植物对于保护土壤可能同样重要。例如，最近人们惊奇地发现，优质烟草的收成取决于土壤此前是否生长过野生豚草。我们并没想到这种生存的依赖关系在自然界中是普遍存在的。

土拨鼠、黄鼠或田鼠增殖成灾时，我们就把它们毒死，而不去寻找引起它们数量激增的外部原因。人们理所当然地认为，动物造成的麻烦都应归咎于动物。尽管最新的科学证据表明，植物群失衡是啮齿动物成灾的真正原因，可遗憾的是几乎没有人沿着这一思路继续深入地研究下去。

在许多人工林里，原本生长着三四棵树的地方只能存活一两棵树。原因何在？善于思考的林务官知道，原因或许不在于树本身，而在于土壤中的微生物群。与土壤中的这些微生物群被破坏的时间相比，要恢复它们需要更长的时间。

自然资源保护的解决方法多数都是敷衍的、表面的——控制洪水的大坝和引发洪水的原因不相关联；拦河堤坝和梯田并未触及土壤流失的根源；维持猎物和鱼类供应的保护区和养殖场，解释不了为何时常无法提供足够的供给。

总之，种种迹象表明，土地和人体一样，病症发生在某个器官，而病因可能是在于另一个器官。我们采取的自然资源保护的举措在很大程度上只是局部缓解生物体的病痛而已。这些措施有其存在的必要性，但是这不等于说它们能够治愈疾病。我们在积极推行土地治疗术，然而真正意义上的土地健康学还未产生。

土地健康学首先需要的是土地常态的基本数据，需要作为有机体的土地的健康示意图。

我们有两个可供参考的范例。是东北欧，尽管人类已在那儿居住了几百年，那里的土地机能仍然大体保持常态。据我了解，那里是唯一没有遭到破坏而能吸引我们进行研究的区域。

还有一个经典的例子，就是荒野本身。古生物学以充分的证据说明，在漫长的地质年代，荒野一直自给自足地维持着自身的生态平衡，灭绝的物种不多，荒野的自然状态也没有失控，气候和水形成土壤的速度与侵蚀土壤的速度大致相当或是更快。因此，荒野作为研究土地健康的实验室，具有出人意料的重要性。

我们无法在亚马逊河流域研究蒙大拿州的土地生理机能。每个生物区都必须有其自身的荒野，供人们对使用过的和未使用过的土地进行比较研究。当然，如今除体系失衡的荒野外要挽救更多的东西已为时过晚，而残留的荒野也过于狭小，土地各方面的常态已经得不到全面的体现。即使那些占地一百万英亩的国家公园都不够大，无法满足食肉动物掠食的需要，也无法控制家禽牲畜带来的动物疾病。于是，黄石公园失去了狼和美洲狮，导致那里的植物群正在被赤鹿毁灭，特别是冬季的植被更是濒临灭绝。与此同时，疾病也造成灰熊和大角羊的数量急剧缩减。

尽管面积最大的荒野地区也出现了部分失衡的情况，生态学研究者J. E. 韦弗仅观察了几英亩的野地就发现了问题：为什么草原植物群比取代它们的农作物更耐旱。韦弗发现，草原植物在地下进行“团队合作”，用根系覆盖土壤各层，农业轮作的植物则把根系过于集中在某一层土壤中而忽略其他各层，这样就会出现缺水现象。韦弗的这一研究揭示了重要的农业耕作原则。

同样，也只是在几英亩的野地中，研究者托格瑞迪亚克发现，长在田地里的松树永远无法像原始森林土壤上生长的松树那样高大且不怕风吹，因为后者的根是沿着古老根茎的路线扎下去的，因而能扎得更深。

在很多情况下，除非把荒野和患病的土地进行对照，否则我们很难了解健康的土地会有多么出色的表现。根据大多数早期在美国西南部旅行过的人的说法，山中的河流本来非常清澈。但人们对此仍然怀疑：他们是否只是偶尔在某个最好的季节看到了这些河流？防治土壤侵蚀的工程师一直没有这方面的基本数据，直到有人在墨西哥奇瓦瓦地区的马德雷山发现了这样的河流。因为害怕印第安人，这一地区从来没人放牧或从事其他活动，河水在最混浊的时候也只是淡淡的乳白色，完全能看清抛下的鳟鱼鱼饵。河流两侧的堤岸布满了青苔，而亚利桑那州和新墨西哥州的这类河流则大多布满鹅卵石，不长苔藓，边上没有土壤也不长树木。一个值得考虑的睦邻合作计划是，通过建立跨国性的实验站来保护和研究马德雷山的荒野，并以此为治疗美墨边界两边土地的试点。

总之，所有的荒野地区不论大小，都可以成为土地科学研究的标准。它们的这种价值表明，为人提供郊游休闲并非荒野的唯一用途，甚至不是其主要用途。

野生动植物的荒野

要保护大型掠食动物的生存繁衍，只靠国家公园是远远不够的。看看大灰熊的濒危境地和已经没有了狼的公园吧。同样，国家公园也无法保护大角羊的生存，大多数羊群的数量都在减少。

出现这种情况的原因很多，有的很清楚，有的则模糊。对于像狼这类活动空间广泛的动物来说，国家公园当然太小了。由于某些不为人所知的奥秘，很多动物似乎无法作为孤立的群体繁衍兴旺起来。

国家公园周边多是比较原始的国有森林，让这些森林也成为濒危动物的保护区，似乎是扩大野生动物生存空间的最有效的办法。但这些区域一直没有发挥这样的作用，灰熊的情况就是悲剧性的例子。

1909 年我第一次来到西部时，在每个主要的山区都能看到灰熊，却有可能连续数月都看不到自然资源保护部门的人员。现在几乎每一丛灌木后都有某个自然资源保护机构人员。尽管这样的机构在不断地增加，可最雄健的大型哺乳动物却数量日减并且撤到了美加边境。据官方报导，美国境内还有六千头灰熊，其中五千头在阿拉斯加，其余的则分布在另外的五个州。或许人们都有一种心照不宣的想法：只要灰熊能在加拿大和阿拉斯加存活下来就已经足够好了。但我不这样认为。阿拉斯加的熊是独特的物种，把灰熊放逐到阿拉斯加如同把快乐逐回天堂，那可能是我们今生永远无法到达的地方。

拯救灰熊需要大片远离公路和家畜的地区，或者已对家畜造成的破坏进行了修复的大片地区。创建这类地区的唯一途径，就是购买下分散的家畜牧场。但是，尽管地方政府愿意通过购买或交换土地的办法来实现创建保护区的可能，但保护部门在这方面的成效还是不明显。林业部在蒙大拿州建立了一个灰熊养护区，可又在犹他州的山区牧场鼓励养羊业，全然不顾这个地区是该州唯一有灰熊幸存的地区。

永久的灰熊保护区和永久的荒野地区当然是同一问题的两个方面。对此要有极大的热忱，不但需要对自然资源保护的远见卓识，还要具备对历史的洞察力。只有那些能观察到生态进化全貌的人，才有可能珍惜荒野这一生物进化的载体，才能懂得爱护进化的杰出成就——这也是灰熊的意义。然而，假如我们的教育真能起到作用，就会有越来越多的人明白，正是古老西部的历史遗产，为今天的西部赋予了意义与价值。将来的年轻人会像探险家路易士和克拉克一样在密苏里河上扬帆，或者和詹姆斯·卡彭·亚当斯一样登上内华达山。并且每一代人都会问：白色的大熊在哪里？如果回答是，自然资源保护者没留神它就消失了，那将是多么令人汗颜的答案。

荒野的捍卫者

荒野这种自然资源只会萎缩不会增加。人们可以防范或减缓对荒野的侵犯，使之成为休闲消遣的去处、科学研究基地或保护野生动物的栖息地，但是就其字面意义而言，创造新的“荒野”是不可能的。

所以，任何一个荒野保护项目都是防护行动，把荒野的萎缩尽可能降到最低。1935 年成立的荒野协会“旨在拯救美国残存的荒野”。塞拉俱乐部[①] 也在为了这一目标而努力。

然而仅仅有少数几个团体的努力是不够的，我们也不能只因为国会制定出一项荒野保护法令就心满意足。除非所有的资源保护机构中都有人在关心荒野，否则，这些团体可能永远无法及时发现新的侵害野地的行为，而只有等到这些侵害带来灾难性后果时才会醒悟。同时，全国各地为数不多的具有荒野保护意识并关心野地的公民必须密切观察，保持警觉，随时同破坏野地的行为勇敢地进行斗争。

在欧洲，荒野已经退缩到喀尔巴阡山和西伯利亚。每个头脑清醒的保护论者都会为之叹息。与其他国家相比，英国能保留的这种土地奢侈品很少，但是那里也在如火如荼地开展一项拯救半荒野地区的活动，尽管这活动来得迟了些。

总之，能否看出荒野的文化价值，归结起来是一个知识修养的问题。忘了土地之本又肤浅的现代人自以为发现了重要的东西，整日空

① 塞拉俱乐部（Sierra Club），或译为“塞拉山友会”、“山岳协会”，是美国的一个著名环境组织，由环保主义者约翰·缪尔（John Muir）于 1892 年在加利福尼亚创办，拥有上百万会员。——译者注

谈着自认可以延续千年的政治或经济帝国。而只有真正的学者才明白，历史是由从单一起点展开的旅程连续建构而成的，人类一次次回到这起点，又再次出发，寻求另一套亘古不变的价值观，如此反复。只有真正的学者才知道，为什么原始荒野才是赋予人类事业内涵与意义的源泉。

环保美学

除了爱情和战争，还没有哪种活动能与所谓户外休闲的嗜好相比。它可以无拘无束地进行，可以有各类参与者，或是个人欲望与利他主义交杂的矛盾体。人们通常都认为，回归大自然对人有益。但益处究竟在哪里？怎样才能鼓励人们去追求这一目标？如果你寻求这些问题的答案，往往会陷入困惑，只有那些缺乏判断力的人才不会心存疑虑。

在老罗斯福的时代，休闲娱乐作为一个专门问题开始被重视起来。当初把乡野与城市截然分开的铁路又把一批批的城里人带到乡间。人们也开始注意到，走出城市的人越多，人均能享有的宁静、幽寂、野生动植物和自然风光就越少；要想得到更多只能走更远的路，去更远的地方。

一开始，这种尴尬情况的发展是局部的、缓慢的。汽车的增加则使之扩展至宽阔公路最外围的地方。这使得曾经遍布于偏远地区的那些原始生态随之变得稀缺。但人们仍然需要这些事物。周末度假的人就像喷发的太阳粒子一样涌出每个城镇，一路上产生着热量和摩擦。旅游业负责提供食宿，吸引着更多“粒子们”尽可能快、尽可能远地去享受大自然。岩石上、小溪边的广告会告诉你，除了最近才遭践踏的地方之外，哪里还有新的幽静圣地、优美风景、猎场与垂钓场所。公路局修建了一条条通往更偏远的山野地带的道路，然后买下更多的偏远地区，让更多的人沿着道路加速涌入。制造业生产的小型机械冲击着原始的大自然，木工技术成为使用这些机械的技术。加在金字塔塔尖的最庸俗的事物是汽车拖挂的房车。有些人试图在森林和山野中寻求的，只是那些在旅游或打高尔夫球中就能够感受到的东西。对这些人来说，眼下的这般状况可以接受、无可厚非。但对于想寻求更多东西的人来说，休闲娱乐的真正意义已被机械化社会破坏了，而这种寻求娱乐的过程也成了一无所获的自我毁灭的过程。

依赖于各种机动车的现代旅游方式使得荒野逐渐萎缩，这并非局部现象。哈德孙湾、阿拉斯加、墨西哥和南非都在“让路”，之后就是南美洲和西伯利亚了。摩霍克河畔的击鼓声，已被世界各地汇聚于此的汽车喇叭声取代。人类不再漫步于葡萄藤或无花果树下。他们在汽车油箱中装入无数生物贮存起来的动力，在漫长的岁月里渴望前往新的牧场。他们像蚂蚁一样挤满了各大洲。

这就是最新模式的户外娱乐。

如今谁是这些户外活动的主角？他们从中追寻的是什么？我们可以从下列几个例子中找到答案。

首先看一下鸭子栖息的沼泽，停泊的车辆把它团团包围。所谓的社会精英蹲伏在芦苇茂密的沼泽边上，手持自动枪，扣住扳机的手指迫不及待地想要射杀鸭子，全然不顾政府和公益的限令。这些人已饱食终日，却仍然贪婪地向上帝索取肉食。

另一个精英在附近的树林里漫游着，他正在寻找罕见的蕨类植物或林莺。这不需要窃取或劫掠，因此他看不起那些猎杀者。不过在他年轻时十有八九也是个动物杀手。

在附近某个度假胜地还有一类“大自然的爱好者”，他们在桦树皮上写下拙劣的诗句。此外到处都可以见到驾车旅游者，这些非专业人士以累积里程为乐，一个夏天就可以跑遍所有的国家公园。现在他们正向南前行，出征墨西哥城。

最后是那些自然保护专业人士，他们借着无数自然资源保护组织的名义，满足追逐享受大自然的民众的各种需求，或者促使民众对他们能提供的东西产生极大的兴趣和需求。

或许有人会问，为何要把这些有差异的人归属为同一类型呢？因为，他们虽然在对待自然的方式上有所不同，但本质上都是猎人。然而他们为何又都自称是“自然资源保护者”呢？因为他们所需求的并不能轻易地在自然中获取，于是他们希望能借助某种漏洞百出的法令、拨款、区域规划、部门重组或其他代表民意的形式，把这些需要猎取的对象留在原地供人们消遣。

一般来说，休闲娱乐常被当成经济资源。参议院委员会用确凿的数据告诉我们，大众在这方面花的钱是多么可观。休闲娱乐确实有经济性的一面。提供垂钓湖畔的一间小屋，或是沼泽地上的一个猎鸭点，其成本不亚于运营附近的一个农场。

休闲娱乐还有其伦理准则。在寻找未遭破坏的大自然的过程中，相关规则和戒律便产生了。我们都听说过户外注意事项；我们教育年轻人；我们印制《户外运动概念》之类的小册子，我们愿意把这类册子发给那些能为此宣传付一美元，为弘扬此伦理观作出贡献的人们。

但事实上，这些经济和伦理的表现只是休闲这一原动力的结果而非原因。我们想接触大自然，从中寻找乐趣。这就像在歌剧表演中，经济机制的作用是维持歌剧的再创造和维护表演设备以及演员们的生机等一系列的问题。然而不能说二者的基本动因或存在理由是经济性的。埋伏的猎鸭人和舞台上的演员虽说装束不同，但都在做同一类事情，都在以自己的行动再现日常生活中固有的戏剧场面。二者归根结底都是美学实践。

关于户外休闲的公共政策非常具有争议性。有良知的民众在这种活动的定义以及怎样维护其资源等方面，有可能持不同观点。比如，荒野协会试图禁止修建通往偏远地区的道路，而商会组织则主张延伸这些道路，二者都以户外休闲之名展开博弈。动物饲养者用猎枪杀死鹰，爱鸟人拿着望远镜保护鹰，前者是为了饲养和贩卖，后者是喜欢观察鸟类。两派人经常互相攻击、诋毁，但他们实际上只是从各自的角度考虑户外休闲活动形式而已。只是这些活动内容的特点或性质差异甚大，因此一个既定的政策可能适用某个方面，却背离了另一个方面。

所以目前，我们应该将这些活动内容的组成部分剥离开来，重新审视每一种活动理念的特点和性质。

让我们从最简单、最明显的户外休闲组成部分着手，即户外活动者可能会搜寻、发现、捕捉并带走的东西。这类物品包括：猎物和鱼等产自野地的东西，以及鹿角、兽皮、照片和标本之类的纪念品。

这一切属于“战利品”的概念。它们带给我们的快乐在于或是应该在于寻找与获得的过程。战利品是份活动完成的证书，不论它是一颗鸟蛋、一堆鲈鱼、一篮子蘑菇，还是一张熊的照片、一朵野花的标本或一张塞进山顶石堆的字条。它证明战利品的拥有者曾到过某个地方做过某件事情，曾在征服、智胜或占有等古老技艺中运用了技巧、毅力和鉴别力。附加在战利品上的内涵意义，往往远胜其物质本身的价值。

但是，在追求战利品的数量上又有不同的态度。我们完全可以通过繁殖或管理增加猎物和鱼的产量，让一个猎人收获更多，或让更多的猎人收获相同的数量。在过去十年间，野生动物管理行业出现了。一些大学在讲授这类专业技巧，并且研究怎样得到更多、更好的野生动物。但是，物极必反，这种增加产量的做法，最终受制于报酬递减律。集约化的猎物或鱼类管理使它们变得人工化，从而降低了战利品的单位价值。

比如，我们可以把人工养大的一条鳟鱼放入过度捕捞后的溪流。溪流里已不再有野生鳟鱼生存。溪水已遭到污染，要么由于乱砍滥伐和过度践踏，要么被淤泥堵塞，要么温度升高。没有人会认为，这条鳟鱼与从高高的落基山上某条天然溪流里捕获的野生鳟鱼价值等同。尽管捕捉这条人工饲养的鳟鱼也需要技术，但它的美学价值会大打折扣。（据专家的说法，鳟鱼的肝在孵化饲养后会退化，因此可能早夭。）不过现在，一些捕捞过度的州几乎完全依靠人工饲养的鳟鱼。

实际上，在任何地方都有不同程度的人工饲养情况，只是当这种人工饲养的密集度达到一定程度时，可能会把全部自然资源保护技术推向人工化，从而降低了所有“战利品”的价值。

为了保护这些人工养殖的、昂贵的且多少有些无助的鳟鱼，自然资源保护委员会认为需要杀死所有光顾养殖场的苍鹭和燕鸥，以及所有放养在鳟鱼的溪流上的秋沙鸭和水獭，似乎这是不得已采取的行动。对于牺牲一种野生动物换取另一种野生动物，钓鱼的人或许无动于衷，这对他们没任何损失。但是鸟类学者会因此愤慨不已。实际上，这种人工养殖管理，是以另外一种或许更高级的休闲娱乐为代价来购得捕鱼权，就像是拿所有人的股本给一个人付红利。这种生物学上的商业冒险活动在猎物管理界已经盛行。长久以来，在欧洲一直保存着猎物捕获量的统计资料，我们甚至可以从中找到猎物和食肉动物之间的“兑换率”。例如，在德国的萨克森尼，每捕获七只鸟就等于杀死一只鹰，每捕获三只小型猎物就等于掠杀一只肉食动物。

人工化的动物管理通常会导致对植物的损害，例如鹿对森林的伤害。这种情况发生在德国北方、美国宾夕法尼亚州东北部、凯巴布高原，以及其他许多不为人知的地区。鹿在失去天敌后过度繁衍，它们所食用的植物则难以继续存活或繁殖。处于人工管理下的鹿威胁了植物的生存，这些植物包括欧洲的山毛榉、枫树和红豆杉，美国东部各州的平地铁杉和北美香柏，西部的短叶紫杉和蔷薇。从野花到林木，组成植物群的所有成员都渐渐枯竭，而鹿也因营养不良而变得瘦小。从前，雄鹿的角曾经装饰过封建帝王的城堡，现如今，在各大树林里，已经看不到雄健美丽的鹿角了。

在英国的石南荒野，在繁殖鹧鸪和雉鸡以供人们捕猎的过程中，兔子受到了过度保护，因此新的树木难以生长；在许多热带岛屿上，为了肉食和狩猎而引入的山羊毁掉了当地的植物群和动物群。人们很难估计，失去天敌的哺乳动物和失去天然食用植物的牧场之间，发生了怎样的互相伤害。陷入不当生态管理的农作物，只能依靠不断的补贴和带刺的铁丝网来补助。

因此我们可以得出这样的结论：人们在大量追求“战利品”的过程中过度使用人工化手段，会降低猎物和鱼等生物战利品的价值，同时对其他生态资源造成伤害，包括其他动物、天然植被和农作物。

至于照片等间接获取的战利品则不会造成同样贬损情况的出现。一般地，即使每天都有一群游客对着一处风景拍照，或者一处风景被拍过无数次，风景本身不会因拍照受到实质性的伤害。相机工业是依附于荒野的少数的无害产业之一。

因此，我们对大量追求这两种被视为战利品的实物的反应是十分迥异的。

现在，我们来分析一下户外休闲娱乐的更为微妙复杂的方面：在大自然中独处时的感受。有关荒野的争论表明，对一些人来说荒野具有受到高度重视的稀有价值。根据官方定义，荒野地区是没有路的，道路只能延伸到荒野的边缘。于是，野地被宣传得新奇独特而无与伦比，事实也的确如此。因此很快小径就挤满了人，坐飞机来的人也不少，偶尔突发的火灾使好端端的荒野不得不被一分为二以修建运送消防队员的道路。宣传造成游客大量涌入，也有可能会促使导游和行李运输行业趁机涨价，让人感觉荒野政策并不民主。对于把偏远地区正式划归荒野的新奇做法，当地商会最初不以为然，但在从游客带来的利益中尝到甜头之后，它们就只想着赚更多的钱，而并不关心此地是否还是荒野。来自人类的压力与日俱增，吉普车和飞机也竞相上阵，彻底剥夺了人们在大自然中享受孤独的机会。

简言之，在广告和促销的推动下，荒野地区越来越少，这使得任何想阻止荒野范围缩减的努力都变得徒劳无功。

无需多言，事实已很清楚。人们一窝蜂地拥入荒野，只会减少在大自然中幽然独处的机会。就此而言，在我们把道路、营地、小径和洗漱间当作娱乐资源发展时，就已经犯了错误。这类为游客提供的便利设施没有保护、创建或发展任何自然的东西。相反，修建这些设施就如同往已经很稀的汤里掺水。

让我们把所谓的“呼吸新鲜空气和转换环境”的方面与独处的方面进行一下分析对比。这个方面很简单但是很独特，对此的追求不会破坏或冲淡其价值。走进国家公园游玩的第一千位游客和第一位游客呼吸的空气几乎相同，得到同样的独特感受。我们甚至可以认为，群体的户外进发加强了这一对比。因此我们可以说，新鲜空气和转换环境这一方面与照片这项战利品一样，在人类蜂拥而至时，大自然可以不受损伤地予以提供。

我们再来谈另一个方面：对自然过程的感知。土地和寄生在土地上的生物通过自然的过程获得了独特依存的形式，并以此形式继续存在下去。前者是进化，后者是生态。被称之为“自然研究”的东西尽管令人感到艰深，但的确是大众对感知自然进行的初步探索。

感知的突出特征是，它不会消耗或削弱任何资源。例如，有人把鹰从高空扑向猎物视为生物进化戏剧中的一幕，但另一些人却认为这是对他煎锅中食物的威胁。生物进化戏剧的这一场景，可能会让上百个观众感到兴奋；被视为威胁的这一场景，只会让那个举枪把鹰打死的人兴奋。

户外休闲项目中唯一真正具有创造性的方面是增进对生态进化的认知。

这个事实非常重要，但是人们对其在“改善生活”方面的潜力还没有清晰的了解。拓荒者丹尼尔·布恩进入最初被称为“黑暗血腥之地”的森林和大草原时，所体会到的正是当时“户外美国”的本质。他并未提到“户外”一词，但他在野外所发现的正是我们现在梦寐以求并在此谈论的事物，而非如何命名。

休闲娱乐并非“户外”这个词所表达的意义，而是指我们对户外的反应。丹尼尔·布恩的反应不仅取决于他所看到的事物的品质，也取决于他用心灵之眼观看这些事物的素养。生态学让我们的心灵之眼产生了变化。当年布恩只是看到了事实的表层，生态学则揭示了事实的起源和功能；当年布恩只是看到了生态进化的某些属性，而生态学则发现了其中的机制。对于这些变化，我们没有任何衡量的具体标准，但我们可以有把握地说，与当今博学的生态学家相比，布恩只是看到了事物的表象。对于动植物群落不可思议的复杂性，对于当时正值花样年华的美国，对于美国这一生态有机体的内在之美，布恩和今天的巴比特[①]一样，既看不到也不了解。而美国人对自然认知能力的提高，才是美国休闲资源发展唯一真正的标志。其他以“发展”为名的行动，至多是对这一过程的延缓或对休闲资源稀释的遮掩。

① 巴比特（Babbitt），美国小说家刘易斯 1922 年小说《巴比特》中的人物。他代表着当时的典型的商人形象，一批唯唯诺诺而又沾沾自喜的美国人的形象。“巴比特”也从此成为鼠目寸光的庸俗市侩的同义词。——译者注

当然，我们不能因此断定，巴比特必须拿到生态学博士学位才能“看清”他的国家。而有博士学位的人可能和处理丧事的人一样，对他周围的神秘世界麻木冷漠。和所有真正的心灵宝藏一样，感知可以分割成无限微小的部分，却不丧失其本真。城市里某一块草坪上的野草地与森林里的红杉可能会传递出同样的信息；而在南太平洋考察的科学家则可能无法感受到农夫在牧场上看到的事物。总之，我们无法用学位或金钱来兑换感知，无论是在本土或是异地的感知。感知无处不在却各有不同。生态学文盲和博学的生态学家一样可以尽情开拓对生态的感知空间。对于寻求认知而言，一窝蜂地追求户外休闲是没有根据的，也是没有必要的。

最后是第五个成分，即妥善管理。那些只是通过投票参与而不是亲自进行自然资源保护工作的户外活动的人，是不了解这一成分的。只有在具有生态感知力的人把管理艺术应用到土地使用中去时，这一成分才能在具体实施中得以实现。也就是说，享受这一切的是属于那些穷得付不起休闲活动费用的土地所有者，以及具有敏锐目光和生态理念的土地管理人。而那些花钱旅游的游客，还有花钱请州政府或聘用下属为其看管猎物的户外活动者，完全没有意识到这一成分的存在。政府以公有制经营取代私人经营的休闲地，却在不知不觉中把许多想要提供给公民的东西转让给了负责该地区的官员。从逻辑上讲，我们这些林务官和狩猎管理者应该为管理野生生物工作支付费用，而非领取报酬。

农业领域在某种程度上已经意识到，运用于农作物生产的管理意识可能和农作物本身一样重要，但自然资源保护领域尚未意识到这点。美国的户外狩猎者蔑视苏格兰荒原和德国森林中的集约型狩猎。在某些方面他们是对的，但他们却完全忽略了欧洲的土地所有者在耕作、狩猎过程中发展起来的管理意识。尽管这种意识很重要，但我们仍然不具备这种意识。当我们断定必须用农业补贴来吸引人们开发森林，或用猎场收费权来吸引人们饲养猎物时，我们不得不承认，不但农场主，就连我们自己也不了解荒野资源管理的乐趣。

科学家有这样一种说法：生物个体的生长发育重复着种群的生长发育。这就是说，每个生物个体的发展不断重复着其种族的进化史。这种说法在精神和物质方面都是正确的。寻求战利品的人是再生的穴居人。寻求战利品是年轻人或年轻种族的权利，大可不必为此歉疚。

但如今令人不安的是，某些寻求战利品的人从未成长过，在他们身上，享受孤独、感知生态进化和进行智慧管理的能力非但没有得到发展，甚至有的已经丧失了。他们像机动化的蚂蚁一样，没有学会观察好自己的后院，就涌向了各个大陆；他们只知在户外活动中消耗资源以获取满足感，却从不会为户外活动履行义务。为了他们，休闲业的策划者稀释了荒野的价值，使战利品人工化了，却还坚信着自己是在为大众服务。

在休闲娱乐中寻求战利品的人有一些共同的特质，而这些特质会以微妙的方式造成他们无法成功地与自然共存。他们为了享受，必须占有、侵犯或盗用。对于他们无法亲临的荒野，他们并没感到它们有任何价值；因此，他们的观点是，未经利用的偏远地区对社会是没有贡献的。对缺乏想象力的人来说，地图上的空白之处是没有用的荒地；对具有想象力的人而言，这些荒地则是最有价值的地方。（在阿拉斯加所能享有的东西，是否仅仅因为我永远到不了那里，就真的没有价值？我是否需要一条道路，让我能够看到北极苔原、育空河的大雁栖息地、阿拉斯加灰熊及麦金莱山后的绵羊草原？）

总之，低层次的户外活动似乎会耗尽其资源基础，而高层次的户外活动可以在很少或不消耗土地与生命的前提下，在某种程度上创造出自身需求的满足感。让休闲过程有变质崩溃之忧的是，交通运输发展了，人们的感知能力却未得到相应的提高。要发展休闲娱乐，不是要去修建美丽的乡间公路，而是要让还不够纯美的人类心灵有能力感知自然之美。

附录一　作者生平

奥尔多·利奥波德（1887 年 1 月 11 日—1948 年 4 月 21 日），是美国著名生态学家和环境保护主义的先驱，被誉为“美国新环境理论的创始者”、“生态伦理之父”。

利奥波德 1906 年毕业于耶鲁大学林业专业，毕业之后他一直从事林业生态与土壤保护工作。在这期间他开始对自然生态学产生了研究的兴趣。1928 年利奥波德离开联邦林业局，把兴趣转移到了自己更为关心的野生动物研究上，并写出《野生动物管理》一书。这使他被公认为野生动物管理研究的创始者。1935 年利奥波德与自然学家罗伯特·马歇尔创立了“荒野学会”，其宗旨是扩大面临被侵害和被污染的荒野大地以及保护荒野上的自由生命。同年 4 月，利奥波德在威斯康星河畔一个叫“沙郡”的地方买了一块被废弃的农场，其后多年，他和家人在此种植了上千棵树以重新恢复土地的健康。他还以“沙郡”的木屋生活经历为素材写了很多随笔，后汇编成著名的《沙郡年记》（被誉为“绿色圣经”），与19世纪最著名的美国自然主义著作《瓦尔登湖》齐名。

奥尔多·利奥波德力求将其对自然、土地和人类与土地关系的睿智观察与思考写入《沙郡年记》之中，并倡导一种开放的“土地道德”，呼吁人们以谦恭和善良的姿态对待土地。他还试图寻求一种能够树立人们对土地的责任感的方式，同时希望通过这种方式影响政府对待土地和野生动物的态度和管理方式。利奥波德在文章中表述了土地的生态功能，以此激发人们对土地的热爱和尊敬，强化人们维护这个生态共同体健全的道德责任感。1948年4月的一天，邻居的农场发生火灾，利奥波德在奔赴火场的路上，因为心脏病突发永远长眠在了他所热爱的、一生呵护的威斯康星州的荒野上。

附录二　本书中出现的动植物名称英汉对照

alder	桤木，赤杨
alfalfa	紫苜蓿
angleworm	蚯蚓
antelope	羚羊
Antennaria	蝶须
arbutus	野草莓树，五月花
aspen	山杨
aster	紫菀
auk	海雀
avocet	反嘴鹬
balsam	凤仙花
baptisia	赝靛
barberry	小檗，伏牛花

barred owl	横斑林鸮
bass	鲈鱼
basswood	椴树
bearberry	熊果
beaver	河狸
beech	山毛榉
begonia	秋海棠
bitterbrush	（北美洲西部干旱地区的）蔷薇科淡灰色灌木
bittersweet	南蛇藤
blackberry	黑刺莓
black duck	绿嘴黑鸭
bluebell	野地风信子，风铃草，滨紫草
blueberry	蓝莓
bluebill	有蓝色喙的鸭子，北美潜鸭
bluebird	蓝鸲
bluegrass	早熟禾，肯塔基蓝草
blue jay	冠蓝鸦
bluejoint	加拿大拂子茅
bluestem	须芒草
bobcat	美洲野猫，山猫，短尾猫
bramble	悬钩子属有刺灌木
bulrush	香蒲，芦苇
bunchberry	红串果，御膳橘

bur oak	大果栎
burro deer	驴鹿
bush clover	胡枝子
buzzard	兀鹫（尤指红头美洲鹫）
cantaloupe	罗马甜瓜，香瓜，哈密瓜
cardamine	碎米荠
cardinal	主红雀
cardinal flower	红花半边莲
caribou	北美驯鹿
catalpas	梓树
cheat grass	旱雀麦
chestnut	栗树
chickadee	（北美）山雀
chinch bug	美洲谷长蝽
chub	白鲑
clay colored sparrow	泥色雀鹀
clover	三叶草
coffeeweed	羊角豆，决明子
condor	神鹰；秃鹰，秃鹫
coneflower	金光菊
coot	秧鸡
cormorant	鸬鹚
cottontail	棉尾兔

cottonwood	三叶杨，棉白杨
coyote	丛林狼，草原狼，郊狼
crabgrass	马唐
cranberry	越橘
crane	鹤
crayfish	淡水螯虾
crinoid	海百合
cypress	柏树
dandelion	蒲公英
deerfly	鹿虻
deermouse	鹿鼠
dewberry	悬钩子
dogfennel	泽兰
dogwood	梾木，山茱萸
draba	葶苈
dragonhead	青兰
duck hawk	游隼
egret	白鹭
Eleocharis	荸荠草
elk	驼鹿，赤鹿
elm	榆树
fern	蕨类植物，羊齿植物
fir	冷杉

flicker	扑翅鴷属，啄木鸟科
Forster's Tern	加拿大燕鸥
fox sparrow	狐色带鹀
foxtail	看麦娘属，狐尾草
fringed gentian	穗裂龙胆
Gamble's quail	黑腹翎鹑
geranium	天竺葵
godwit	塍鹬
goldfinch	金翅雀
goldenrod	一枝黄花，菊科
gopher	囊颊兽，（北美和中美洲）地鼠，金花鼠
goshawk	苍鹰
gramagrass	格兰马草
grebe	鸊鷉
grizzly	棕熊，大灰熊
grosbeak	蜡嘴雀
ground squirrel	黄鼠，地松鼠
grouse	松鸡
gull	鸥
gyrfalcon	矛隼
hawthorn	山楂树
hazel	榛树
heath	欧石南

hemlock	铁杉
heron	鹭
hickory	山核桃
holly	冬青
imperial woodpecker	帝王啄木鸟
Indian pipe	水晶兰
indigo bunting	靛青鸟
ironweed	斑鸠菊
jacksnipe	姬鹬
jackpine	北美短叶松
jaguar（*el tigre*）	美洲豹
javelina	西貒，野猪
jay	鸦科，尤指欧亚松鸦
jewelweed	凤仙花
joe-pye weed	泽兰
junco	灯草鹀
June beetle	六月腮金龟
juniper	刺柏
killdeer	双领鸻
kinglet	戴菊
lady's slipper	杓兰，拖鞋兰
leadplant	灰毛紫穗槐
leatherleaf	矮桂树

lespedeza	胡枝子
lettuce	莴苣
lilac	丁香
Linaria	柳穿鱼
live oak	弗吉尼亚栎，槲树
locust	长角豆树，洋槐
loon	潜鸟
lupine	羽扇豆
lycopodium	石松
lynx	猞猁，山猫
mallard	绿头鸭
marmot	旱獭
marshhawk	白尾鹞
marten	貂
mayapple	盾叶鬼臼，足叶草
meadowlark	草地鹨
merganser	秋沙鸭
mescal	龙舌兰，威廉斯仙人球
mesquite	牧豆树
milkweed	马利筋
miller	粉翅蛾
mimulus	沟酸浆
mink	水貂

mountain mahogany	短叶紫杉
mountain sheep	山地野羊，大角羊
mud minnow	泥荫鱼
mullet	羊鱼，鲻鱼
muskellunge	北美狗鱼
muskrat	麝鼠
nighthawk	夜鹰
nightshade	茄属植物
nightshade berry	龙葵
nutcracker	星鸦
nuthatch	鳾
oak	橡树，栎树
orchid	兰花
oriole	黄鹂
osprey	鹗
otter	水獭
owl	鸱鸮，猫头鹰
oyster shell scale	牡蛎介壳虫；牡蛎蚧
partridge	鹧鸪，松鸡
pasqueflower	白头翁
passenger pigeon	（已经灭绝的一种善于长途飞行的）旅鸽
pelican	鹈鹕
pennyroyal	欧亚薄荷，唇萼薄荷

peregrine	游隼
persimmon	柿树
pheasant	雉鸡
phlox	（北美植物）福禄考，天蓝绣球
pickerelweed	梭鱼草
pileated woodpecker	北美黑啄木鸟
pinon jay	蓝头松鸦
pitcher plant	猪笼草
plover	鸻鸟
poison ivy	毒漆藤
popple	杨
prairie chicken	草原榛鸡
prairie dog	草原犬鼠，土拨鼠
prickly ash	美国花椒
prothonotary warbler	蓝翅黄森莺
puccoon	紫草
pyrola	鹿蹄草
quack grass	偃麦草
quail	鹌鹑，北美鹑，山齿鹑
raccoon	浣熊
ragweed	豚草
redbud	紫荆属植物，美国紫荆
red dogwood	欧洲红瑞木

redhead	美洲潜鸭，红头潜鸭
red squirrel	红松鼠
red pine	美加红松，多脂松
redwing	红翅黑鹂，白眉歌鸫
river birch	红桦
robin	旅鸫
rough-legged hawk	毛脚鵟
ruffed grouse	披肩鸡，流苏松鸡
Russian thistle	细叶钾猪毛菜
sage	鼠尾草，路易斯安那蒿（菊科），蓬松驼绒藜（藜科）
sagebrush	蒿属植物，灌木蒿
sagittaria	慈姑
sago	西米棕，西谷椰子
salmon	鲑鱼
sandhill crane	沙丘鹤
sandwort	蚤缀，鹅不食
sawfly	叶蜂
saw-whet owl	棕榈鬼鸮
scotch pine	欧洲赤松
screech owl	锐鸣枭，角鸮
seal	海豹
sedge	莎草，苔草
sheep sorrel	白花酢浆草

shitepoke	（北美，非正式）鹭
shooting-star	折瓣花
shrike	伯劳
sideoats grama	垂穗草
silphium	罗盘葵
skunk	臭鼬
smartweed	蓼
smelt	银白鱼，胡瓜鱼
snipe	沙锥鸟
song sparrow	北美歌雀
sora rail	黑脸田鸡
sorrel	酸模
sowthistle	苦苣菜
sparrow	麻雀
sparrow hawk	食雀鹰
spiderwort	紫露草
spiraea	绣线菊属
sporobolus	草原鼠尾粟
spruce	云杉
spurge	大戟
squirrel	松鼠
starling	椋鸟，紫翅椋鸟
sturgeon	鲟

sugar maple	糖槭
sweet fern	香蕨木
sweet potato	甘薯
sycamore	（北美）悬铃木，美国梧桐
tamarack	美加落叶松
tassel-eared squirrel	缨耳松鼠
teal	小凫，短颈野鸭，绿翅鸭
thrasher	嘲鸫
thrush	鸫
towhee	唧鹀
tree sparrow	美洲树雀鹀
trefoil	车轴草，三叶草
trumpeter swan	黑嘴天鹅
tulip poplar	美国鹅掌楸
twin flower	北极花
upland plover	高原鹬
veronica	婆婆纳
vetch	野豌豆
vireo	绿鹃
wahoo	翼枝长序榆，卫矛
warbler	莺
weevil	象鼻虫
whale	鲸

wheatgrass	冰草
whisky-jack	加拿大噪鸦
white cedar	崖柏，北美香柏
whitetail	白尾鹿
whitethroat	白喉林莺
white pine	白松，北美乔松
whooping crane	美洲鹤，高鸣鹤
widgeon	野鸭，赤颈凫
wild bean	野菜豆
willet	斑翅鹬
woodcock	丘鹬
wood duck	林鸳鸯
wren	鹪鹩
yellow birch	黄桦
yellowlegs	黄脚鹬
yellow warbler	黄色林莺
yew	紫杉，红豆杉

译后记

《沙郡年记》问世于1949年，正值美国战后经济复苏时期，人们都在信心满满地为征服和利用自然迈进现代社会而奋斗着。在当时生态学的意识和概念对人们来说还十分陌生，这本书的出版并没有引起很大影响。而作者利奥波德的与自然和谐共生的土地伦理思想，对人类要怎样生存的睿智、高瞻远瞩的理念远远超越了他所处的那个时代，对于我们今天的启迪依然是如此巨大。

《沙郡年记》可以说是利奥波德的工作日记，它多以叙事形式描述自然生态、万物和谐共生的美妙的场景。他对自然的敬畏，对生态的尊重都体现在他的细微描写当中——一滴水声、一丝草动、一缕晨风、一片大雁羽毛的抖落……

这位生态学家的思想，对今天的我们是难得的财富。利奥波德长期从事自然资源和环境保护工作，他从生物学角度阐述了土地共同体概念，对传统土地观进行了新的界定；在他的“土地共同体”理论中，提出土地不仅包括人们认为的土壤还包括土壤离不开的水、空气、气候以及在其上生存的动物、植物、乃至我们人类的观点。他认为在土地共同体中成员都是平等的，它们之间既相互竞争又相互依存，共生共存于同一个平衡有机体中。他的土地伦理观为传统的伦理范畴增添了一抹新绿，把伦理范畴从人与人、人与社会扩展到人与土地之间的关系，这也正是我们现代社会需要重视的“伦理关系”。

曾几何时，我们把开山造田、拦河筑坝、工厂浓烟滚滚视为大干快上、人定胜天的壮举。人们似乎认为现代文明注定要以牺牲自然为代价，但如今，现实证明这一代价是高昂的。我们并未与我们赖以生存的土地和谐共生，我们把它耗尽，导致它疾病缠身。而与它息息相关的水、空气、万物生灵在这不和谐的状态中又会是怎样的状况，对此人们自有定论。

阅读《沙郡年记》带给我们一种享受、一种憧憬、还有一些伤感，因为书中所描述的多数场景，我们今天都见不到了，只有在忙忙碌碌中挤出一点属于自己的时间坐下来静静地品味自然的真谛与万物和谐的美妙。

这部书对中国读者来说并不陌生。早在 1992 年侯文蕙根据本书初版所译的《沙乡的沉思》就已出版，吴美真 1997 年在台湾出版了《沙郡年记》增订本，2004 年再版时译名改为《沙郡岁月》。此外当代世界出版社还在 2005 年出版了英汉对照的《沙郡年记》，由孙健等人合译。近年出版的有李静滢翻译的《沙郡年记》。本人参考了各家的译著，在翻译中借鉴各家之长，注重对原文的尊重，尽可能表达出利奥波德的生态学观点，这也是本作品翻译时需要注意的问题。翻译此书不能只考虑用词华丽、句式优美，更重要的是承载、传播这位伟大生态学家的思想，反映他为捍卫土地伦理观所付出的心血和努力。从上个世纪这部著作的中文版问世到如今的近三十年里，它对国人的影响有多大，本人并没有考究过，但本人能作为译者再次翻译这部著作，倍感欣慰。希望这部作品能对人们的生态意识有一个新的启迪。利奥波德当年之所以没有用科普性知识来呈现他的观点而是用故事性、叙事性方式来表述，初衷可能也是希望以浅显易懂的话语让更多的人去理解土地伦理的观念，并能真正担当起保护生态环境的责任吧。

王铁铭　于杭州

2013 年 12 月 16 日